इटावा फाइल्स

इटावा फाइल्स

बृजलाल, IPS (से.नि.)

प्रकाशक

प्रभात प्रकाशन प्रा. लि.

4/19 आसफ अली रोड, नई दिल्ली–110002

फोन : 011–23289777 • हेल्पलाइन नं. : 7827007777

इ–मेल : prabhatbooks@gmail.com ❖ वेब ठिकाना : www.prabhatbooks.com

संस्करण

2026

पेपरबैक मूल्य

चार सौ रुपए

मुद्रक

आर–टेक ऑफसेट प्रिंटर्स, दिल्ली

———— ★ ————

ETAWAH FILES

by Shri Brij Lal, IPS (Retd.)

Published by **PRABHAT PRAKASHAN PVT. LTD.**
4/19 Asaf Ali Road, New Delhi-110002

ISBN 978-93-5521-507-9

₹ 400.00 (PB)

समर्पण

मैं यह पुस्तक अपने गुरु स्व. श्री राजदेव सिंह (आई.पी.एस.-1948) को समर्पित करता हूँ। स्व. श्री राजदेव सिंह, सरदार वल्लभभाई पटेल राष्ट्रीय पुलिस अकादमी के 11वें निदेशक 7 नवंबर, 1977 से 4 फरवरी, 1979 तक रहे। उन्होंने 21 नवंबर, 1977 को मेरे बैच के 105 आई.पी.एस. अधिकारियों को प्रशिक्षण के दौरान वरदी धारण करवाई थी।

उन्होंने वरदी धारण परेड पर कहा था—"आज आप सभी को बहुत ही सुंदर नक्षत्र में यह 'नक्षत्र' (स्टार) प्राप्त हुआ है, जो उत्तरोत्तर चमकता रहेगा। आपका सितारा प्रत्येक पग पर बढ़ता जाएगा। यह आपके पसीने की कमाई है। यह आपके कंधों की शोभा है। आपने अपने प्रयास से जो अर्जित किया है, वह आपकी वस्तु है। याद रखें—सोने की कोई भी खान इन सितारों को खरीद नहीं सकती। संसार की कोई भी शक्ति आपको इससे वंचित नहीं कर सकती। यदि आप ही चाहें तो इसे दो तरह से खो सकते हैं—पहला, अपनी इच्छा से तथा दूसरा, अपने विवेकहीन दुष्कर्म से।" उनके संबोधन में एक पुलिसकर्मी के लिए पुलिस सेवा का पूरा दर्शन समाहित था।"

मैंने अपने गुरु राजदेव सिंह के संबोधन में कहे गए शब्दों को गाँठ बाँध लिया और पूरे साढ़े सैंतीस वर्ष की पुलिस सेवा में उनके द्वारा बताए गए सिद्धांतों से कभी टस से मस नहीं हुआ। अपने पूरे सेवाकाल के दौरान सबसे अधिक परेशानी व कष्ट मुझे इटावा के चौरासी दिन के कार्यकाल में मिला। कठिनाई के समय मेरे गुरु राजदेव सिंह का संबोधन विशेषकर नीचे लिखी दो पक्तियाँ, मुझे मार्गदर्शन और संबल प्रदान करती रही।

"आपने अपने प्रयास से जो अर्जित किया है, वह आपकी वस्तु है।

सदा याद रखें—सोने की कोई भी खान इन सितारों को खरीद नहीं सकती।"

मेरे गुरु द्वारा बताए गए सिद्धांतों ने हमेशा मुझे संबल प्रदान किया और सच्चाई के रास्ते से कभी विचलित नहीं होने दिया।

गुरु पूर्णिमा, सोमवार, 3 जुलाई, 2023 **—बृजलाल**

आभार

इस पुस्तक के लेखन में मुझे अनुसंधान की काफी आवश्यकता पड़ी। मुझे इटावा और मैनपुरी जिलों के थानों से अपराध संबंधित अभिलेखों की आवश्यकता थी। एस.एस.पी. इटावा और एस.पी. मैनपुरी ने काफी मेहनत करके मुझे पुराने अभिलेख उपलब्ध कराए, जो इस पुस्तक के लेखन में काफी मददगार साबित हुए। इसके लिए मैं वरिष्ठ पुलिस अधीक्षक इटावा और पुलिस अधीक्षक मैनपुरी का आभारी हूँ।

आपराधिक घटनाओं में पीड़ित व्यक्तियों व उनके परिजनों से मुझे ऐसी जानकारियाँ भी मिलीं, जो पुलिस अभिलेखों में नहीं थीं, मैं उनका भी आभारी हूँ। इटावा की तैनाती के दौरान मेरा अनुभव इस पुस्तक के लेखन में काफी काम आया। मैं इटावा में केवल 84 दिन तैनात रहा, परंतु उसका खामियाजा मुझे अपने पूरे सेवाकाल में भुगतना पड़ा, जब-जब प्रदेश में जनता दल और समाजवादी पार्टी की सरकार बनी।

जब इटावा में व्यवस्था परिवर्तन के नाम पर तांडव मचाया जा रहा था, उस समय के समाचार-पत्रों एवं पत्रिकाओं में निर्भीकतापूर्वक लेख प्रकाशित किए गए थे। मैंने उन अखबारों और पत्रिकाओं को अपने पास सँभालकर रखा था, जो तैंतीस वर्ष बाद इस पुस्तक के लेखन में काम आए। मैं 'नवभारत टाइम्स' के गोविंद राजू, अंबिकादत्त मिश्रा, 'टाइम्स ऑफ इंडिया' के अश्वनी भटनागर, 'दिनमान टाइम्स' के स्व. जय प्रकाश शाही, 'दैनिक जागरण', 'दैनिक आज', 'अमर उजाला' और 'माया' पत्रिका के निर्भीक पत्रकारों का आभारी हूँ, जिनके लेख इस पुस्तक के लेखन में काफी लाभप्रद साबित हुए।

मैं उत्तर प्रदेश पुलिस के मुख्य आरक्षी विपिन कुमार शुक्ला का आभारी हूँ, जिन्होंने अपनी ड्यूटी अवधि के उपरांत समय निकालकर इस पुस्तक को टंकित करने में सहयोग किया है।

—बृजलाल

भूमिका

यह पुस्तक मेरे वरिष्ठ पुलिस अधीक्षक इटावा के कार्यकाल पर आधारित है। 5 दिसंबर, 1989 को मुलायम सिंह यादव उर्फ 'नेताजी' पहली बार उत्तर प्रदेश के मुख्यमंत्री बने थे। उन्होंने 18 दिसंबर, 1989 को मुझे इटावा का वरिष्ठ पुलिस अधीक्षक नियुक्त किया। मुझे उत्तर प्रदेश के गृह सचिव ए.के. रस्तोगी ने बुलाकर कहा कि बृजलालजी, आप अपने बैच से पहले एस.एस.पी. बने हैं और वह भी मुख्यमंत्री के गृह जनपद इटावा के। मैं आपको बधाई दूँ या सद्भावना व्यक्त करूँ। गृह सचिव और डी.जी.पी. आर.पी. जोशी मेरी कार्य-प्रणाली से अच्छी तरह परिचित थे। उन्हें मालूम था कि मैं वही करता हूँ, जो न्यायसंगत होता है। मुख्यमंत्री बनने से पहले मुलायम सिंह यादव उत्तर प्रदेश विधानसभा में नेता विरोधी दल रह चुके थे। उस समय भले ही प्रदेश में कांग्रेस की सरकार थी, परंतु इटावा में सिक्का तो मुलायम सिंह का ही चलता था। वे जो चाहते थे, करवा लेते थे। इटावा में नियुक्ति से पहले मेरी कभी उनसे मुलाकात तक नहीं हुई थी।

मैं लखनऊ में 17 जुलाई, 1984 से 30 जून, 1986 तक पुलिस अधीक्षक नगर था। वर्ष 1980 के विधानसभा आम चुनाव में मुलायम सिंह यादव जसवंत नगर से चुनाव हार गए थे। उन्हें उन्हीं के जनपद के कांग्रेसी नेता बलराम सिंह यादव ने हराया था और उत्तर प्रदेश सरकार में वे कैबिनेट मंत्री बने। मुलायम सिंह यादव, नेता विरोधी दल बनकर पुनः प्रभावशाली हो गए। वे लखनऊ में मेरी कार्य प्रणाली देख चुके थे। मैंने लखनऊ में जमे-जमाए माफियाओं गुरबख्श सिंह बख्शी, सुभाष भंडारी, रामगोपाल मिश्रा, अरुण शंकर शुक्ला आदि को जेल की सलाखों के पीछे पहुँचा दिया

था। शायद नेताजी ने मेरी इसी क्षमता को देखते हुए अपने गृह जनपद का एस.एस.पी. बनाया था। मैं मुलायम सिंह यादव के बारे में अच्छी तरह से जानता था। वे मेरी तेज-तर्रार छवि को अपने विरोधियों को सबक सिखाने के लिए प्रयोग करना चाहते थे। मैंने गृह सचिव से कहा कि मुझे इटावा की नियुक्ति से मुक्ति दिला दें। मैं मात्र 10 दिन पहले ही एस.पी. सीतापुर नियुक्त हुआ था और वहीं रहना चाहता था। गृह सचिव ने मुझसे कहा कि वे मेरी मदद नहीं कर पाएँगे, क्योंकि नेताजी ने अपनी पसंद से आपको अपने गृह जनपद का एस.एस.पी. बनाया है।

मैं नेताजी से मिलने एनेक्सी भवन के पंचम तल पर पहुँचा। मुख्यमंत्रीजी अपने मंत्रियों और नेताओं से घिरे थे। मैंने उन्हें सैल्यूट किया और कहा कि मैं व्यक्तिगत कारणों से इटावा नहीं जाना चाहता, परंतु नेताजी तो मुझे उसी समय हेलीकॉप्टर में बैठाकर इटावा ले जाना चाहते थे। मैंने उनसे अनुरोध किया कि मेरे कपड़े सीतापुर में हैं, मैं वहाँ जाकर दो दिन बाद इटावा पहुँच जाऊँगा। 20 दिसंबर, 1989 को मैं इटावा पहुँचा और अपने पूर्वाधिकारी अतुल (आई. पी.एस.-1976) से एस.एस.पी. का चार्ज लिया। अतुल और मैं इलाहाबाद में साथ-साथ तैनात रह चुके थे। उन्होंने मुझे काफी विस्तार में इटावा के बारे में बताया। मैं समझ गया कि इटावा में वही अधिकारी रुक सकता है, जो नेताजी के आदेशों का अक्षरश: पालन करें, चाहे वह भले ही गलत क्यों न हो।

20 दिसंबर, 1989 को मेरी मुख्यमंत्री से इटावा में मुलाकात हुई। उन्होंने मुझसे कहा कि आप दो दिन बाद आए, इसी बीच दर्शन सिंह के लोगों ने एक स्कूल में डकैती डाल दी और आग लगा दी है। संदेश साफ था कि दर्शन सिंह और उनके भाइयों को जेल भेज दिया जाए। 1989 के चुनाव में दर्शन सिंह यादव, नेताजी के विरुद्ध जसवंत नगर से चुनाव लड़े थे और चुनाव में काफी हिंसा हुई थी। मैं अपने अनुभव से समझ गया कि डकैती और आगजनी की यह घटना झूठी है। मैं सरस्वती शिशु शिक्षा स्थल हैंवरा गया और घटनास्थल का निरीक्षण किया। घटना झूठी थी और मात्र राजनीतिक प्रतिशोध के कारण इसका ताना-बाना बुना गया था। मैंने कोई काररवाई नहीं की। मैं अपनी इटावा में नियुक्ति के पहले ही दिन समझ गया कि यहाँ निष्पक्षता से काम करना संभव नहीं है।

शिवपाल सिंह यादव ने इटावा जिला सहकारी बैंक के अध्यक्ष पद का चुनाव 8 जनवरी, 1990 को जीता था। उन्होंने अपने विरोधी हाकिम सिंह यादव के दो लोगों के खिलाफ झूठा मुकदमा लिखवा दिया। इटावा आगमन पर मुख्यमंत्रीजी ने मुझसे कहा कि वे जानते हैं कि उनके भाई द्वारा लिखवाया गया मुकदमा झूठा है, परंतु हाकिम सिंह यादव की हिम्मत कैसे हो गई कि वह मेरे भाई के विरुद्ध चुनाव लड़ गया और आप उनकी गिरफ्तारी नहीं कर रहे है। मैंने उस दिन साफ–साफ बता दिया कि मैं निर्दोष व्यक्तियों को गिरफ्तार नहीं कर सकता।

नेताजी, इंटर स्टेट गैंग लीडर श्रीपत यादव निवासी जसवंत नगर पर कड़ी काररवाई चाहते थे। दस्यु सरगना श्रीपत यादव के ऊपर उत्तर प्रदेश और मध्य प्रदेश से पुरस्कार घोषित थे। मैं बहुत प्रसन्न हुआ कि नेताजी चंबल गैंग के डकैतों पर कठोर काररवाई करना चाहते हैं। 14 जनवरी, 1990 को नेताजी के विधानसभा क्षेत्र जसवंत नगर में श्रीपत यादव गैंग की पुलिस से मुठभेड़ हो गई। श्रीपत यादव तो भाग निकला, परंतु गैंग में नंबर दो की हैसियत रखने वाला भूरा यादव मारा गया। मैंने चार अपहृत व्यक्तियों को श्रीपत गैंग से मुक्त कराया, जिनका फिरौती के लिए अपहरण किया गया था।

पुलिस मुठभेड़ की जानकारी नेताजी को दी गई। उन्हें जब मालूम हुआ कि श्रीपत यादव बच गया और भूरा यादव मारा गया तो वे बौखला गए। वे बोले कि मुठभेड़ में मारा गया डकैत भूरा उनकी कम्हरिया गोत्र का यादव है। उन्होंने अपने विश्वस्त जे.एस. घुंगेश एस.पी./प्रभारी डी.आई.जी. कानपुर रेंज को तुरंत इटावा भेजकर जाँच करवाई। श्रीपत गैंग के चंगुल से छुड़ाए गए चारों व्यक्तियों ने जे.एस. घुंगेश को अपनी व्यथा सुनाई। अगर ये चारों अपहृत व्यक्ति जिंदा न छुड़ाए गए होते तो घुंगेश इस मुठभेड़ में भाग लेने वाले पुलिस के जवानों पर हत्या का मुकदमा अवश्य करवा देते।

18 जनवरी, 1990 को मुझे मुख्यमंत्री आवास बुलाया गया। मुख्यमंत्री ने कहा कि भूरा यादव के मारे जाने से उनके कम्हरिया गोत्र के यादव नाराज हो गए हैं, उनकी विधानसभा प्रभावित हो रही है। इसकी भरपाई के लिए जसवंत नगर थाने के सभी पुलिसकर्मियों को सस्पेंड कर दिया जाए। डी.जी.

पी. डॉ. आर.पी. माथुर और जे.एस. घुंगेश, नेताजी की हाँ-में-हाँ मिला रहे थे। मैंने नेताजी से कहा कि इंटर स्टेट गैंग के कुख्यात इनामी डकैत भूरा यादव मारा गया है और 4 लोगों की जान बचाई गई है। यदि मैंने इस साहसिक मुठभेड़ के बाद पूरे थाने को निलंबित कर दिया तो पुलिस का मनोबल टूटेगा और ऐसी स्थिति में वे राम आसरे चौबे उर्फ फक्कड़ गैंग पर कैसे काररवाई करेंगे। मुख्यमंत्रीजी नाराज होकर मीटिंग से उठ गए। डी.जी.पी. घबराकर कहने लगे कि मैं सबको निलंबित करता हूँ। मैंने पुलिस महानिदेशक को साफ-साफ बता दिया कि मैं पुलिसजनों को निलंबित नहीं करूँगा। पहले मेरा तबादला कर दिया जाए, उसके बाद जो चाहें कर लें।

4 अप्रैल, 1990 को पुलिस मुठभेड़ में फक्कड़ गैंग के चार कुख्यात डकैत मारे गए और थाना बिठौली इटावा के थानाध्यक्ष ओ.पी. यादव शहीद हो गए। मुख्यमंत्रीजी शहीद ओ.पी. यादव को सम्मान देने पुलिस लाइन इटावा आए। उन्होंने मेरी भूरि-भूरि प्रशंसा की और मुठभेड़ में मुख्य भूमिका निभाने वाले दो उपनिरीक्षकों फतेह सिंह और छोटे लाल अरुण को थानाध्यक्ष बनाने के लिए कहा। मैं उन्हें थानाध्यक्ष बनाने ही जा रहा था कि मात्र 4 दिन बाद 8 अप्रैल, 1990 को थाना सिविल लाइंस इटावा की घटना हो गई। शिवपाल यादव 100 से अधिक हथियारबंद लोगों को साथ लेकर थाना सिविल लाइंस पहुँचे। उन्होंने थाने में घुसकर थानाध्यक्ष शाह आलम खान की बुरी तरह पिटाई की और उनके समर्थकों ने तोड़-फोड़ की। शिवपाल सिंह यादव जमीन कब्जा करने वाले गिरफ्तार 25 आरोपियों को भी थाने से छुड़ा ले गए।

सिविल लाइंस कांड के बाद मुझे तुरंत उत्तर प्रदेश प्रशासनिक अकादमी नैनीताल में ट्रेनिंग हेतु भेज दिया गया और वहीं से 20वीं वाहिनी पी.ए.सी. आजमगढ़ ट्रांसफर कर दिया गया। सिविल लाइंस प्रकरण की जाँच उत्तर प्रदेश क्राइम ब्रांच सी.आई.डी. को दी गई। मात्र एक हफ्ते में सी.आई.डी. जाँच पूरी कर ली गई। शिवपाल सिंह यादव को क्लीन चिट दी गई और थानाध्यक्ष शाह आलम खान के विरुद्ध लिखाए गए चारों फर्जी मुकदमों में चार्जशीट लगा दी गई। मुझे लगातार प्रताड़ित किया जाता रहा और सिविल

लाइंस कांड में सी.आई.डी. से रिपोर्ट लेकर मेरे विरुद्ध विभागीय कारवाई शुरू कर दी गई। इस पुस्तक में सिविल लाइंस कांड और उसके बाद के प्रकरण विस्तारपूर्वक लिखे गए हैं।

मैं इटावा में मात्र 84 दिन तैनात रहा, परंतु उसका खामियाजा मुझे पूरे सेवाकाल में भुगतना पड़ा। मैं 1 अक्तूबर, 2011 से 8 जनवरी, 2012 तक उत्तर प्रदेश पुलिस का पुलिस महानिदेशक रह चुका था और उसके बाद डी.जी. पी.ए.सी. के पद पर तैनात था। अखिलेश यादव जब उत्तर प्रदेश के मुख्यमंत्री बने तो उन्होंने मुझे लखनऊ में भी नहीं रहने दिया। मुझे निदेशक पुलिस अकादमी मुरादाबाद भेज दिया गया। हद तो तब हो गई जब मुख्यमंत्री अखिलेश यादव के निर्देश पर 19 मई, 2013 को बाराबंकी कोतवाली में मेरे व 42 अन्य पुलिसकर्मियों पर हत्या का फर्जी मुकदमा लिखवा दिया गया। इस मुकदमे में सेवानिवृत्त डी.जी.पी. विक्रम सिंह (आई.पी.एस.-1974) को भी आरोपी बनाया गया था। यह मुकदमा लखनऊ, अयोध्या और वाराणसी में 23 नवंबर, 2007 को हुए सीरियल ब्लास्ट में शामिल आतंकी खालिद मुजाहिद की लू लगने से मौत होने के बाद पंजीकृत कराया गया था। मेरे ऊपर आरोप लगाए गए कि ए.डी.जी. कानून व्यवस्था के पद पर रहने के दौरान आतंकवादी खालिद मुजाहिद और हकीम तारिक कासमी की गिरफ्तारी गलत तरीके से कराई गई थी। तत्कालीन मुख्यमंत्री अखिलेश यादव ने तुष्टीकरण की राजनीति के तहत दोनों आतंकवादियों की गिरफ्तारी से संबंधित चार्जशीट को न्यायालय से वापस लेने का आदेश दे दिया। बाराबंकी सत्र न्यायालय द्वारा चार्जशीट वापसी की अनुमति नहीं दी गई। न्यायालय द्वारा खालिद मुजाहिद के साथी हकीम तारिक कासमी को उत्तर प्रदेश के लखनऊ, अयोध्या और गोलघर गोरखपुर में हुए सीरियल ब्लास्ट में अलग-अलग तीन आजन्म कारावास की सजाएँ दी गईं। बाराबंकी में गिरफ्तारी के समय उससे बरामद किए गए विस्फोटकों के संबंध में भी उसे आजन्म कारावास की सजा दी गई। इस मुकदमे की चार्जशीट को अखिलेश यादव सरकार ने वापस लिया था।

इतना ही नहीं, मुख्यमंत्री अखिलेश यादव ने वर्ष 2013 में एक ही दिन आतंकवादियों के मुकदमों की 14 चार्जशीटों को न्यायालय से वापस लेने

के आदेश दिए थे, परंतु इलाहाबाद उच्च न्यायालय ने उन्हें झटका दे दिया। इलाहाबाद हाईकोर्ट के न्यायमूर्ति आर.के. अग्रवाल और न्यायमूर्ति आर.एस. आर. मौर्या की पीठ ने निर्णय दिया कि "आज आप आतंकवादियों को रिहा कर रहे हैं, कल आप उन्हें पद्मभूषण भी दे सकते हैं।" न्यायालय की फटकार के बाद अखिलेश सरकार बैकफुट पर आ गई और आतंकवादियों के मुकदमे वापस नहीं करा पाए। आतंकवादियों के मुकदमे न्यायालयों में चले और कई आतंकवादियों को फाँसी और आजन्म कारावास की सजाएँ हुईं। न्यायालय द्वारा सजा होते ही मुझे प्रताड़ित करने के लिए जो ताना-बाना अखिलेश सरकार द्वारा बुना गया था, वह विफल हो गया।

इस पुस्तक में न केवल मेरी प्रताड़ना, बल्कि मेरे साथ इटावा में कार्यरत रहे पुलिसकर्मियों की प्रताड़ना के बारे में विस्तारपूर्वक लिखा गया है।

अनुक्रम

इटावा में नियुक्ति

बृजलाल, एस.एस.पी. इटावा

उत्तर प्रदेश में 5 दिसंबर, 1989 को जनता दल की सरकार बनी और मुलायम सिंह यादव उर्फ नेताजी प्रदेश में पहली बार मुख्यमंत्री बने। उस समय मैं जनपद सीतापुर में 27वीं वाहिनी पी.ए.सी. में सेनानायक के पद पर तैनात था। नई सरकार बनने के बाद मुझे 10 दिसंबर, 1989 को एस.पी. सीतापुर बनाया गया था। मात्र 9 दिन बाद 18 दिसंबर को मुझे एस.एस.पी. इटावा के पद पर नियुक्त किया गया। मुख्यमंत्रीजी इटावा के रहने वाले थे और उन्हें अपने जनपद के लिए कर्तव्यनिष्ठ, तेज-तर्रार आई.पी.एस. अधिकारी की आवश्यकता थी, जिसके दृष्टिगत मेरी तैनाती जनपद इटावा में की गई। मैं इटावा नहीं जाना चाहता था, क्योंकि मुझे मालूम था कि मेरे कार्य में हस्तक्षेप किया जाएगा और ऐसी स्थिति में मुझे अपने दायित्वों को निष्पक्षतापूर्वक निभाने में कठिनाई उत्पन्न होगी।

मैं इस संबंध में पुलिस महानिदेशक आर.पी. जोशी से मिला। उन्होंने बताया कि मुख्यमंत्रीजी ने सोच-समझकर आपकी नियुक्ति अपने गृह जनपद में की है। पुलिस महानिदेशक से मिलने के बाद मैं गृह सचिव आदित्य कुमार रस्तोगी से मिला, उन्होंने मुसकराकर कहा कि आप अपने बैच के पहले एस.एस.पी. नियुक्त किए गए हैं और वह भी मुख्यमंत्री के गृह जनपद में। मैं आपको नियुक्ति हेतु बधाई दूँ या सद्भावना व्यक्त करूँ। ए.के. रस्तोगी मेरी कार्यप्रणाली से अच्छी तरह परिचित थे। मैं 17 जुलाई, 1984 से 30

जून, 1986 तक लखनऊ में एस.पी. सिटी रहा था, हालाँकि रस्तोगीजी उस समय गृह विभाग में तैनात नहीं थे, परंतु उत्तर प्रदेश शासन में नियुक्त रहने के कारण वे मेरी कार्यप्रणाली से अच्छी तरह परिचित थे। उन्होंने मुझसे कहा कि मुख्यमंत्रीजी ने अपनी पसंद से आपको अपने गृह जनपद का एस.एस.पी. चुना है, इसलिए वे आपका स्थानांतरण नहीं रोक पाएँगे। आप मुख्यमंत्रीजी से मिलकर अपनी बात स्वयं कर लें।

मैं उस समय तक मुलायम सिंह यादव से कभी मिला नहीं था। 31 मार्च, 1985 को उनसे पहली बार टेलीफोन पर मेरी बात हुई थी। मेरी बातचीत लोकदल विधायक राज बहादुर सिंह की गिरफ्तारी के संबंध में हुई थी। राज बहादुर सिंह जौनपुर के थाना केराकत का हिस्ट्रीशीटर था और ग्राम बीरमपुर (केवटी) का रहने वाला था। वह एक शातिर अपराधी था। राज बहादुर का जौनपुर, गाजीपुर, आजमगढ़ और वाराणसी में आतंक था। उसका सबसे विश्वसनीय साथी जौनपुर निवासी साधू सिंह भगौड़ा फौजी था। अपराध के दौरान राज बहादुर बुलेट मोटरसाइकिल चलाता था और साधू सिंह गोली चलाता था। वर्ष 1982 में ही इलाहाबाद-जौनपुर की सीमा पर थाना फूलपुर क्षेत्र में पुलिस से मुठभेड़ हो गई, जिसमें उसका साथी साधू सिंह मारा गया। साधू सिंह के मारे जाने के बाद राज बहादुर अकेला पड़ गया और अपनी जान बचाने के लिए राजनीति का सहारा लिया। उसे बयालीसी (अब जफराबाद) जौनपुर विधानसभा क्षेत्र से टिकट मिला और वहाँ से जातीय समीकरण बनाकर विधायक बन गया था।

उसने 30 मार्च, 1985 की रात में डॉ. राजेंद्र जौहर, निवासी नैपियर रोड कॉलोनी चौक, पर गोलियाँ चलाई थीं, जिससे वे हमेशा के लिए विकलांग हो गए थे। राज बहादुर सिंह ने डॉ. एस.बी. सिंह के कहने पर डॉ. जौहर के घर का दरवाजा खटखटाया और घर में घुसकर उन्हें गालियाँ देता रहा कि वे घर खाली कर दें, क्योंकि घर को उसके मित्र एस.बी. सिंह खरीदना चाहते हैं। उसने अपने शैडो फिरोज खान की .455 रिवॉल्वर से उन पर दो गोलियाँ चलाईं। एक गोली डॉ. जौहर की गरदन में और दूसरी उनकी पीठ पर लगी। वे के.जी.एम.सी. लखनऊ (अब किंग जॉर्ज मेडिकल यूनिवर्सिटी) में तैनात थे, वहीं उनका इलाज चला। जान तो बच गई, लेकिन डॉ. जौहर हमेशा

के लिए विकलांग हो गए। मैंने 30 मार्च, 1985 की रात को विधायक राज बहादुर सिंह को दारुलशफा से गिरफ्तार करवाया था, उस समय वह शराब के नशे में धुत था।

मुलायम सिंह यादव 'नेताजी' उस समय नेता प्रतिपक्ष थे और एन.डी. तिवारी, उत्तर प्रदेश के मुख्यमंत्री थे। नेताजी ने मुझसे राज बहादुर सिंह की गिरफ्तारी के बारे में बातचीत की थी और कहा था कि राज बहादुर सिंह उनकी पार्टी के विधायक हैं। मैंने राज बहादुर सिंह के आपराधिक कृत्यों के बारे में उन्हें विस्तार में बताया और उनसे यह भी कहा कि उनकी गिरफ्तारी की सूचना विधानसभा अध्यक्ष को दे दी गई है और उसे आज ही जेल भेजा दिया जाएगा।

इस गंभीर घटना की विवेचना थाना चौक के प्रभारी निरीक्षक ए.के. उपाध्याय ने स्वयं की थी। उन्होंने राज बहादुर सिंह, डॉ. एस.बी. सिंह ठाकुर और कॉन्स्टेबल शैडो फिरोज खान के खिलाफ 28 सितंबर, 1986 को चार्जशीट लगा दी। घटना के 24 वर्ष 8 महीने बीत जाने के बाद 22 नवंबर, 2009 को सतीश चंद्र सिंह अपर जिला जज लखनऊ ने राज बहादुर, फिरोज खान और डॉ. एस.बी. सिंह ठाकुर को 10-10 वर्ष का सश्रम कारावास व 10-10 हजार रुपए जुरमाने की सजा दी। उस समय तक राज बहादुर मर चुका था और सजा होने के कुछ दिन बाद डॉ. एस.बी. सिंह ठाकुर की भी मृत्यु हो गई। फिरोज खान अपनी सजा काटता रहा। सजा होने के कारण वह पुलिस सेवा से बरखास्त कर दिया गया और पेंशन का भी हकदार नहीं रहा।

गृह सचिव आदित्य कुमार रस्तोगी से मिलने के बाद उसी दिन 18 दिसंबर, 1989 को मैं मुख्यमंत्री मुलायम सिंह यादव से मिला। मैंने उनसे अनुरोध किया कि मैं व्यक्तिगत कारणों से इटावा नहीं जाना चाहता हूँ, परंतु वे तो मुझे उसी समय हेलीकॉप्टर से अपने साथ ही इटावा ले जाना चाह रहे थे। मैंने उनसे अनुरोध किया कि मेरे कपड़े व अन्य सामान सीतापुर में ही हैं, जिसके कारण मैं आपके साथ जाने में असमर्थ हूँ। मैं 20 दिसंबर, 1989 को इटावा पहुँचा और अतुल (आई.पी.एस.-1976) से वरिष्ठ पुलिस अधीक्षक इटावा का पदभार ग्रहण किया। अतुल चार्ज देने के लिए तैयार बैठे थे। ऐसा

लग रहा था कि वे कितनी जल्दी एस.एस.पी. इटावा के पद से मुक्त होना चाहते थे।

मैं अतुल के साथ इलाहाबाद में नियुक्त रह चुका था। मेरी उनसे बहुत अच्छी दोस्ती थी। मैंने उनसे वहाँ की समस्याओं के बारे में विचार-विमर्श किया। उन्होंने बताया कि विधानसभा चुनाव 1989 के दौरान इटावा में कई हिंसात्मक घटनाएँ हुई हैं, जिसमें नेताजी, उनके परिजनों तथा सहयोगियों के विरुद्ध गंभीर धाराओं में मुकदमे कायम हैं। नेताजी ने अपने प्रतिद्वंद्वी दर्शन सिंह यादव के विरुद्ध भी उन्हीं मुकदमों में क्रॉस केस कायम करवा रखे हैं।

दर्शन सिंह यादव काफी धनाढ्य व्यक्ति थे, जिनके पास करीब 35 भट्ठे और 6 राइस मिलें थीं। वे मुलायम सिंह की काफी आर्थिक मदद करते थे। नेताजी उन्हें बड़ा भाई मानते थे और उनका बहुत सम्मान करते थे। उन्होंने मुलायम सिंह यादव को चुनाव प्रचार के लिए 'क्रांति रथ' बनवाकर दिया था और उनके राजनीतिक खर्चों को भी वहन करते थे।

वर्ष 1989 में दर्शन सिंह यादव, इटावा जिला परिषद् अध्यक्ष का टिकट चाहते थे। मुलायम सिंह यादव, शुरू से ही परिवारवाद के पोषक थे। उन्होंने शुरू में दर्शन सिंह यादव को टिकट देने का वादा किया, परंतु अंत में परिवारवाद पर उतर आए और अपने चचेरे भाई प्रो. राम गोपाल यादव को टिकट दे दिया। प्रो. राम गोपाल उस समय नेताजी के साथ राजनीति में सक्रिय थे और वे उन्हें राजनीतिक सलाह भी देते थे। नेताजी के परिवार में प्रो. रामगोपाल यादव सबसे अधिक पढ़े-लिखे थे। नेताजी ने अपने सगे भाई शिवपाल सिंह यादव को जिला को-ऑपरेटिव बैंक का चुनाव 8 जनवरी, 1989 को लड़ाया और वे को-ऑपरेटिव बैंक के चेयरमैन बन गए।

दर्शन सिंह यादव को पूरा विश्वास था कि नेताजी उन्हें ही जिला परिषद् का टिकट देंगे, परंतु टिकट न मिलने पर वे बगावत पर उतर आए। वे बलराम सिंह यादव के साथ कांग्रेस पार्टी में शामिल हो गए। उस समय बाबू दर्शन सिंह का जनता दल छोड़कर कांग्रेस में आना, इटावा की राजनीति में बहुत बड़ी उथल-पुथल थी। कांग्रेस पार्टी ने उन्हें वर्ष 1989 में जसवंत नगर विधानसभा सीट से मुलायम सिंह के विरुद्ध टिकट दे दिया। बाबू दर्शन सिंह का पूरे इटावा

में विशेषकर जसवंत नगर विधानसभा सीट पर बहुत प्रभाव था। वे यादव में 'कम्हरिया' गोत्र से थे। मुलायम सिंह यादव भी कम्हरिया गोत्र के यादव थे। चुनाव में कम्हरिया यादवों के वोट का बँटना तय हो गया। बाबू दर्शन सिंह का यादवों के 'ग्वाल' गोत्र पर भी काफी प्रभाव था। सबसे बड़ा कारण यह था कि बाबू दर्शन सिंह उस समय इटावा, मैनपुरी, फर्रुखाबाद, एटा जिले में सबसे धनाढ्य यादव थे। वे यूपी भट्ठा एसोसिएशन के कई बार प्रदेश अध्यक्ष भी थे और उन्हें उत्तर प्रदेश में 'भट्ठा किंग' कहा जाता था। उन्होंने 1980 के दशक में हैंवरा इंटर कॉलेज की शुरुआत की थी। उन्होंने वर्ष 1983 में वहीं चौधरी चरण सिंह डिग्री कॉलेज की स्थापना की, जिसके वे संस्थापक और प्रबंधक थे। काफी दिनों तक इसे सरकारी अनुदान नहीं मिलता था। चौधरी चरण सिंह डिग्री कॉलेज में शुरुआती नियुक्तियाँ बाबू दर्शन सिंह द्वारा ही की गई थीं।

बाबू दर्शन सिंह ने 1989 में मुलायम सिंह यादव के विरुद्ध जसवंत नगर विधानसभा सीट से चुनाव लड़े, परंतु हार गए। मुख्यमंत्री बनने के बाद मुलायम सिंह यादव ने बाबू दर्शन सिंह को चौधरी चरण सिंह डिग्री कॉलेज के प्रबंधक पद से हटा दिया और अपने छोटे भाई शिवपाल सिंह यादव को डिग्री कॉलेज का प्रबंधक बना दिया। वर्ष 2003 में मुख्यमंत्री बनने के बाद उन्होंने शिवपाल सिंह यादव की संस्तुति पर आकस्मिक निधि से चौधरी चरण सिंह डिग्री कॉलेज को 100 करोड़ रुपए आवंटित किए। डिग्री कॉलेज, पोस्ट ग्रेजुएट कॉलेज में तब्दील हो गया, जिसे अब चौधरी चरण सिंह पोस्ट ग्रेजुएट कॉलेज के रूप में जाना जाता है। 100 करोड़ रुपए के अनुदान के मामले को मानेंद्र नाथ राय ने न्यायालय में चुनौती दी। मामला सुप्रीम कोर्ट पहुँचा। वर्ष 2016 में सुप्रीम कोर्ट ने अपने ऑब्जर्वेशन में कहा कि यह कैसे संभव हो सकता है कि सरकारी धन को किसी प्राइवेट सोसाइटी को दे दिया जाए। सुप्रीम कोर्ट ने उत्तर प्रदेश सरकार को कहा कि जो सोसाइटी इस कॉलेज को चला रही है, उसका पुनर्गठन क्यों न किया जाए? सोसाइटी सरकार की निगरानी में चलनी चाहिए और उसमें सरकारी अधिकारी भी नियुक्त हों। मुख्यमंत्री बनते ही मुलायम सिंह यादव ने दर्शन सिंह यादव को हर तरह से कमजोर किया। उनके कई भट्ठे भी बंद करा दिए गए।

विधानसभा चुनाव 1989 में हिंसक घटनाएँ

जसवंत नगर में पहली बार मुलायम सिंह यादव के विरुद्ध दर्शन सिंह यादव चुनाव लड़ रहे थे। उस समय जसवंत नगर का चुनाव अखबारों की सुर्खियों में था। चुनाव लड़ने वाले दोनों पक्ष किसी से कम नहीं थे। मुलायम सिंह यादव ठहरे एक अनुभवी राजनेता, उन्होंने चुनाव जीतने के लिए हर हथकंडे अपनाए। प्रदेश में भले ही कांग्रेस की सरकार थी, परंतु इटावा और मैनपुरी में सिक्का मुलायम सिंह का ही चलता था। उस दौरान उत्तर प्रदेश के कांग्रेसी मुख्यमंत्री श्रीपति मिश्र, एन.डी. तिवारी और वीर बहादुर सिंह, मुलायम सिंह यादव की बात नहीं टालते थे। वैसे भी मुलायम सिंह यादव उन मुख्यमंत्रियों के कार्यकाल में नेता प्रतिपक्ष थे। विडंबना थी कि कांग्रेस की सरकार में इटावा में कांग्रेसियों का ही उत्पीड़न होता था और मुलायम सिंह यादव के लोग उन पर भारी पड़ते थे। दर्शन सिंह यादव को जो सहयोग अपनी पार्टी और सरकार से मिलना चाहिए था, वो नहीं मिला।

चुनाव प्रचार के दौरान दोनों पक्षों में हिंसात्मक घटनाएँ हुईं, जिसमें सबसे अधिक नुकसान दर्शन सिंह यादव का ही हुआ। बाबू दर्शन सिंह ने इन घटनाओं में मुलायम सिंह यादव, प्रो. राम गोपाल यादव, शिवपाल यादव, रामसेवक गंगापुरा, मिनी राम नरेश सहित कई लोगों को नामजद किया था। मुलायम सिंह यादव ने भी उन मुकदमों के खिलाफ 'क्रॉस केस' बाबू दर्शन सिंह, परिजनों और समर्थकों के खिलाफ लिखवाए। कई घटनाओं में धुआँधार गोलियाँ भी चली थीं, जिसमें अधिकतर दर्शन सिंह यादव पक्ष के लोग घायल हुए थे। दोनों पक्षों द्वारा करीब डेढ़ दर्जन मुकदमे एक-दूसरे के खिलाफ लिखवाए गए। जमकर बूथ कैप्चरिंग हुई। उस जमाने में वोट वैलेट पेपर से डाले जाते थे। इटावा में बूथ कब्जा करके अपने पक्ष में जबरदस्ती ठप्पा लगाकर वोट डंप करना आम बात थी। बूथ कैप्चरिंग के कारण दर्शन सिंह के विरोधी नेताजी के लोग काफी आगे रहते थे।

एस.एस.पी. इटावा, अतुल ने दोनों नेताओं और उनके समर्थकों पर करीब डेढ़ दर्जन मुकदमे कायम करवाए। इटावा में निष्पक्ष विवेचना संभव नहीं थी, क्योंकि इटावा पुलिसकर्मी भी दो खेमों में बँट गए थे। अतुल ने सभी

मुकदमों की जाँच क्राइम ब्रांच सी.आई.डी. से कराने हेतु डी.आई.जी. कानपुर आर.सी. अग्रवाल को रिपोर्ट भेजी। आर.सी. अग्रवाल ने पुलिस महानिदेशक को पत्र लिखा कि मुलायम सिंह यादव और दर्शन सिंह यादव के विरुद्ध पंजीकृत मुकदमों की निष्पक्ष विवेचना इटावा में संभव नहीं है, इसलिए इसकी विवेचना क्राइम ब्रांच सी.आई.डी. को दे दी जाए। पुलिस महानिदेशक ने डी.आई.जी. कानपुर की संस्तुति पर मुलायम सिंह यादव और दर्शन सिंह यादव पर दर्ज सभी मुकदमों की विवेचना क्राइम ब्रांच सी.आई.डी. को सौंप दी।

सी.आई.डी. द्वारा मुकदमों की जाँच चल ही रही थी कि इसी बीच मुलायम सिंह यादव 5 दिसंबर, 1989 को उत्तर प्रदेश के मुख्यमंत्री बन गए। मुलायम सिंह यादव के मुख्यमंत्री बनते ही सी.आई.डी. द्वारा की जा रही सभी जाँचें इटावा पुलिस को वापस सौंप दी गईं। मुलायम सिंह यादव अच्छी तरह जानते थे कि वे अपने गृह जनपद की पुलिस पर दबाव डालकर जैसा चाहेंगे, वैसी जाँच करवा लेंगे। अतुल ने मुझे बताया था कि इन मुकदमों की विवेचना में नेताजी का काफी दबाव रहेगा और उनकी इच्छानुसार दर्शन सिंह और उनके परिवार पर कड़ी कारवाई करने के लिए कहा जाएगा।

मुलायम सिंह यादव मुख्यमंत्री के रूप में इटावा की अपनी पहली तीन दिन की यात्रा पर 18 दिसंबर, 1989 को आए थे। वहाँ पर उन्होंने एक महत्त्वपूर्ण वक्तव्य दिया था कि इटावा का प्रत्येक व्यक्ति अपने को मुख्यमंत्री समझे। इस वक्तव्य से जिला प्रशासन, पुलिस तथा सरकारी महकमे में सत्ताधारी जनता दल नेताओं का दखल अचानक बढ़ गया। सत्ताधारी लोगों में ऐसी भावना घर कर गई कि कोई भी काम, चाहे वो गैर–कानूनी ही क्यों न हो, सरकारी अधिकारियों से कराया जा सकता है। सत्ताधारी पार्टी के लोगों द्वारा जमीनों पर कब्जा करना, विरोधियों पर हमले और उनके विरुद्ध झूठे मुकदमे लिखवाना आम बात हो गई।

□

मुख्यमंत्री से मेरी पहली मुलाकात

मैं, मुख्यमंत्रीजी की प्रथम यात्रा के तीसरे दिन 20 दिसंबर, 1989 को उनसे मिला। उन्होंने इटावा के बारे में मुझे विस्तार से बताया। उन्होंने यह भी बताया कि वे यहाँ मुख्यमंत्री के रूप में इटावा पहली बार आए हैं और इसी दौरान दर्शन सिंह के परिवार वालों ने 'सरस्वती शिशु शिक्षा स्थल' हैंवरा में घुसकर लूटपाट की और आग लगा दी है, जिसके संबंध में थाना बसरेहर (अब सैफई) में डकैती और आगजनी का मुकदमा अभिलाख सिंह यादव, स्कूल प्रबंधक निवासी नवलपुरा चौकी हैंवरा द्वारा लिखवाया गया है। मुख्यमंत्री का आदेश स्पष्ट था कि मैं मुकदमे में नामित दर्शन सिंह के भाई हरगोविंद सिंह यादव, शिवराम सिंह यादव, भतीजा जितेंद्र प्रताप यादव पुत्र हरगोविंद यादव और उनके पक्ष के नरेश पुत्र अक्षयलाल यादव निवासी बहादुरपुर गाँव, दर्शन सिंह यादव, विषंभर सिंह यादव पुत्र जुल्फी सिंह निवासी बहादुरपुर, जगदीश निवासी लटुपुरा, कृपाल सिंह पुत्र डिप्टी सिंह निवासी नवलपुरा और मोहब्बत सिंह (चाचा कृपाल सिंह) को डकैती और आगजनी के मामले में गिरफ्तार करके जेल भेज दिया जाए।

मैं उस समय अपनी सेवा के तेरह वर्ष पूरे कर चुका था। अपर पुलिस अधीक्षक जालौन, एस.पी. देहात इलाहाबाद, एस.पी. सिटी लखनऊ, एस.पी. पीलीभीत, एस.पी. बाराबंकी, संयुक्त सचिव मुख्यमंत्री उत्तर प्रदेश और एस.पी. सीतापुर जैसे महत्त्वपूर्ण पदों पर तैनात रह चुका था। मैंने सोचा कि जिस व्यक्ति के पास लगभग तीन दर्जन ईंट भट्ठे हों, 6 राइस मिलें हों, उनके परिवार के लोग एक स्कूल में डकैती क्यों डालेंगे और उसमें आग लगाने का तो कोई औचित्य समझ में ही नहीं आ रहा था। मैंने मुख्यमंत्री से कहा कि मैं

अभी हैंवरा जा रहा हूँ और घटनास्थल पर निरीक्षण करके निष्पक्ष काररवाई सुनिश्चित करूँगा। मेरे इस जवाब से मुख्यमंत्री के चेहरे पर अजीब सा भाव आया। ऐसा लग रहा था, जैसे वे यह सुनना ही नहीं चाहते थे। मैं 'सरस्वती शिशु शिक्षा स्थल' हैंवरा गया। एक कमरे में आग लगाई गई थी, जिसमें कुछ मामूली सामान जल गए थे। डकैती करने का तो कोई औचित्य ही नहीं था और न ही वहाँ डकैती करने जैसा कोई सामान था। घटना का समय भी 18 दिसंबर, 1989 को सुबह 8 बजे दिखाया गया, जिस दिन मुख्यमंत्री पहली बार इटावा आए थे। दर्शन सिंह परिवार का मनोबल वैसे भी गिरा हुआ था और वे लोग डरे हुए थे। ऐसी परिस्थिति में दिन-दहाड़े ऐसी घटना को अंजाम देना, सामान्य व्यक्ति की समझ से भी परे था। स्पष्ट था कि अपने प्रतिद्वंद्वी दर्शन सिंह को सबक सिखाने के लिए झूठा मुकदमा अभिलाख सिंह यादव के द्वारा मुख्यमंत्री परिवार के निर्देश पर लिखवाया गया था। मैंने अपनी तेरह साल की सेवा में ऐसा झूठा मामला कभी नहीं देखा था। मैंने इस मामले में कोई काररवाई नहीं की। मुझे जानकारी हुई कि मुख्यमंत्री के छोटे भाई शिवपाल सिंह यादव के निर्देश पर स्कूल के एक कमरे में आग लगवाई गई थी और राजनीतिक प्रतिशोध लेने के लिए अपने विरोधी दर्शन सिंह यादव, उनके परिवारजनों पर झूठा मुकदमा कायम करवा दिया था।

दर्शन सिंह यादव से मुख्यमंत्री इसलिए नाराज थे कि वे उनके विरुद्ध जसवंत नगर सीट से चुनाव लड़ने की हिम्मत कर गए। मुख्यमंत्री से मेरी पहली मुलाकात ही संतोषजनक नहीं हुई। मुझसे अपेक्षा की गई कि मैं उनकी इच्छानुसार दर्शन सिंह और उनके परिवार के उन लोगों को जेल भेज दूँ, जिन्हें फर्जी रूप से स्कूल की आगजनी और डकैती में नामजद किया गया था। मैंने ऐसा करने से साफ मना कर दिया। जनवरी 1990 आते-आते मुख्यमंत्री से मेरे संबंधों में ऐसी तल्खी आई कि उन्होंने मुझसे बात तक करना बंद कर दिया था। उनके इटावा आगमन पर मेरी मुलाकात केवल औपचारिक रह गई थी। जनवरी में ही मेरे साथ तैनात अपर पुलिस अधीक्षक के.के. सक्सेना ने चुपके से इस झूठे मुकदमे में 27 जनवरी, 1990 को उपनिरीक्षक रतन सिंह जादौन द्वारा चार्जशीट संख्या 7/90 लगवाकर आनन-फानन में न्यायालय

भिजवा दी। के.के. सक्सेना, मेरे साथ इटावा से पहले पीलीभीत में भी अपर पुलिस अधीक्षक रह चुके थे। मुलायम सिंह यादव और उनके परिवारजनों के दिलों में मेरे प्रति नफरत पैदा करने में मुख्य भूमिका के.के. सक्सेना की ही थी। इटावा से अप्रैल 1990 में मेरे स्थानांतरण के बाद वे कार्यकारी वरिष्ठ पुलिस अधीक्षक लगभग दो महीने तक रहे। वे वहीं पर स्थायी रूप से कार्यकारी वरिष्ठ पुलिस अधीक्षक बने रहना चाहते थे। उस समय जे.एस. घुंगेश (आई.पी.एस.-1972) भी एस.पी. रैंक में डी.आई.जी. कानपुर का कार्यभार देख रहे थे। सक्सेना, मुख्यमंत्री परिवार के इशारे पर हर काम करने को तत्पर रहते थे, चाहे वह सरासर गलत ही क्यों न हो। उनका एक काम और भी था कि वे मुख्यमंत्री और उनके परिवार में मेरे प्रति जितनी नफरत पैदा कर सकते थे, वह की। मुझे जानकारी हुई कि उन्होंने मुख्यमंत्री को यहाँ तक कहा कि एस.एस.पी. बृजलाल उनके छोटे भाई शिवपाल सिंह को पुलिस मुठभेड़ में मरवा सकते हैं। ऐसी झूठी और भोंडी बातों पर सत्ता के शीर्ष पर बैठे लोग विश्वास भी कर लेते थे। सक्सेना ने दो महीने तक किसी एस.एस. पी. की नियुक्ति नहीं होने दी। इटावा के हालात को देखते हुए कोई आई.पी. एस. अधिकारी वहाँ जाना भी नहीं चाहता था। दो महीने बाद हिम्मत सिंह (आई.पी.एस.-1980) इटावा के एस.एस.पी. बनाए गए। के.के. सक्सेना को मुलायम सिंह यादव के कार्यकाल में मनचाही तैनाती मिलती रही। वे आई.जी. बनकर सेवानिवृत्त हुए।

□

आई.जी. जोन कार्यालय कानपुर में बैठक

मुझे 31 दिसंबर को कानपुर आई.जी. जोन कार्यालय में बुलाया गया। उस मीटिंग में मेरे अलावा आई.जी. जोन बी.एस. बेदी और प्रभारी डी.आई. जी. कानपुर जे.एस. घुंगेश मौजूद थे। जे.एस. घुंगेश इटावा में 20 जुलाई, 1979 से 25 मार्च, 1980 तक इटावा के एस.पी. रह चुके थे। उस समय मुलायम सिंह यादव जनता पार्टी की सरकार में सहकारिता मंत्री थे।

जब मुलायम सिंह यादव मुख्यमंत्री बने तो उन्होंने तुरंत अपने चहेते जे.एस. घुंगेश को कानपुर का डी.आई.जी. रेंज बनाने का आदेश दे दिया। डी.जी.पी. और गृह सचिव ने बातचीत करके उन्हें प्रदेश के सबसे बड़े रेंज कानपुर का डी.आई.जी. बना दिया। यह मामला अखबारों में उछला, क्योंकि घुंगेश उस समय एस.पी. रैंक के अधिकारी थे। उत्तर प्रदेश सरकार ने अपना पहला शासनादेश वापस लिया और दूसरा शासनादेश जारी करके घुंगेश को एस.पी. रैंक में ही प्रभारी डी.आई.जी. कानपुर रेंज बना दिया।

इस मीटिंग में आई.जी. जोन बी.एस. बेदी तटस्थ रहे। जे.एस. घुंगेश ने मीटिंग की शुरुआत की। उन्होंने कहा कि मुख्यमंत्री चाहते हैं कि प्रदेश विधानसभा के सत्र से पहले मुख्यमंत्री और उनके परिवारजनों के विरुद्ध दर्शन सिंह यादव पक्ष द्वारा पंजीकृत कराए गए सभी मुकदमों में अंतिम रिपोर्ट लगाकर समाप्त कर दिया जाए। दर्शन सिंह के विरुद्ध मुख्यमंत्री के पक्ष द्वारा सभी मुकदमों में दर्शन सिंह, उनके भाइयों और उनके पक्ष के लोगों को जेल भेज दिया जाए और न्यायालय को चार्जशीट भेज दी जाए।

मुझे अपने पूर्वाधिकारी अतुल की बात याद आई कि चुनाव के दौरान हुई हिंसात्मक घटनाओं की विवेचना में मुख्यमंत्री द्वारा दबाव डाला जाएगा,

जो इटावा के मेरे 11 दिन के कार्यकाल के अंदर ही सामने आ गया। मैंने 2 मिनट सोचा और आई.जी. और डी.आई.जी. से कहा कि मैंने अपनी 13 साल की सेवा में वही किया है, जो न्यायोचित था। मैं इतना समझौता कर सकता हूँ कि मुख्यमंत्री, उनके भाई शिवपाल यादव, चचेरे भाई राम गोपाल यादव और परिवारजनों के विरुद्ध पंजीकृत मुकदमे में अंतिम रिपोर्ट लगाकर समाप्त कर दूँगा, परंतु दर्शन सिंह यादव और उनके परिवारजनों के ऊपर पंजीकृत मामलों में चार्जशीट नहीं लगाऊँगा। 1989 विधानसभा चुनाव के दौरान, जो मुकदमे कायम हुए थे, उनमें सबसे ज्यादा गलती मुख्यमंत्री के पक्ष की थी। मेरी अंतरात्मा निर्दोष लोगों को गलत तरीके से गिरफ्तार करने और उनके विरुद्ध मुकदमे चलाने की इजाजत नहीं दे रही है। ऐसा काम न मैंने कभी किया है और न ही कभी करूँगा। मुख्यमंत्रीजी को अब बड़ा दिल रखना चाहिए, न कि गलत काम करने के लिए मेरे ऊपर दबाव बनाया जाए। मैं इटावा वापस आया और दोनों पक्षों के ऊपर लगे लगभग डेढ़ दर्जन मुकदमों में अंतिम रिपोर्ट लगाकर समाप्त कर दिया।

बाबू दर्शन सिंह से पहली मुलाकात

बाबू दर्शन सिंह जनवरी के प्रथम सप्ताह में कानपुर गए और आई.जी. जोन बी.एस. बेदी से मुलाकात की। उन्होंने आई.जी. जोन से बताया कि मुख्यमंत्री ने उत्तर प्रदेश के सबसे तेज-तर्रार आई.पी.एस. अधिकारी बृजलाल को इटावा में एस.एस.पी. बनाया है। मुख्यमंत्री के आदेश पर उनका, उनके परिवारजनों और समर्थकों का उत्पीड़न किया जाएगा और फर्जी तरीके से गिरफ्तार करके जेल भेज दिया जाएगा। उन्हें यह भी आशंका थी कि राजनीतिक प्रतिशोध में उनके पक्ष के लोगों की केवल गिरफ्तारी ही नहीं की जाएगी, बल्कि उनके साथ मारपीट

बाबू दर्शन सिंह यादव

भी की जाएगी। बाबू दर्शन सिंह तो शुरुआत से मुलायम सिंह यादव की मदद करते रहे और उनकी आर्थिक रूप से काफी मदद की। दर्शन सिंह यादव धनाढ्य थे, जबकि उनके सामने मुलायम सिंह यादव की आर्थिक हैसियत कुछ भी नहीं थी। मुलायम सिंह यादव उनका बहुत सम्मान करते थे और जनता पार्टी में मंत्री रहने पर जब भी वे इटावा आते थे तो मिलने वालों से कमरा खाली करा दिया जाता था और उसमें केवल मुलायम सिंह और दर्शन सिंह घंटों विचार-विमर्श करते थे। दर्शन सिंह ने सैफई के पास अपने भट्ठे पर भी कार्यालय बना रखा था। वे सुरक्षा के दृष्टिकोण से दफ्तर के प्रथम तल पर रहते थे। सुबह वे पूजा करने के बाद ही लोगों से भू-तल पर मिलने आते थे। कभी-कभी ऐसा भी होता था कि मुलायम सिंह यादव उनसे मिलने कार्यालय पहुँच जाते थे। यदि बाबू दर्शन सिंह पूजा में होते थे तो उनकी पूजा में कोई विघ्न नहीं डालता था। मुलायम सिंह यादव भी भू-तल पर उनका इंतजार करते रहते थे।

मुलायम सिंह यादव के साथ बाबू दर्शन सिंह यादव

दर्शन सिंह मुलायम सिंह के हर क्रियाकलाप से पूरी तरह अवगत थे। आखिर 1989 से पहले वे भी मुलायम सिंह के हर निर्णयों में भागीदार होते थे, चाहे वह कितना ही गलत क्यों न हो। दर्शन सिंह भी ऐसे व्यापारी थे, जिन पर भट्ठा मजदूरों के साथ अन्याय का भी आरोप लगता था। कभी-कभी मजदूरों को उनकी पूरी मजदूरी भी नहीं मिल पाती थी और उनके आदमी उनका उत्पीड़न भी करते थे।

आई.जी. जोन बी.एस. बेदी ने उन्हें बताया कि बृजलाल एस.एस.पी. इटावा ने मुख्यमंत्री के परिवारजनों पर उनके द्वारा लिखाए गए मुकदमों के

साथ, उनके पक्ष के मुकदमों में भी अंतिम रिपोर्ट लगाकर समाप्त कर दिया है। बाबू दर्शन सिंह को आई.जी. की बात सुनकर एकाएक विश्वास ही नहीं हुआ। आई.जी. ने उन्हें बताया कि जो वह कह रहे हैं, वह पूर्णतया सत्य है।

कानपुर में आई.जी. से मिलने के बाद वे सीधे इटावा आकर मुझसे मिले। उन्होंने मुझसे कहा कि वे मुझसे मिले भी नहीं थे और अपने साथ हुए उत्पीड़न के संबंध में न ही कोई प्रार्थना-पत्र दिया था। उन्हें बताया गया था कि बृजलाल, प्रदेश के तेज-तर्रार आई.पी.एस. अधिकारी हैं और उन्हें राजनीतिक प्रतिशोध निकालने के लिए इटावा में तैनात किया गया है। यह भी बताया गया कि मुख्यमंत्री और उनके परिवार के लोग जो भी उनके विरुद्ध बताएँगे, उस पर उनका और उनके परिवारजनों का उत्पीड़न होगा। चुनाव प्रचार के दौरान उनके, परिवारजनों और समर्थकों के साथ हिंसात्मक घटनाएँ हुई हैं और कुछ लोग तो अब भी ग्वालियर मेडिकल कॉलेज में भरती हैं। मुख्यमंत्री बनने पर जब मुलायम सिंह 18 दिसंबर, 1989 को पहली बार इटावा आए तो उनके भाई शिवपाल सिंह यादव के इशारे पर 'सरस्वती शिशु शिक्षा स्थल' हैंवरा के एक कमरे में आग लगा दी गई और उनके दो भाइयों, भतीजे और उनके गाँव के कुछ खास व्यक्तियों के विरुद्ध आगजनी और डकैती का फर्जी मुकदमा कायम करवा दिया गया। यदि आप न होते तो अब तक वे और उनके परिवार के लोग जेल में होते। चुनाव प्रचार के दौरान हिंसात्मक घटनाओं में मुख्यमंत्री पक्ष द्वारा लिखाए गए फर्जी मुकदमे में उन्हें जेल में भेज दिया जाता, जहाँ से कई वर्ष तक बाहर नहीं निकल पाते। उन्होंने यह भी कहा कि आपने तो मुझे न्याय दे दिया, जबकि मैं आपसे मिला भी नहीं था। आई.जी. बी.एस. बेदी ने जब मुझे इन तथ्यों से अवगत कराया था तो मुझे पहले विश्वास ही नहीं हुआ था। यह कहते-कहते बाबू दर्शन सिंह भावुक हो गए और उनकी आँखों से आँसू बहने लगे और उनका गला रुँध गया।

□

शिवपाल सिंह यादव, अध्यक्ष जिला सहकारी बैंक इटावा निर्वाचित

मुलायम सिंह यादव और उनके परिवारजनों का सहकारिता विभाग बहुत ही पसंदीदा विभाग था। मुलायम सिंह यादव आपातकाल के बाद जनता पार्टी सरकार में उत्तर प्रदेश में सहकारिता मंत्री बने थे। उन्होंने अपने भाई शिवपाल सिंह यादव को जिला सहकारी बैंक इटावा का अध्यक्ष बनाने का निर्णय लिया। 8 जनवरी, 1990 को शिवपाल ने चुनाव हेतु नामांकन किया। उन्हें विश्वास था कि वे मुख्यमंत्री के भाई हैं, जिसके कारण उनके विरोध में कोई चुनाव नहीं लड़ेगा, परंतु उनके गाँव के हाकिम सिंह यादव ने भी अपना नामांकन दाखिल कर दिया। जब मुलायम सिंह यादव भी राजनीतिक स्तर पर प्रभावशाली नहीं थे, तब हाकिम सिंह यादव, जिला सहकारी बैंक के कई बार अध्यक्ष रह चुके थे। उनका मुलायम सिंह यादव से कोई विवाद भी नहीं था। इटावा में हाकिम सिंह यादव, फर्रुखाबाद में छोटे सिंह यादव और कप्तान सिंह यादव का सहकारिता विभाग पर कब्जा था।

शिवपाल यादव को विश्वास ही नहीं हुआ कि उनके विरुद्ध हाकिम सिंह यादव चुनाव लड़ने की हिम्मत कर सकते हैं। उस समय सदर तहसील इटावा में नामांकन की प्रक्रिया चल रही थी। तहसीलदार राम भरोसे लाल को निर्वाचन अधिकारी बनाया गया था। शिवपाल और उनके सैकड़ों लोग तहसीलदार के कमरे में आ गए और दबाव डालकर अपने को निर्विरोध निर्वाचित करवा लिया गया। इतना ही नहीं, शिवपाल सिंह यादव ने तहसीलदार की फाइल फाड़ दी और हाकिम सिंह यादव के लोगों पर फर्जी मुकदमा कायम करवा दिया। तहसीलदार राम भरोसे लाल ने थाना कोतवाली इटावा पर 8 जनवरी,

1990 को 17:45 बजे मु.अ.सं. 31/1990 धारा 332/353/506 आई.पी.सी. व धारा 135(1) निर्वाचन अधिनियम में मुकदमा कायम कराया, जिसमें हाकिम सिंह पक्ष के सत्यवीर शास्त्री पुत्र लटूरी निवासी झिंगूपुरा थाना बसरेहर इटावा और सूरज सिंह पुत्र मुलायम सिंह निवासी नगला हरी इटावा नामजद किए गए। शिवपाल सिंह के दबाव में तहसीलदार राम भरोसे लाल ने मुकदमे में लिखा कि हाकिम सिंह के इन दो व्यक्तियों ने उनके सरकारी काम में बाधा पहुँचाई, उन्हें मारा-पीटा और उनकी फाइल फाड़ दी।

मुझे मालूम हुआ कि यह मुकदमा पूर्णतया फर्जी है। मैंने कोई कारवाई नहीं की, जबकि शिवपाल सिंह यादव चाहते थे कि तहसीलदार द्वारा नामित व्यक्तियों को जेल भेज दिया जाए। दो दिन बाद मुझे जिलाधिकारी के.के. सिन्हा (आई.ए.एस.-1978) ने फोन किया कि मुख्यमंत्रीजी चाहते हैं कि तहसीलदार द्वारा लिखाए गए मुकदमे में तुरंत गिरफ्तारी की जाए। मैंने उनसे कहा कि वे अपने तहसीलदार से अकेले में बात कर लें कि यह घटना फर्जी है कि नहीं? सिन्हा ने मुझसे कहा कि बात तो सही है, परंतु मुख्यमंत्रीजी का आदेश है कि इस मुकदमे में तुरंत गिरफ्तारी की जाए। उस समय इटावा में मेरी नियुक्ति के मात्र 19 दिन हुए थे। मुख्यमंत्री ने मुझसे बात करना बंद कर दिया। मुझे उम्मीद थी कि मेरा तबादला कहीं कर दिया जाएगा, परंतु मुख्यमंत्री, सरकार की संभावित बदनामी के कारण मेरा तबादला भी नहीं कर रहे थे।

उस समय मुख्यमंत्री हर हफ्ते इटावा 1-2 दिन के लिए अवश्य आते थे। सहकारी बैंक चुनाव के बाद वे इटावा आए। मैं उनके समक्ष उपस्थित हुआ। वे मुझे देखते ही गुस्से में आ गए। उन्होंने कहा कि मुझे मालूम है कि मेरे भाई द्वारा सहकारी बैंक चुनाव में जो मुकदमा लिखाया गया है, वह झूठा है, परंतु उन सालों की हिम्मत हो जाए कि मेरे भाई के खिलाफ विरोध में चुनाव लड़ जाए। मेरी तरफ उँगली उठाते हुए यह भी कहा कि आपने अब तक गिरफ्तारी भी नहीं की है। मैंने शालीनतापूर्वक उनसे कहा कि मैं झूठे मुकदमे में गिरफ्तारी नहीं करवा पाऊँगा। मुझे बाद में मालूम हुआ कि अपर पुलिस अधीक्षक के.के. सक्सेना ने चुपके से इस मुकदमे में 18 फरवरी, 1990 को

आरोप-पत्र संख्या 73/90 न्यायालय में भिजवा दिया। मुझे कानोंकान खबर नहीं हुई। उस समय 1-2 अधिकारियों को छोड़कर सभी को मालूम था कि मुख्यमंत्री मुझसे बेहद नाराज हैं, इसलिए वे भी डर के कारण मुझे कोई सूचना नहीं देते थे। अपर पुलिस अधीक्षक के.के. सक्सेना अकसर शिवपाल सिंह यादव के घर पर बैठे रहते थे और वायरलेस से बताते थे कि वे दस्यु उन्मूलन अभियान में इटावा के बीहड़ों में हैं। सहकारी बैंक की घटना के बाद मुझे आभास हुआ कि अब मेरा तबादला कर दिया जाएगा।

उसी दौरान डी.जी.पी. डॉ. आर.पी. माथुर मुख्यमंत्री के साथ इटावा आए और मुझसे कहा कि मुख्यमंत्री द्वारा दिए गए निर्देशों का अक्षरश: पालन किया जाए, उसमें कोई मीन-मेख न निकाली जाए। इसी में मेरी और विभाग की भलाई है। यदि मुख्यमंत्री खुश रहेंगे तो वे पुलिस विभाग के लिए डी.जी. पी. कार्यालय द्वारा भेजे गए प्रस्तावों को स्वीकृत कर देंगे। मैं डॉ. माथुर की बात सुनता रहा और उनसे कहा कि इटावा में जैसी परिस्थितियाँ हैं, मैं यहाँ काम नहीं कर पाऊँगा। मेरा स्थानांतरण प्रदेश में कहीं भी कर दिया जाए। डी.जी.पी. गुस्सा हो गए और मुझे कमरे से बाहर जाने के लिए कह दिया।

□

व्यवस्था परिवर्तन

5 दिसंबर, 1989 को मुख्यमंत्री का पद सँभालते ही मुलायम सिंह यादव ने 'व्यवस्था परिवर्तन' करने की प्रतिबद्धता दिखाई थी। गृह जनपद इटावा के आगमन पर वे प्रत्येक जनसभाओं में कहा करते थे—"मैंने, उत्तर प्रदेश में सत्ता परिवर्तन कर दिया है, अब व्यवस्था परिवर्तन करना है।" उनका यह कथन शुरू में बड़ा लुभावना लगा। लंबे समय तक उत्तर प्रदेश में सत्तारूढ़ कांग्रेस पार्टी ने अपने शासनकाल में कई गड़बड़ियाँ की थीं। लोगों को उम्मीद थी कि नेताजी व्यवस्था परिवर्तन करके स्वर्णिम युग की शुरुआत करेंगे, लेकिन कुछ महीनों में ही व्यवस्था परिवर्तन के उनके वादों की धज्जियाँ उड़नी शुरू हो गईं। शुरुआती दौर में उनके गृह जनपद इटावा में उनकी पार्टी के लोगों की गुंडई शुरू हुई। यह गुंडई तो उनके गृह जनपद इटावा के प्रथम आगमन पर ही शुरू हो गई थी, जब उन्होंने 18 दिसंबर, 1989 को जनसभा में कहा था कि इटावा का प्रत्येक आदमी अपने को मुख्यमंत्री समझे।

मुलायम सिंह यादव ने जिस तरह से शासन चलाना शुरू किया, उससे उनके लोग कायदा-कानून, परंपराएँ और मर्यादाएँ भूल गए। विधानसभा सत्र में उन्होंने अपनी पार्टी के विधायकों से विपक्षी विधायकों से निपटने के लिए खुलेआम आह्वान किया। उनकी पार्टी के विधायक और कार्यकर्ता, स्कूलों में बच्चों का दाखिला दिलवाने के लिए प्रधानाचार्यों को पीटने में कोई संकोच नहीं कर रहे थे। उन्हें दाखिला चाहिए तो चाहिए, भले ही बच्चा मेरिट में सबसे निम्न स्तर पर हो। उत्तर प्रदेश के डॉक्टरों ने अपनी माँगों के लिए हड़ताल की, जो उनका संवैधानिक अधिकार था। नेताजी ने जनता से आह्वान किया कि

वे डॉक्टरों से खुद निपट लें। नतीजा यह हुआ कि अनेक स्थानों पर जनता ने तो नही, परंतु जनता दल के विधायकों, सांसदों और कार्यकर्ताओं ने डॉक्टरों की जमकर पिटाई की। मुख्यमंत्री, मंत्रीगण, नेता और नजदीकी अधिकारी, इन गैर-कानूनी कारर‌वाइयों को 'व्यवस्था परिवर्तन' का क्रांतिकारी कदम मानते थे। उनका मानना था कि जो काम नियमों से नहीं हो सकता, वह बाहुबल से हो सकता है।

जनता दल के नेता अपने बाहुबल का प्रयोग करके ठेके लेने लगे, जिसके लिए इंजीनियरों की पिटाई और उत्पीड़न आम बात हो गई। अधिकारियों को धमकी देकर मनचाहा भुगतान लिया जाने लगा, जिसमें ठेकेदार द्वारा किए गए काम की गुणवत्ता एकाएक गिर गई। इंजीनियरों से जबरदस्ती प्रमाण-पत्र लिया जाने लगा कि जो काम उन्होंने किया है, वह बहुत अच्छा है। जमीनों पर कब्जे करना आम बात हो गई। सरकारी जमीनों के अलावा गरीबों की जमीनों पर कब्जे किए गए। कब्रिस्तान तक की जमीन नहीं छोड़ी गई। इटावा की फ्रेंड्स कॉलोनी के पास के कब्रिस्तान पर कब्जा कर लिया गया। थाना सिविल लाइंस के अंतर्गत जमीन पर कब्जा मुख्यमंत्री के भाई शिवपाल के इशारे पर ही किया गया था, जिसमें उनके गाँव के लोगों ने प्रमुख भूमिका निभाई थी। गिरफ्तार किए गए लोगों को थाने से छुड़ाना और थाना सिविल लाइंस के थानाध्यक्ष शाह आलम खान की पिटाई करना 'व्यवस्था परिवर्तन' का ही हिस्सा था। इटावा ही नहीं, बल्कि उसके आसपास के जिलों फर्रुखाबाद, फिरोजाबाद, एटा, कानपुर में सत्तासीन पार्टी के नेताओं का तांडव चल रहा था। अधिकारियों और व्यापारियों से रंगदारी वसूली जाने लगी। अपहरण करके फिरौती वसूलना एक व्यवसाय बन गया।

नेताजी ने अपनी व्यवस्था परिवर्तन की नीति के तहत मीडिया को भी अर्दब में ले लिया। संपादकों को बुलाकर पहले समझाया गया और फिर नसीहतें दी गई कि वे सरकार के विरुद्ध कोई समाचार प्रकाशित न करें। फिर भी अखबार सत्य पर आधारित घटनाओं की रिर्पोटिंग करते रहे। बस क्या था, नेताजी झल्ला उठे और अखबारों पर ही 'हल्ला बोल' का आह्वान कर

डाला। हजरतगंज लखनऊ में 'दैनिक जागरण' के कार्यालय पर पहली बार हल्ला बोला गया। देश की आजादी के बाद किसी अखबार के विरुद्ध यह पहली घटना थी। आपातकाल में सरकारी आदेश पर अखबारों पर सेंसरशिप लगी, वे बिना सरकारी अनुमति के कोई समाचार प्रकाशित नहीं कर सकते थे। उल्लंघन करने वालों को मीसा और डी.आई.आर. में बंद किया गया, परंतु एक मुख्यमंत्री द्वारा जो स्वयं आपातकाल में जेल में रहे, उनके द्वारा अखबारों पर 'हल्ला बोल' की यह कारस्वाई आश्चर्यजनक थी। हजरतगंज लखनऊ में दैनिक जागरण कार्यालय को घेर लिया गया और अखबार की प्रतियाँ जलाई गईं। कार्यालय में मौजूद मीडियाकर्मी दहशत में आ गए। जनता दल के नेताओं और कार्यकर्ताओं के तांडव को देखकर हजरतंगज की दुकानें बंद हो गईं। विरोधी पार्टी के नेताओं ने बैठक करके 'हल्ला बोल' की निंदा की। मीडियाकर्मी भी गोलबंद हो गए और उन्होंने 'हल्ला बोल' की कारस्वाई को 'चौथे स्तंभ' पर हमला बताया। 'एडीटर्स-गिल्ड' ने भी मुलायम सिंह की 'हल्ला-बोल' कारस्वाई की घोर निंदा की।

उस समय की स्थिति को 'नवभारत टाइम्स' लखनऊ के वरिष्ठ पत्रकार गोविंद राजू ने अपने लेख में बहुत ही स्पष्ट रूप से लिखा था। राजू एक निर्भीक पत्रकार हैं, जिनकी कलम आज तक किसी के दबाव में नहीं आई। 'नवभारत टाइम्स' के अतिरिक्त गोविंद राजू, 'आज तक' में यू.पी., उत्तराखंड और बिहार के ब्यूरो चीफ रहे। उन्होंने समाचार प्लस, ए.पी. एन. न्यूज को भी अपनी सेवाएँ दीं और 'डी.एन.ए.' अखबार के लिए भी लिखते रहे। वे लखनऊ में रहते हैं और अब भी पूरी तरह से सक्रिय हैं। वे स्वतंत्र पत्रकार के रूप में विभिन्न अखबारों में कॉलम लिखते हैं और अपना डिजिटल चैनल भी चला रहे है। उनके द्वारा 26 अप्रैल, 1990 को एक लेख लिखा गया था, जिसका शीर्षक था—'व्यवस्था परिवर्तन हो गया है इटावा में' अन्ना को इटावा बुलाया गया। वरिष्ठ पत्रकार गोविंद राजू का प्रकाशित मूल लेख नीचे दिया जा रहा है। चूँकि अखबार की कटिंग पुरानी होने के कारण धुँधली हो गई है, जो पढ़ने में कम स्पष्ट है, इसलिए मैं इसको अलग से भी लिख रहा हूँ।

नवभारत टाइम्स, लखनऊ

व्यवस्था परिवर्तन हो गया है इटावा में!

—गोविंद राजू

नवभारत टाइम्स, लखनऊ २७ अप्रैल १९९०

'व्यवस्था परिवर्तन हो गया इटावा में!'

अन्ना को इटावा बुलाया गया

इटावा आतंक में

इटावा, 26 अप्रैल। मुख्यमंत्री मुलायम सिंह यादव के गृह जिले इटावा में कानून व्यवस्था की स्थिति पिछले चार महीनों से लगातार बदतर होती जा रही है। सरकारी कर्मचारियों–अधिकारियों को इतने दबावों में काम करना पड़ रहा है कि अब कोई इस जनपद में टिकना नहीं चाहता। हर कोई अपने तबादले के लिए प्रयासरत है। जनपद के कई सरकारी कर्मचारियों–अधिकारियों ने अपनी जान की हिफाजत के लिए सशस्त्र अंगरक्षकों की माँग की है। अपर पुलिस अधीक्षक के.के. सक्सेना कहते हैं कि जिले में कानून व्यवस्था की कोई समस्या है ही नहीं, यहाँ कानून व्यवस्था की स्थिति बहुत अच्छी है। मगर स्थानीय अखबारों में रोज–रोज छपती हत्या, लूट, डाके और अत्याचार, उत्पीड़न की खबरें, पुलिस थानों में दर्ज होती रपटें, इटावा का आतंक भरा माहौल, बदूंकधारियों की सुरक्षा में चलते लोग, इस बयान को सरासर नकारते प्रतीत होते हैं, सिविल लाइंस कांड के बाद पुलिसकर्मियों के साथ–साथ आम जनता में असुरक्षा की भावना बढ़ गई है।

इटावा के आसपास भूमि हथियाने का एक संगठित धंधा चल रहा है। नौ अप्रैल को सिविल लाइंस थाने में हुआ कांड इसी धंधे की दादागीरी के चलते हुआ। पिछले दिनों लाखों रुपए की जमीनों पर जबरन कब्जे हुए हैं। नगर की फ्रेंड्स कॉलोनी के निकट कब्रिस्तान पर हुआ कब्जा इसका एक उदाहरण है। भूमि हथियाने वाले इस गिरोह के पीछे मुख्यमंत्री के गाँव

सैफई के कुछ लोग भी हैं। इसी कारण पुलिस भी इस गिरोह का कुछ खास नहीं बिगाड़ पा रही।

हरिजन उत्पीड़न के मामले भी इटावा में लगातार बढ़े हैं। कबूली गाँव-सी दशा और भी कई गाँवों की है, जहाँ के हरिजन आतंक के साए में गाँव छोड़ने पर मजबूर हो रहे हैं। चौबिया थाने के ही गंगापुरा गाँव में 18 कहार परिवार आतंकित होकर अस्थायी रूप से गाँव छोड़कर भाग गए हैं। थाना जसवंत नगर के अंतर्गत विद्याराम हरिजन की इसी वर्ष फरवरी में गाँव के सवर्णों द्वारा बेदर्दी से हत्या कर दी गई। पर हत्या के नामजद अभियुक्तों के खिलाफ समय पर काररवाई तक नहीं की गई।

इटावा के इस आतंककारी माहौल के पीछे स्थानीय गुंडे, उन्हें प्रश्रय देने वाली एक लॉबी और लॉबी से जुड़े स्थानीय जद नेता बताए जाते हैं। कई राजनीतिक कार्यकर्ताओं की पिछले दिनों हत्याएँ हुई हैं। लखनऊ का कुख्यात माफिया सरगना अन्ना हाल में इटावा आया था, आरोप है कि उसे यहाँ एक हत्या के मकसद से बुलाया गया था। इस आतंक के खिलाफ बोलने का साहस सामान्यतः लोगों में नहीं है, पर विभिन्न लोगों से बातचीत के बाद यह लगा कि जनता की प्रत्यक्षतः दिखाई देने वाली चुप्पी, अंदर-ही-अंदर ज्वाला की तरह धधक रही है। यह ज्वाला कब प्रस्फुटित हो जाए, कहा नहीं जा सकता।

विपक्षी नेताओं में इस आतंक की स्थिति को लेकर बहुत रोष है। विधानसभा चुनाव में मुख्यमंत्री मुलायम सिंह यादव के प्रमुख प्रतिद्वंद्वी और कांग्रेस नेता दर्शन सिंह कहते हैं कि "दरअसल यहाँ एक तरह से अघोषित आपात स्थिति लागू है। शर्मनाक बात तो यह है कि यहाँ की पुलिस तक अपनी सुरक्षा नहीं कर पा रही।" कुछ ऐसी ही बात प्रदेश जनता पार्टी के महासचिव राम बहादुर तिवारी भी कहते हैं। वे कहते हैं, यहाँ एक समानांतर सरकार चल रही है। जिसमें सबकुछ मुख्यमंत्री के भाइयों और परिवारजनों की मर्जी पर चल रहा है। इटावा-फर्रुखाबाद स्थानीय निकाय चुनाव क्षेत्र के कांग्रेस प्रत्याशी राम बाबू यादव पूछते हैं, "कश्मीर में गृहमंत्री की पुत्री की रिहाई के बदले अपराधियों को छुड़वाने की घटना को आप आतंकवाद कहते

हैं, थाने में सशस्त्र हमला बोल 25 अभियुक्तों को छुड़ा ले जाने की घटना को आप क्या कहेंगे?" जिले की कांग्रेस पर इस समय जनता दल ने एक और मार शुरू की है। कांग्रेसियों का आरोप है कि सत्ता के दबाव में 42 कांग्रेस समर्थक ग्राम प्रधानों को पद से हटाने की कोशिशें की जा रही हैं और इस मामले में न्यायालय के स्थगन आदेशों की धज्जियाँ उड़ाई जा रही हैं।

आतंक की राजनीति से इटावा का परिचय बहुत नया नहीं है। मुलायम जब विपक्ष में रहे तब उन्हें यहाँ जिले का मुख्यमंत्री कहा जाता था। उनके जिले के मुख्यमंत्री से प्रदेश के मुख्यमंत्री बन जाने के बाद से इटावा में खाली पड़ी जमीनों को हथियाने, पुलिस, सरकारी अधिकारियों को धमकाने, उनसे जबरन वसूली करने, हरिजन उत्पीड़न आदि की घटनाएँ बढ़ी हैं। लोग कहते हैं कि मुख्यमंत्री के गाँव सैफई के लोग अब शहर के दादा हो गए हैं। यादव होना एक विशेषाधिकार हो गया है।

जिले के बारह वरिष्ठ अधिकारियों से हुई बातचीत में सभी ने स्वीकार किया कि वे अब यहाँ नहीं रहना चाहते। इस वी.आई.पी. जिले में हर आदमी वी.आई.पी. हो गया है। ऐसे में कैसे काम करें, अभियंताओं से जबरन वसूली की घटनाएँ इतनी आम हो गई हैं कि सिंचाई विभाग के निचली गंग नहर, इटावा प्रखंड के 16 में से 8 अवर अभियंता छुट्टी लेकर घरों में बैठे हैं। इसी प्रखंड के एक अभियंता रेवती रमण सिंह के घर पर 10 मार्च के बाद से चार सशस्त्र पुलिसकर्मी हैं, फिर भी उनका घर से बाहर निकलना मुश्किल हो गया है। मामला वही अवैध वसूली का है। विभाग के एक अभियंता के अनुसार यहाँ कार्यरत अधिसंख्य अभियंता बाहर के जिलों के हैं। अभी तक तो सिर्फ पैसों की माँग की जाती थी, अब ऐसी धमकियाँ मिल रही हैं कि जान से मार दिया जाएगा। इसलिए सभी यहाँ से तबादले के प्रयासों में लगे हैं।

इटावा नगर पालिका के सभासद जसवंत सिंह ने बताया कि जब मुख्यमंत्री बनने के बाद मुलायमजी यहाँ आए तो उन्होंने अपनी जनसभा में कहा, "हमने सत्ता बदल दी है, अब हमें व्यवस्था बदलनी है।" आज इटावा में जिस तरह सारे कानूनों से परे उनके परिवार की मनमानी चल रही है, उससे लगता है, मुख्यमंत्रीजी ने सचमुच व्यवस्था बदल दी है। इटावा के वरिष्ठ जद

कार्यकर्ता सुरेंद्र सिंह के अनुसार हमारी पार्टी के लोगों के मन में यह शंका है कि पता नहीं कब तक यह सरकार चले। इसलिए वे जल्द-से-जल्द बहुत-कुछ पा लेना चाहते हैं—चाहे इसके लिए उन्हें उलटा-सीधा कुछ भी क्यों न करना पड़े। उन्हें शिकायत है कि मुख्यमंत्री भी ऐसी हरकतों को नजरअंदाज कर रहे हैं, जबकि उन्हें इस पर कड़ा रुख अख्तियार करना चाहिए, क्योंकि इन छोटे-छोटे मामलों से उनकी छवि खराब होती जा रही है।

लेकिन मुश्किल यह है कि इस परिवारवाद व मनमानी का विरोध करने का साहस जद के अंदर के लोगों में भी नहीं है। जॉर्ज फर्नांडिस, राजनारायण, चौधरी चरण सिंह जैसे नेताओं को गलतियों पर दुत्कार देने वाले कमांडर अर्जुन सिंह भदौरिया जैसे लोग इस स्थिति पर जुबान नहीं खोलना चाहते। बहुत कुरेदने पर वे सिर्फ इतना कह पाते हैं—यह लोकतंत्र के लिए कतई शुभ संकेत नहीं है।

मुलायम सिंह का राज डंडे का राज

वरिष्ठ पत्रकार स्व. जयप्रकाश शाही का 'दिनमान टाइम्स' के 6-12 मई, 1990 के संस्करण में मुख्यमंत्री मुलायम सिंह के व्यवस्था परिवर्तन के नाम पर हो रहे तांडव के संबंध में प्रकाशित लेख—'मुलायम सिंह का राज डंडे का राज : मुख्यमंत्री कहते हैं, जो काम कानून के जरिए नहीं, वह बाहुबल से' इस प्रकार है। 'दिनमान टाइम्स' अपने समय में बहुत प्रतिष्ठित साप्ताहिक पत्रिका थी, जिसे राजनीतिक व्यक्तियों के अलावा आम लोग भी बड़े चाव से पढ़ते थे। यह पत्रिका लखनऊ से प्रकाशित होती थी।

दिनमान टाइम्स 6-12 मई, 1990

मुलायम सिंह का राज डंडे का राज

मुख्यमंत्री कहते हैं, जो काम कानून के जरिए नहीं, वह बाहुबल से

—जयप्रकाश शाही

मुख्यमंत्री मुलायम सिंह यादव ने पाँच महीने पहले जिस आशा और विश्वास के माहौल में शपथ ग्रहण की थी और सत्ता परिवर्तन के बाद व्यवस्था परिवर्तन का जो वादा किया था, वह अभी से टूटता नजर आ रहा

6-12 मई 1990 दिनमान टाइम्स

मुलायम सिंह का राज डंडे का राज

मुख्यमंत्री कहते हैं जो काम कानून के जरिए नहीं वह बाहुबल से

है। यादव स्वच्छ प्रशासन देने में अक्षम साबित हुए हैं। उनके राज में आम नागरिक अधिक असुरक्षित महसूस कर रहा है।

सबसे बुरी स्थिति मुख्यमंत्री के गृह जनपद इटावा में देखने को मिल रही है, जहाँ उनके भाई शिवपाल सिंह यादव ने थाने पर हमला बोलकर न सिर्फ एक दर्जन से अधिक अभियुक्तों को छुड़ा लिया, बल्कि थानेदार शाह आलम और अन्य पुलिस वालों की पिटाई भी की। शाह आलम की वहाँ नियुक्ति शिवपाल ने ही कराई थी। शाह आलम लाइन हाजिर कर दिए गए हैं और उनके साथ सहानुभूति रखने वाले पुलिस अधीक्षक बृजलाल का तबादला कर दिया गया है।

शाह आलम का गुनाह सिर्फ इतना था कि उन्होंने एक भूखंड पर अवैध रूप से कब्जा कर रहे कुछ लोगों को गिरफ्तार कर लिया था और इनमें मुख्यमंत्री के गाँव सैफई के कुछ लोग भी थे। शिवपाल सिंह से रहा नहीं गया और उन्होंने थाने पर हमला बोल दिया और लोगों को छुड़ा लाए। मुख्यमंत्री ने इस मामले में विवेक का परिचय न देते हुए अपने भाई का पक्ष लिया।

पुलिस अफसरों को दंडित किए जाने से इटावा वालों, विशेषकर सैफई गाँव के लोगों का, मनोबल इतना बढ़ गया कि इटावा में अराजकता की स्थिति पैदा हो गई, पुलिस और प्रशासन का कोई अर्थ नहीं रह गया, हर कोई मनमानी पर उतर आया। लाखों की जमीन पर अवैध कब्जे हो गए। यहाँ तक कि नगर की फ्रेंड्स कॉलोनी के पास स्थित कब्रिस्तान को भी लोगों ने नहीं

छोड़ा। बताते हैं, कब्जा करने में मुख्यमंत्री के गाँव के लोग भी शामिल हैं। पुलिस इनके खिलाफ कारवाई का साहस नहीं कर पा रही।

हरिजनों को सुरक्षा देने और उनका जीवन स्तर ऊँचा उठाने के मुख्यमंत्री के वादों के बावजूद हरिजन गाँव छोड़कर भागने के लिए मजबूर किए जा रहे हैं। चौबिया थाने के गंगापुर गाँव में 18 कहार परिवार भी गाँव छोड़कर भाग खड़े हुए हैं। जसवंत नगर थाने के अंतर्गत विद्याराम हरिजन की नृशंस हत्या के दो महीने बाद भी नामजद अभियुक्तों के खिलाफ कारवाई नहीं की गई।

अधिकारी इटावा से भाग खड़े होना चाहते हैं। अधिकतर अधिकारी तबादले के लिए लखनऊ में जमे हैं। अनेक अधिकारियों ने अपनी सुरक्षा के लिए सशस्त्र अंगरक्षकों की माँग की है। आम चुनावों से ठीक पहले मुलायम सिंह का साथ छोड़कर कांग्रेस में शामिल हुए नेता दर्शन सिंह का कहना है कि इटावा में अघोषित आपात स्थिति लागू है। दर्शन सिंह के कथन में अतिशयोक्ति है, लेकिन उनकी बात बहुत गलत नहीं। अभियंताओं से वसूली की घटनाएँ आम हैं। अधिकतर अभियंता छुट्टी लेकर घरों में बैठे हैं।

आश्चर्य है, प्रमुख विपक्षी दल कांग्रेस भी इस हालत का मुकाबला करने को तैयार नहीं है। प्रदेश इंका के पूर्व अध्यक्ष बलराम सिंह यादव भारी मतों से राज्यसभा सदस्य चुने जाने के बाद अभी तक इटावा के लिए समय नहीं निकाल पाए हैं। चुनावों में अपनी पार्टी की पराजय से कांग्रेसी इतने हताश हैं कि सत्यदेव त्रिपाठी और गौरीशंकर जैसे नेता भी इटावा छोड़कर अधिकतर लखनऊ में ही रहते हैं। जनता दल नेता अर्जुन सिंह भदौरिया भी अराजकता के आगे मौन हैं।

यह अराजकता अकेले इटावा में नहीं है। मुलायम सिंह यादव ने जिस तरह शासन चलाना शुरू किया, उससे लोग कायदा-कानून और परंपराएँ भूल गए। अगर विधानसभा अध्यक्ष सदन में विपक्षी सदस्यों का खुलेआम आह्वान करने के लिए दृढ़प्रतिज्ञ हैं तो जनता दल के विधायक स्कूलों में अपने बच्चों को दाखिला दिलाने के लिए प्रिंसिपलों को पीटने में संकोच नहीं कर रहे।

नायाब मिसाल तो खुद मुख्यमंत्री पेश कर रहे हैं। डॉक्टरों ने जायज माँगों के लिए हड़ताल की तो उन्होंने जनता से आह्वान किया कि वह डॉक्टरों

से खुद निपट ले। नतीजा यह हुआ कि अनेक स्थानों पर जनता ने तो नहीं, जनता दल के विधायकों, सांसदों और कार्यकर्ताओं ने डॉक्टरों की पिटाई की। अब यह अलग बात है कि राज्य विद्युत परिषद् के विभाजन की घोषणाओं के बावजूद मुख्यमंत्री बिजली इंजीनियरों के आगे झुक गए, क्योंकि बिजली कर्मचारियों की संख्या एक लाख से अधिक है और डॉक्टरों की केवल दस हजार।

मुख्यमंत्री और उनके नजदीकी अफसर और नेता इन काररवाइयों को व्यवस्था परिवर्तन की दिशा में क्रांतिकारी कदम मानते हैं। उनका कहना है कि वे काम जो नियमों–कानूनों के जरिए नहीं हो सकते, वे बाहुबल से ही हो सकेंगे।

गंगापुरा, थाना चौबिया इटावा से कहारों का पलायन

ग्राम गंगापुरा यादव बाहुल्य गाँव है और वहाँ के रहने वाले 'मिनी' राम नरेश और राम सेवक यादव 'गंगापुरा', उस समय मुख्यमंत्री के बड़े नजदीक माने जाते थे। उस गाँव के कहार परिवारों पर उनकी दादागीरी नहीं चलती थी, परंतु सरकार आते ही उन कहार परिवारों पर कहर टूट पड़ा। मुख्यमंत्री के नजदीकी नेताओं के आतंक और उत्पीड़न से गंगापुरा के अट्ठारह कहार परिवार आतंकित होकर गाँव छोड़कर भाग गए। यह घटना अखबारों की सुर्खियाँ बनी और राष्ट्रीय अखबारों ने भी प्रमुखता से छापा।

जमीनों पर कब्जा

जनता दल की सरकार आते ही जमीनों पर अधाधुंध अवैध कब्जे होने शुरू हो गए, विशेषकर मेरे स्थानांतरण के बाद जमीनों की लूट की गई और पुलिस केवल मूक दर्शक बनी रही। थाना सिविल लाइंस में जमीन पर अवैध कब्जा करने के प्रकरण में मेरे द्वारा की गई काररवाई के कारण मेरी प्रताड़ना जारी थी। जमीन पर अवैध कब्जा करने वालों की गिरफ्तारी करने वाले थानाध्यक्ष सिविल लाइंस शाह आलम खान के ऊपर मुख्यमंत्री के भाई शिवपाल सिंह यादव के इशारे पर 4 फर्जी मुकदमे कायम करवा दिए गए

थे। उत्तर प्रदेश सी.आई.डी. पर दबाव डलवाकर उनके विरुद्ध चार्जशीट भी लगवाई जा चुकी थी और मुख्यमंत्री उस ईमानदार, निष्पक्ष दरोगा पर मुकदमा चलाने की अनुमति भी दे चुके थे। मेरे विरुद्ध सी.आई.डी. जाँच के बाद विभागीय काररवाई शुरू हो चुकी थी। मुझे गृह सचिव द्वारा चार्जशीट दी गई कि मैंने थाना सिविल लाइंस पर हुए हमले में सावधानी नहीं बरती। मेरे विरुद्ध दीर्घ दंड में हो रही विभागीय काररवाई में उत्तर प्रदेश पावर कॉरपोरेशन के आई.जी. सी.एल. वासन, पीठासीन अधिकारी बनाए गए थे और ए.के. मित्रा प्रस्तोता अधिकारी थे। ऐसी स्थिति में पुलिसकर्मियों तथा अन्य सरकारी अधिकारियों को स्पष्ट संदेश मिल चुका था कि वे सत्ताधारी पार्टी के नेताओं द्वारा किए जा रहे गैर-कानूनी कार्यों पर आँखें मूँदे रहे, अन्यथा अंजाम बुरा होगा। करोड़ों रुपए की जमीनों पर कब्जे हुए और इटावा की पॉश फ्रेंडस कॉलोनी में स्थित कब्रिस्तान तक को भी नहीं छोड़ा गया।

सरकारी अधिकारियों पर हमले

सत्ताधारी पार्टी के नेता पी.डब्ल्यू.डी., सिंचाई, परिवहन आदि तमाम सरकारी विभागों में अधिकारियों पर दबाव डालकर मनमाना काम करवाते थे। जो अधिकारी मना करता था, उनकी पिटाई तक कर दी जाती थी। ऐसी स्थिति में तमाम अधिकारी इतने हतोत्साहित हो गए कि वे अपनी ड्यूटी से छुट्टी लेकर गायब हो गए। कुछ जुगाड़ लगाकर इटावा से किसी भी जगह अपने स्थानांतरण के लिए प्रयास करने लगे।

छात्रों की पिटाई

फरवरी-मार्च 1990 में उत्तर प्रदेश शिक्षा बोर्ड की परीक्षाएँ चल रही थीं। एक दिन सुबह की परीक्षा समाप्त होने के बाद थाना बसरेहर के थानाध्यक्ष अश्विनी कुमार सिन्हा मेरे पास आए और रोने लगे। उन्होंने बताया कि वे अपने थाना क्षेत्र के जनता इंटर कॉलेज के परीक्षा केंद्र पर गए थे। वहाँ मुख्यमंत्री के सगे रिश्तेदार अध्यापक थे। उन्होंने वहाँ पाया कि परीक्षा शुरू होते ही उस अध्यापक द्वारा दर्शन सिंह यादव पक्ष के बच्चों की अकारण

पिटाई कर दी जाती थी, जिससे वे डिस्टर्ब होकर परीक्षा ठीक से न दे पाएँ और फेल हो जाएँ। बच्चों पर होने वाले अत्याचारों ने थानाध्यक्ष अश्विनी कुमार सिन्हा की अंतरात्मा को झकझोर दिया। उन्होंने बताया कि आज वे पूरे समय उसी केंद्र पर मौजूद रहे, जिसके कारण बच्चे पिटने से बच गए और अच्छी तरह से परीक्षा दे पाए। मैंने उन्हें आदेश दिया कि जब तक परीक्षा न हो जाए, वे सुनिश्चित करें कि बच्चों की पिटाई न होने पाए। यह भी था, सत्ताधारी पार्टी के लोगों द्वारा अपने विरोधियों से बदला लेने का एक तरीका, जिसमें बच्चों को भी नहीं बख्शा जाता था।

सत्ताधारी पार्टी में शामिल न होने पर अशोक यादव के घर डकैती

अशोक यादव निवासी ग्राम बसगवाँ एक संपन्न किसान थे। सत्ताधारी पार्टी के रामसेवक यादव 'गंगापुरा' उन पर दबाव डाल रहे थे कि वे सत्ताधारी पार्टी में शामिल हो जाएँ, परंतु वे नहीं माने। दिसंबर 1989 में जनता दल की सरकार बनते ही उन पर दु:खों का पहाड़ टूट पड़ा। उनके घर पर डकैती डाली गई, जिसमें महिलाओं तक को पीटा गया और उनके जानवरों को भी खोल लिया गया। वह व्यक्ति न्याय के लिए दर-दर भटकता रहा, परंतु उसकी कोई सुनवाई नहीं हुई। अपने विरोधियों को सबक सिखाने का यह भी एक नायाब तरीका था।

सी.आई.डी. को विवेचना स्थानांतरित करके अपराधियों को बचाया जाना

20 दिसंबर, 1989 को मैं इटावा में तैनात हुआ था। मैं 13 अप्रैल, 1990 को ट्रेनिंग हेतु उत्तर प्रदेश प्रशासनिक अकादमी, नैनीताल भेज दिया गया। ट्रेनिंग के बाद मुझे नैनीताल से ही 20वीं वाहिनी पी.ए.सी. आजमगढ़ भेज दिया गया। बीस दिन बाद 10 मई, 1990 को मैंने इटावा जाकर चार्ज हैंड ओवर करने की औपचारिकता पूरी की थी। मैं प्रभावी रूप से केवल 84 दिन इटावा में तैनात रहा और उस छोटे से कार्यकाल में दो दर्जन से अधिक हत्या, हत्या का प्रयास, जमीनों पर कब्जे व अन्य गंभीर मामलों की विवेचना मुझसे

हटाकर सी.आई.डी. को दे दी गई थी, जिससे मैं अपराधियों पर काररवाई न कर पाऊँ।

प्रदेश के शीर्ष नेतृत्व द्वारा सी.आई.डी. पर दबाव डालकर जघन्य अपराधों की विवेचना में लीपा-पोती कराके सत्ताधारी गुंडों, अपराधियों को बचाया गया और क्लीन चिट दिलाई गई। 20 जनवरी, 1990 को विद्याराम कोरी की हत्या, उसका एक उदाहरण है, जिसमें शामिल पाँचों आरोपियों को सी.आई.डी. द्वारा क्लीन चिट दी गई। आखिर अपराध करने वाले भी अपने को मुख्यमंत्री समझ रहे थे, जैसा कि नेताजी, मुख्यमंत्री के रूप में अपने इटावा के पहले आगमन पर घोषणा कर चुके थे। सरकारी अधिकारियों पर दबाव डालकर अपने मनमाफिक काम कराना, धमकाना और बात न मानने पर अधिकारी को मारना-पीटना भी शुरू हो गया और तमाम अधिकारी तो डर के मारे कहीं अपनी जुबान भी नहीं खोल पाते थे।

□

पुलिस अधीक्षक स्तर के अधिकारी को कानपुर का डी.आई.जी. रेंज बनाना

मुख्यमंत्री मुलायम सिंह का गृह जिला इटावा, कानपुर रेंज के अंतर्गत आता था। उस समय कानपुर रेंज में कानपुर, इलाहाबाद, कानपुर देहात, फर्रुखाबाद और फतेहपुर जिले आते थे। कानपुर ही एक ऐसा रेंज था, जहाँ डी.आई.जी. कार्यालय कानपुर में और कमिश्नर कार्यालय इलाहाबाद में होता था। उस समय कन्नौज, औरैया जिले नहीं बने थे और क्रमश: फर्रुखाबाद व इटावा जिले के हिस्से थे। पुलिस विभाग में कानपुर, रेंज और राजस्व विभाग में इलाहाबाद, मंडल के नाम से जाना जाता था। कानपुर रेंज सबसे महत्त्वपूर्ण इसलिए भी था, क्योंकि इसमें दो महानगर कानपुर और इलाहाबाद (अब प्रयागराज) शामिल थे। मुख्यमंत्री, कानपुर में ऐसे डी.आई.जी. को नियुक्त करना चाहते थे, जो उनके अनुसार काम करें। कानपुर जैसे महत्त्वपूर्ण रेंज के लिए उनके अनुसार जे.एस. घुंगेश से अच्छा कोई अधिकारी ही नहीं था। मुलायम सिंह यादव, आपातकाल के बाद जनता पार्टी सरकार में पहली बार सहकारिता मंत्री बने थे। इटावा से ही सत्यदेव त्रिपाठी भी जनता पार्टी से गृह और पर्वतीय विकास राज्यमंत्री (स्वतंत्र प्रभार) बने थे। जे.एस. घुंगेश उस समय एस.एस.पी. इटावा थे और मुलायम सिंह यादव के काफी नजदीक आ गए थे।

मुख्यमंत्री ने जे.एस. घुंगेश (आई.पी.एस.-1972) को कानपुर का डी.आई.जी. रेंज बनाने का आदेश दिया और उत्तर प्रदेश शासन ने उन्हें वहाँ नियुक्त भी कर दिया। पुलिस महानिदेशक डॉ. आर.पी. माथुर ने आदेश का अनुपालन करते हुए घुंगेश को पुलिस उपमहानिरीक्षक कानपुर रेंज नियुक्त

करने का प्रस्ताव गृह सचिव को भेज दिया था, जबकि घुंगेश एस.पी. स्तर के अधिकारी थे। शासन ने राजनीतिक दबाव में बिना देखे, उन्हें डी.आई. जी. के रूप में नियुक्त भी कर दिया। घुंगेश की डी.आई.जी. रेंज कानपुर में पोस्टिंग अखबारों की सुर्खियाँ बन गईं। अखबारों ने लिखा कि एस.पी. रैंक के अधिकारी को कानपुर जैसे महत्त्वपूर्ण रेंज का डी.आई.जी. कैसे बनाया जा सकता है? इससे मुख्यमंत्री की काफी किरकिरी हुई, परंतु वे किसी भी सूरत में घुंगेश को ही कानपुर रेंज में डी.आई.जी. रखना चाहते थे। उन्होंने पुलिस महानिदेशक डॉ. आर.पी. माथुर और गृह सचिव ए.के. रस्तोगी को निर्देश दिया कि घुंगेश को डी.आई.जी. बनाए रखने के लिए कोई रास्ता निकालें। पुलिस महानिदेशक और गृह सचिव ने तुरंत उपाय ढूँढ़ लिया और उन्हें एस.पी. रैंक में ही प्रभारी डी.आई.जी., कानपुर रेंज के पद पर तैनाती का आदेश जारी कर दिया। घुंगेश, जनपद इटावा में 20 जुलाई, 1979 से 25 मार्च, 1980 तक एस.एस.पी. रहे थे और उसी समय से उनकी 'नेताजी' मुलायम सिंह यादव से घनिष्ठता थी और वे उनके घर के आदमी माने जाते थे। लगभग पाँच महीने बाद घुंगेश को नियमित प्रमोशन प्राप्त होने के बाद रेगुलर डी.आई.जी. कानपुर रेंज बनाया गया। घुंगेश इस उपकार के बदले में मुख्यमंत्री के लिए कुछ भी करने को तैयार रहते थे, भले ही वह कानूनसंगत न हो।

जनता पार्टी सरकार में उस समय गृह और पर्वतीय विकास मंत्री (स्वतंत्र प्रभार) रहे सत्यदेव त्रिपाठी ने मुझे बताया था कि इटावा कोतवाली के इंस्पेक्टर अवधेश कुमार उपाध्याय मोहल्ला रामगंज से चार शातिर अपराधियों को उनके घर से पकड़कर पीटते हुए पैदल थाने में ले आए थे। उस समय सहकारिता मंत्री रहे मुलायम सिंह ने तत्कालीन मुख्यमंत्री राम नरेश यादव से कहकर इंस्पेक्टर उपाध्याय का तबादला करा दिया, जिससे नाराज होकर सत्यदेव त्रिपाठी ने मुख्यमंत्री से कहा कि आप मेरे पद से इस्तीफा ले लें। उन्होंने कहा कि कोतवाल ने शातिर अपराधियों को गिरफ्तार करके अच्छा काम किया है, जिनसे इटावा के लोग भयभीत रहते थे। वैसे भी यह मामला उनके क्षेत्र का है, जहाँ से वे विधायक हैं। मुख्यमंत्री राम नरेश यादव ने

इंस्पेक्टर उपाध्याय का तबादला निरस्त कर दिया। कुछ दिनों बाद फिर उपाध्याय का तबादला मुलायम सिंह यादव ने करवा दिया, परंतु सत्यदेव त्रिपाठी ने तबादला रुकवा दिया। दोनों बार एस.एस.पी. जे.एस. घुंगेश ने उपाध्याय को कोतवाली से कार्यमुक्त कर दिया था, परंतु दुबारा उन्हें वापस कोतवाली इटावा में ही रखना पड़ा। उस समय बाबू बनारसी दास, उत्तर प्रदेश के मुख्यमंत्री बन चुके थे। उन्होंने पुलिस महानिरीक्षक लाल सिंह वर्मा (आई.पी.एस.–1948) को बुलाकर निर्देश दिया कि इटावा के संबंध में कोई भी निर्णय उनसे पूछकर ही लें। मुलायम सिंह, इंस्पेक्टर जसवंत नगर का भी तबादला चाहते थे, परंतु गृह राज्यमंत्री सत्यदेव त्रिपाठी ने उसका भी तबादला नहीं होने दिया। उसी समय से उनकी मुलायम सिंह से अनबन शुरू हो गई थी, जो उनके पूरे राजनीतिक जीवन में रही।

मुलायम सिंह यादव और उनके विरोधी दर्शन सिंह यादव एवं परिवारजनों पर कायम मुकदमे

वर्ष 1989 में विधानसभा चुनाव होने वाले थे। दर्शन सिंह यादव, मुलायम सिंह यादव का साथ छोड़कर कांग्रेस पार्टी में शामिल हो चुके थे। वे और बलराम सिंह यादव मिलकर इटावा में कांग्रेस पार्टी को मजबूती प्रदान कर रहे थे। उनकी और मुलायम सिंह यादव की राजनीतिक दुश्मनी चरम सीमा पर आ गई थी। चुनाव के पहले से हिंसा का दौर शुरू हो चुका था, जो चुनाव के दौरान चरम सीमा पर पहुँच गया। कांग्रेस और जनता दल के कार्यकर्ताओं में आपसी झड़प आम हो चुकी थी। कई बार गोलियाँ भी चलीं। इस संघर्ष में मुलायम सिंह और उनकी पार्टी के लोग कांग्रेस कार्यकर्ताओं पर हावी थे। चुनावी संघर्ष में कई लोगों को गोलियाँ भी लगीं। मुलायम सिंह के साथ सुरक्षा में लगे पुलिसकर्मी भी पार्टी कार्यकर्ताओं की तरह काम कर रहे थे। कई बार सुरक्षाकर्मियों ने स्टेनगन से गोलियाँ चलाईं। सुरक्षाकर्मियों द्वारा गैर–कानूनी ढंग से गोलियाँ चलाई गई थीं, जिसका हिसाब वे दे नहीं सकते। पार्टी के एक बड़े नेता ने मुझसे कहा कि वे विरोधी पार्टी में थे, जिसके कारण कानूनी रूप से गोली चलवाना संभव नहीं था, परंतु उन्होंने गोलियाँ चलवाईं। उन्होंने बिहार

से 9 एम.एम. कारतूस मँगवाकर चले हुए कारतूसों की पूर्ति करवाई। दर्शन सिंह यादव और उनके कार्यकर्ता को अधिक संख्या में चोट आई और उनके द्वारा थानों में मुकदमे कायम कराए गए। दर्शन सिंह यादव द्वारा मुकदमा कायम कराने के बाद मुलायम सिंह यादव और उनके कार्यकर्ता भारी संख्या में थानों पर इकट्ठा होकर क्रॉस केस कायम करवा लेते थे। दोनों तरफ से डेढ़ दर्जन से अधिक मुकदमे कायम कराए गए थे। इटावा जिले से निष्पक्ष विवेचना संभव नहीं थी। मेरे पूर्वाधिकारी अतुल ने दोनों तरफ के मुकदमों को जाँच के लिए क्राइम ब्रांच सी.आई.डी. को भेज दिया था। जैसे ही जनता दल की सरकार आई, मुख्यमंत्री मुलायम सिंह यादव ने सभी मुकदमों को वापस इटावा जिले में भेज दिया। मंशा बिल्कुल साफ थी—जिले के अधिकारियों पर दबाव डालकर मन माफिक जाँच कराई जा सकती थी।

31 दिसंबर, 1989 को मुझे, आई.जी. जोन कार्यालय कानपुर बुलाया गया। बी.एस. बेदी (आई.पी.एस.-1962), कानपुर जोन के आई.जी. थे। वहाँ एक महत्त्वपूर्ण बैठक आयोजित हुई, जिसमें जे.एस. घुंगेश महत्त्वपूर्ण भूमिका निभा रहे थे। मुझे बताया गया कि विधानसभा का पहला सत्र जनवरी 1990 के दूसरे सप्ताह में होने जा रहा है। सत्र शुरू होने के पहले दर्शन सिंह यादव और उनके परिवारजनों को जेल भेजकर आधा दर्जन से अधिक मुकदमों में चार्जशीट लगा दी जाए। साथ-ही-साथ यह भी निर्देश दिया गया कि दर्शन सिंह यादव और उनके समर्थकों द्वारा मुलायम सिंह यादव, उनके परिवारजनों और समर्थकों के विरुद्ध लिखाए गए सभी मुकदमों में क्लीन चिट देकर अंतिम रिपोर्ट लगा दी जाए।

मैंने, आई.जी. और डी.आई.जी. को स्पष्ट रूप से बता दिया कि दोनों पक्ष के मामलों में एक जैसी ही काररवाई होनी चाहिए। जो मुकदमे मुलायम सिंह यादव और उनके भाइयों के विरुद्ध कायम हैं, वे गंभीर किस्म के हैं और घटनाओं में सत्यता है। दर्शन सिंह पक्ष द्वारा मुकदमा लिखाने के बाद मुलायम सिंह यादव पक्ष द्वारा पेशबंदी में क्रॉस केस कायम कराए गए हैं। यदि मुख्यमंत्रीजी और उनके परिवारजनों के विरुद्ध पंजीकृत मुकदमों को समाप्त करना है तो दर्शन सिंह यादव और उनके परिवारजनों के विरुद्ध

पंजीकृत मुकदमों को भी समाप्त करना ही न्यायोचित होगा। मैंने मुकदमों की समीक्षा कर ली थी और इन सब घटनाओं में हमले मुख्यत: नेताजी के सहयोगियों और उनके परिवारजनों द्वारा किए गए थे। दर्शन सिंह यादव द्वारा मुकदमा कायम कराए जाने के बाद नेताजी के पक्ष द्वारा धरना देकर क्रॉस केस कायम कराए गए थे। मैं अपने पूर्वाधिकारी अतुल से भी इन मुकदमों के बारे में विस्तृत विचार-विमर्श कर चुका था। उन मुकदमों में अधिकतर दोष नेताजी और उनके परिवार के लोगों का ही था।

मैंने दोनों पक्षों के सभी मुकदमों की विवेचना करवाई और सभी में अंतिम रिपोर्ट लगाकर समाप्त कर दिए। दर्शन सिंह यादव, आई.जी. जोन कानपुर बी.एस. बेदी से मिले और आशंका जाहिर की कि वरिष्ठ पुलिस अधीक्षक बृजलाल द्वारा मुख्यमंत्री के इशारे पर उन्हें और उनके परिवारजनों को प्रताड़ित किया जाएगा। जब आई.जी. बेदी ने उन्हें बताया कि एस.एस.पी. ने उनके सभी मामले समाप्त कर दिए हैं, तब उन्हें बड़ा आश्चर्य हुआ। दर्शन सिंह यादव मुझसे मिले और अपनी कृतज्ञता व्यक्त की और मेरी निष्पक्षता की भूरि-भूरि प्रशंसा की और कहा कि मैं तो आपसे मिला भी नहीं था, परंतु आपने मेरे साथ पहले ही न्याय कर दिया। मुझे तो पूरा विश्वास था कि अब नेताजी मुझे व मेरे परिवार को जेल भेजकर ही मानेंगे।

चुनाव के समय प्रदेश में कांग्रेस पार्टी की सरकार थी, परंतु कांग्रेसी मुख्यमंत्री इटावा, मैनपुरी के मामलों में हस्तक्षेप नहीं करते थे और राजनीतिक कारणों से वहाँ नेताजी का ही वर्चस्व रहता था। कांग्रेस के कार्यकाल में इन दो जिलों में नेताजी का ही सिक्का चलता था और वहाँ के एस.एस.पी. तथा अन्य अधिकारी उनकी मर्ज़ी से ही तैनात होते थे। जो अधिकारी उनकी मर्जी के अनुसार काम नहीं करता था, वह हटा दिया जाता था। जो अधिकारी उनके अनुसार काम करते थे, उन्हें वे अपने शासनकाल में अच्छी जगहों पर नियुक्त करते थे और जिस अधिकारी ने उनकी मर्जी के विरुद्ध काम किया, उसे वे प्रताड़ित करने से नहीं चूकते थे। जब भी उनकी पार्टी सत्ता में आई, ऐसे अधिकारी हमेशा उनके निशाने पर रहे, जिनमें मुख्य रूप से मैं शामिल था। □

दलित उत्पीड़न-विद्याराम कोरी की हत्या

दिसंबर 1989 में जनता दल की सरकार आते ही दलितों पर अत्याचार बढ़ गया। वहाँ के अधिकांश दलितों ने सत्ताधारी जनता दल को वोट नहीं दिया था। उस समय गरीब दलितों को धमकाकर और दबाव डालकर सत्ताधारी पार्टी के पक्ष में वोट डलवाए जाते थे। उन्हें स्वत: वोट डालने ही नहीं दिया जाता था। जनता दल के दबंग लोग दलित बाहुल्य बूथ पर कब्जा जमा लेते थे और खुद दलितों का वोट डाल देते थे। जिस दलित ने उन्हें वोट नहीं दिया, उसके साथ मारपीट की घटनाएँ आम बात थी। इटावा से मेरे स्थानांतरण के बाद दलितों पर बहुत अत्याचार किए गए। मेरे कार्यकाल में विद्याराम कोरी की हत्या 20 जनवरी, 1990 को मुख्यमंत्री मुलायम सिंह के समर्थकों ने की थी।

ग्राम भावलपुर, जसवंत नगर, इटावा निवासी 40 वर्षीय विद्याराम कोरी की एक आँख नहीं थी और वे पेशे से रिक्शाचालक थे। उनकी पत्नी अंधी थी। रिक्शा चलाकर वे अपने परिवार का भरण-पोषण करते थे। दिव्यांग होने के कारण उनकी पत्नी कोई काम नहीं कर पाती थी। वे दर्शन सिंह यादव के कट्टर समर्थक थे। 20 जनवरी, 1990 को मुलायम सिंह यादव के समर्थक भावलपुर निवासी धनीराम यादव, दशरथ यादव, भारत सिंह यादव, राजवीर यादव और झंडी लाल यादव ने मिलकर उन पर लोहे की रॉड से हमला किया, जो उनके नाजुक अंगों में लगी और उनके अंग फट गया। उनकी मौके पर ही मृत्यु हो गई। उनके रिक्शे को वहीं पलटकर दुर्घटना का रूप देने का प्रयास किया गया। मुख्यमंत्री के भाई शिवपाल सिंह यादव तुरंत जसवंत नगर थाने पहुँच गए और इंस्पेक्टर रणविजय सिंह

से कहा कि एक रिक्शे वाले की सड़क दुर्घटना में मृत्यु हो गई है, उसके शव को डिस्पोजल करा दिया जाए। इंस्पेक्टर जसवंत नगर रणविजय सिंह एक अनुभवी अधिकारी थे, वे तुरंत मौके पर गए और वस्तुस्थिति से मुझे अवगत कराया।

मुख्यमंत्री के जनपद में एक निर्दोष, गरीब दलित की जघन्य हत्या की सूचना पाकर मैं तुरंत मौके पर पहुँच गया। विद्याराम का अंडकोष, लोहे की रॉड के प्रहार से फट गया था, जो उनकी मृत्यु का मुख्य कारण बना। उनके रिक्शे पर खरोंच के निशान तक नहीं थे। उनके शरीर पर दुर्घटना से लगी चोट के कोई निशान नहीं थे। शिवपाल सिंह यादव द्वारा सी.एम.ओ. इटावा पर दुर्घटना जैसी चोट पोस्टमार्टम में लिखने के लिए दबाव डाला गया। मैंने तुरंत सी.एम.ओ. को बता दिया कि यह हत्या का मामला है, दबाव में वे कोई गलत तथ्य पोस्टमार्टम रिपोर्ट में न लिखवाएँ।

विद्याराम कोरी की हत्या के संबंध में राम नारायण पुत्र मेवाराम कोरी निवासी भावलपुर द्वारा थाना जसवंत नगर में मु.अ.सं. 19/1990 धारा 147/148/149/302 आई.पी.सी. में 20 जनवरी, 1990 को पंजीकृत कराया गया, जिसमें भावलपुर थाना जसवंत नगर इटावा के रहने वाले निम्नलिखित लोग आरोपित किए गए—

1. धनीराम यादव, पुत्र गोवर्धन यादव
2. दशरथ यादव, पुत्र आहेलाल यादव
3. भारत सिंह यादव, पुत्र पीतम यादव
4. राजबीर यादव, पुत्र भारत सिंह यादव
5. झंडीलाल यादव, पुत्र मुंशी लाल यादव

मैंने हत्या करने वालों के घरों पर तुरंत रेड करवाई, परंतु वे नहीं मिले। वे घर से भागकर मुख्यमंत्री आवास कालिदास मार्ग, लखनऊ पहुँच गए थे। मुझे उत्तर प्रदेश शासन का वायरलेस संदेश प्राप्त हुआ कि इस मुकदमे की विवेचना उत्तर प्रदेश क्राइम ब्रांच सी.आई.डी. द्वारा की जाएगी। मुलायम सिंह यादव के समर्थकों द्वारा उन्हीं के विधानसभा क्षेत्र जसवंत नगर में, बिना किसी गुनाह के एक दिव्यांग दलित की हत्या करके उसके बच्चों और दिव्यांग

पत्नी को अनाथ बना दिया गया था। उसका दोष सिर्फ इतना ही था कि उसने सत्ताधारी पार्टी के नेता मुलायम सिंह यादव को वोट नहीं दिया था, जो उसकी मौत का कारण बना।

उस समय एस.पी. रैंक के जे. एस. घुंगेश, कानपुर रेंज के कार्यकारी डी.आई.जी. थे। घुंगेश, 20 जुलाई, 1979 से 25 मार्च, 1980 तक इटावा के एस.पी. रह चुके थे। यह वही समय था, जब जनता पाटी से मुलायम सिंह यादव पहली बार सहकारिता मंत्री बने थे। जे.एस. घुंगेश उनके बड़े करीबी अधिकारी माने जाते थे। दिसंबर 1989 में मुख्यमंत्री बनते ही उन्होंने जे.एस. घुंगेश को कानपुर रेंज का डी.आई.जी. बनाने का आदेश दे दिया। डी.जी. पी. और गृह सचिव ने उन्हें यह भी नहीं बताया कि वे अब तक डी.आई.जी. पद पर प्रोन्नत ही नहीं हुए हैं। जब उनकी डी.आई.जी. रेंज कानपुर के पद पर नियुक्ति कर दी गई, तब अखबारों में तीखी प्रतिक्रियाएँ हुईं। मुख्यमंत्री ने घुंगेश की नियुक्ति में जिन तौर-तरीकों एवं परंपराओं का उल्लंघन किया, उससे चर्चाओं को हवा मिली। मुलायम सिंह सरकार बनने के तुरंत बाद पुलिस प्रशासन में भी पहली बार जो तबादले किए गए, उनमें जे.एस. घुंगेश को कानपुर जैसे महत्त्वपूर्ण और संवेदनशील रेंज का उपमहानिरीक्षक बनाया गया। घुंगेश के तबादले का आदेश जारी होने के बाद शासन को होश आया कि उनकी पदोन्नति का मामला सुप्रीम कोर्ट में विचाराधीन है, जिसके कारण वे उपमहानिरीक्षक पद पर प्रोन्नत नहीं किए जा सकते थे। अखबारों की सुर्खियाँ बनने के बाद उत्तर प्रदेश सरकार ने पहला आदेश वापस लिया और नया आदेश जारी कर दिया। इसमें कहा गया कि घुंगेश बतौर पुलिस अधीक्षक, कानपुर परिक्षेत्र के उपमहानिरीक्षक का कार्य देखेंगे। कानपुर के तत्कालीन उपमहानिरीक्षक आर.सी. अग्रवाल का रेलवे पुलिस में तबादला कर दिया गया।

न्यायालय के निर्णय के आधार पर घुंगेश उपमहानिरीक्षक नहीं हो सकते थे, इसलिए घुंगेश, डी.आई.जी. का बैज नहीं लगा सकते थे और न ही अपनी कार में उपमहानिरीक्षक का झंडा व स्टार लगा सकते थे। इस तरह वे पाँच महीने से अधिक समय तक पुलिस अधीक्षक होने के बावजूद कानपुर

के उपमहानिरीक्षक बने रहे। सर्वोच्च न्यायालय के निर्णय के बाद वे पुलिस उपमहानिरीक्षक पद पर प्रोन्नत हुए, तब उनकी नियुक्ति उत्तर प्रदेश सरकार ने उसी कानपुर परिक्षेत्र में कर दी।

घुंगेश की नियुक्ति के पीछे इन सारी तिकड़मों का राज यह था कि वे मुख्यमंत्री के गृह जिले इटावा में पुलिस अधीक्षक रह चुके थे। इटावा में नियुक्ति के दौरान घुंगेश, मुलायम सिंह के आदेशों का अक्षरशः पालन करते थे। इटावा में नियुक्ति के बाद जब कांग्रेस पार्टी सत्ता में आई तो घुंगेश को क्राइम ब्रांच सी.आई.डी. में नियुक्त किया गया। सी.आई.डी. में नियुक्त होने के बाद भी उनका गहरा संबंध मुलायम सिंह यादव से बना रहा और उन्होंने सी.आई.डी. की विवेचनाओं में भी मुलायम सिंह यादव की काफी मदद की थी। इस तरह वे मुख्यमंत्री मुलायम सिंह के सबसे विश्वासपात्र अधिकारी बन गए। उस समय डी.जी.पी. डॉ. आर. पी. माथुर भी उनसे सलाह लेते थे। सी.आई.डी. के अधिकारियों को भी वे अपने अर्दब में ले लेते थे। अधिकारी उनसे डरते थे कि घुंगेश, मुख्यमंत्री से कहकर कहीं उनका अहित न करवा दें। पूरे पुलिस विभाग में घुंगेश का सिक्का चलता था। वे किसी भी अधिकारी से जो बात कहते थे, वह उस अधिकारी को मानना पड़ता था, चाहे वह डी.जी. रैंक का अधिकारी ही क्यों न हो।

घुंगेश की सलाह पर विद्याराम कोरी हत्याकांड की जाँच भी सी.आई.डी. को भेज दी गई। जे.एस. घुंगेश ने सी.आई.डी. पर दबाव डालकर विद्याराम की हत्या को दुर्घटना का रूप दिला ही दिया। दोषी पाँचों आरोपियों को सी.आई.डी. द्वारा क्लीन चिट दे दी गई। एक गरीब व्यक्ति की हत्या सत्ताधारी दबंगों के लिए मात्र एक खेल साबित हुआ। साथ-ही-साथ यह संदेश भी दे दिया गया कि सत्ताधारी पार्टी के विरोध का क्या अंजाम हो सकता है।

जनता दल और बाद में समाजवादी पार्टी की सरकारों में दलितों पर अत्याचार होते रहे। उनकी कोई सुनने वाला नहीं था। 1995 में जब बहुजन समाज पार्टी ने सत्ताधारी समाजवादी पार्टी से अपना समर्थन वापस लिया तो गेस्ट हाउस कांड करा दिया गया। मायावती की जान बड़ी मुश्किल से बची। फर्रुखाबाद के भाजपा विधायक ब्रह्मदत्त द्विवेदी ने स्टेट गेस्ट हाउस पहुँचकर

मायावती की जान बचाई थी। बहुजन समाज पार्टी के कई विधायकों को जबरदस्ती उठा लिया गया था, जिसमें समाजवादी पार्टी के बाहुबली अतीक अहमद, ओम प्रकाश पासवान, अरुणा शंकर शुक्ला अन्ना आदि शातिर अपराधी शामिल थे।

गेस्ट हाउस कांड के बाद जब 29 अगस्त, 2003 को मुलायम सिंह यादव मुख्यमंत्री बने, तब वे दलितों से चिढ़े हुए थे। उनके कार्यकाल में दलितों पर अत्याचार की घटनाएँ बढ़ गई। मुलायम सिंह यादव दलित विरोधी के रूप में उभरे। संसद में दलितों के लिए पदोन्नति में आरक्षण के बिल पर वे खुलकर दलित विरोध पर उतर आए। उन्होंने नगीना, बिजनौर के दलित सांसद इंजीनियर यशवीर धोबी से आरक्षण बिल लोकसभा में फड़वाया था। मुलायम सिंह चाहते तो वे अपनी बिरादरी या किसी अन्य सांसद से भी बिल फड़वा सकते थे, परंतु उन्होंने अपने दलित सांसद से बिल फड़वाकर यह संदेश देना चाहा कि दलित भी पदोन्नति में आरक्षण के पक्षधर नहीं हैं।

□

ऑपरेशन श्रीपत यादव

आई.जी. जोन कानपुर बी.एस. बेदी और डी.आई.जी. रेंज जे.एस. घुंगेश ने मुझे मुख्यमंत्री के आदेश से अवगत कराया कि इटावा के श्रीपत यादव गैंग पर काररवाई की जानी है। उन्होंने यह भी बताया कि श्रीपत गैंग के सफाए का आदेश मुख्यमंत्री स्तर द्वारा दिया गया है। श्रीपत यादव, जसवंत नगर इटावा का रहने वाला था और वह एक संगठित डकैतों के गैंग का मुखिया था। उसका गैंग उत्तर प्रदेश के अलावा मध्य प्रदेश में भी डकैती डालता था और फिरौती के लिए अपहरण करता था। दोनों राज्यों में श्रीपत यादव गैंग का आतंक था। उसके गैंग में सभी सदस्य यादव थे और अधिकतर इटावा और फिरोजाबाद के ही रहने वाले थे।

श्रीपत यादव और उसके विश्वस्त साथी डकैत भूरा यादव पर गिरफ्तारी हेतु उत्तर प्रदेश और मध्य प्रदेश सरकारों ने पच्चीस-पच्चीस हजार रुपए का पुरस्कार घोषित किया था। इस गैंग को इंटर-स्टेट गैंग के रूप में पंजीकृत किया गया था, जिसके लिए यू.पी. और एम.पी. पुलिस गिरफ्तारी के लिए प्रयासरत थी। श्रीपत यादव गैंग को जनपद फिरोजाबाद, मैनपुरी और

समाजवादी पार्टी के वरिष्ठ नेता शिवपाल सिंह यादव, पूर्व अंतरराज्यीय डकैत सरगना श्रीपत यादव के साथ

इटावा में राजनीतिक संरक्षण दिया जाता था, जिसके कारण गैंग बेखौफ होकर अपराध करता था। इस गैंग ने उत्तर प्रदेश के इटावा, मैनपुरी, फिरोजाबाद, कानपुर जिलों के अलावा मध्य प्रदेश के भिंड, मुरैना, दतिया जिलों में आतंक मचा रखा था। उस जमाने में पच्चीस हजार रुपए बहुत बड़ा पुरस्कार माना जाता था। श्रीपत यादव, अहीर टोला जसवंत नगर, इटावा तथा उसका मुख्य सहयोगी भूरा यादव, भीरपुर लादी, टुंडला, फिरोजाबाद का रहने वाला था। मैंने श्रीपत यादव गैंग पर काररवाई के लिए जसवंत नगर के इंस्पेक्टर रणविजय सिंह को बुलाकर रणनीति बनाई और उन्हें अतिरिक्त पुलिस फोर्स भी उपलब्ध कराई। मैंने यह भी बताया कि श्रीपत यादव आसानी से गिरफ्तार नहीं होगा और वह पुलिस बल पर बेधड़क गोली चलाएगा। अतः पुलिस बल को बड़ी सावधानी से 'ऑपरेशन श्रीपत यादव' पर काररवाई करनी होगी, जिससे पुलिस बल को कोई क्षति न पहुँचे।

रणविजय सिंह के नेतृत्व में टीम सक्रिय हो गई। मुझे सूचना मिल रही थी कि यह गैंग जसवंत नगर के आसपास ही डेरा डाले हुए है और उसने चार व्यक्तियों को फिरौती के लिए कई महीनों से बंधक बनाकर रखा है। हमें यह सावधानी रखनी थी कि गैंग से मुठभेड़ में फिरौती के लिए अपहृत किए गए चारों व्यक्तियों को कोई नुकसान न पहुँचे।

14 जनवरी, 1990 को मकर संक्रांति का दिन था। इटावा में भी मकर संक्रांति का त्योहार बड़ी धूमधाम से मनाया जाता है। यमुना नदी के किनारे रहने वाले लोग यमुना में स्नान करने जाते हैं। अधिकतर लोग घरों में ही स्नान करते हैं। प्रत्येक घर में चावल, मूँग या उड़द की खिचड़ी बनाई जाती है, जिसे देशी घी के साथ खाया जाता है। अपने सामर्थ्य के अनुसार दाल-चावल की खिचड़ी का दान किया जाता है। मकर संक्रांति पर बहन और बेटियों को उनके ससुराल खिचड़ी भेजी जाती है, जिसमें दाल, चावल, गुड़, घी, लाई व तिल के लड्डू आदि भी भेजे जाते हैं।

मकर संक्रांति के दिन ही इंस्पेक्टर जसवंत नगर रणविजय सिंह को सूचना मिली कि श्रीपत यादव का गैंग जसवंत नगर के पास ग्राम रुकुनपुरा के जंगल में रुका हुआ है। जसवंत नगर पुलिस ने रुकुनपुरा के जंगल में घेरा डाल दिया और दिन के बारह बजे डकैतों से मुठभेड़ शुरू हो गई। पुलिस पार्टी बहुत छोटी

थी, परंतु इसके बावजूद भी बहादुर पुलिस जवानों ने मुठभेड़ में गैंग के दूसरे नंबर के डकैत भूरा यादव पुत्र खयाली राम को मार गिराया और बाकी गैंग के सदस्य गोलियाँ चलाते हुए फरार हो गए। पुलिस ने आसपास के गाँव के लोगों विशेषकर शस्त्र लाइसेंसधारियों से सहायता करने के लिए कहा, परंतु यादव बाहुल्य इन गाँवों के लोगों ने पुलिस की सहायता नहीं की और गैंग को भगाने में मदद पहुँचाई। मुलायम सिंह यादव ने जनता पार्टी में मंत्री बनने पर अपने लोगों को थोक में हथियारों के लाइसेंस जारी करवाए थे। इटावा जिले में सबसे अधिक सेमी ऑटोमेटिक थर्टी कार्बाइन के लाइसेंस जारी हुए थे। मुख्यमंत्री परिवार के अधिकतर लोगों के पास थर्टी कार्बाइन के लाइसेंस थे। यह लाइसेंस उत्तर प्रदेश शासन स्तर से जारी होता था और बहुत मुश्किल से मिलता था। मैंने भी अपने सेवाकाल में थर्टी कार्बाइन के लाइसेंस के लिए प्रयास किया था, परंतु मुझे नहीं मिल पाया था। इटावा में थोक में थर्टी कार्बाइन के लाइसेंस जारी होने के कारण भारत सरकार को शस्त्र लाइसेंस की नीति बदलनी पड़ी। भारत सरकार ने कार्बाइन के लाइसेंस जारी करने के अधिकार को राज्य सरकारों से वापस लेकर अपने पास रख लिया। अब गृह मंत्रालय भारत सरकार द्वारा ही थर्टी कार्बाइन और अन्य सेमीऑटोमैटिक राइफलों के लाइसेंस जारी होते हैं।

रुकुनपुरा और आसपास के गाँवों में लोगों के पास थोक में हथियारों के लाइसेंस थे। लाइसेंसी से अपेक्षा की जाती है कि यदि डकैतों, आतंकवादियों से पुलिस मुठभेड़ हो रही हो तो वे अपने लाइसेंसी हथियारों के साथ पुलिस पार्टी को सहयोग करें। श्रीपत गैंग से मुठभेड़ में कोई भी लाइसेंसी पुलिस का सहयोग करने नहीं आया। ऐसी स्थिति में पुलिस उनके हथियार के लाइसेंस भी निरस्त कराती है। मैंने घटनास्थल पर पहुँचकर निर्देश दिया था कि जिन लाइसेंसधारियों ने पुलिस को सहयोग नहीं किया, उनके हथियारों के लाइसेंस निरस्त कर दिए जाएँ। मेरे स्थानांतरण के बाद लाइसेंसियों के विरुद्ध कोई काररवाई नहीं हुई। रुकुनपुरा और आसपास के गाँवों के लोग गैंग को पनाह देते थे और बंधक बनाए गए लोगों को छिपाने में मदद करते थे, जिसके लिए गैंग द्वारा उन्हें पैसा दिया जाता था।

मुठभेड़ के बाद पुलिस द्वारा फिरौती के लिए चार अपहृत व्यक्तियों

को मुक्त कराया गया। मुक्त हुए व्यक्तियों में कमलेश कुमार पुत्र गुलाब सिंह निवासी गोदपुरा करहल मैनपुरी, विजय सिंह कुशवाहा फिरोजाबाद, भानु प्रताप सिंह मैनपुरी और बृजेंद्र सिंह इटावा के रहने वाले थे। इनमें से कुछ का दो–ढाई महीने पहले अपहरण किया गया था और कमलेश का अपहरण पंद्रह दिन पहले किया गया था, जिसका मुकदमा भी कायम नहीं हुआ था। चारों अपहृत व्यक्तियों को लोहे की जंजीर से एक साथ बाँधकर ताला लगा दिया गया था, जिससे वे भाग न सकें। इन व्यक्तियों के घरों से फिरौती की रकम माँगी जा रही थी, जिसका वे इंतजाम कर रहे थे। कुछ के परिवार अपने बेटे की जान बचाने के लिए अपनी जमीनों को बेचने का सौदा भी कर चुके थे, जिससे वे रुपए श्रीपत यादव गैंग को पहुँचाकर सकुशल अपने प्रियजनों को वापस ला सकें। श्रीपत यादव ने दस दिन का अंतिम अल्टीमेटम दिया था कि यदि 25 जनवरी, 1990 तक पैसा नहीं पहुँचाया गया तो अपहृत व्यक्तियों को गोली मार दी जाएगी। अपहृत व्यक्तियों ने अपने कोड नाम—राम, लक्ष्मण, भरत, शत्रुघ्न रख लिये थे और एक–दूसरे को इसी नाम से पुकारते थे। उन्हें जंगल में सूखे बाजरे के चारे के ढेर में रखा गया था, जहाँ से उन्हें मुक्त कराया गया। मैंने स्वयं उनसे पूछताछ की थी। उन्होंने बताया था कि उन्हें अपहृत करके बदल–बदलकर घरों में रखा जाता था, जो उस समय की सत्ताधारी पार्टी के सबसे नजदीकी व्यक्ति थे। उन्होंने यह भी बताया कि जब उन्हें गाँव में छिपाकर रखा गया था तो उसी दौरान जसवंत नगर विधानसभा के वोट भी पड़े थे। अपहरण की इन चार घटनाओं में श्रीपत गैंग के निम्नलिखित सदस्य प्रकाश में आए—

1. श्रीपत यादव, पुत्र पातीराम यादव, अहीर टोला, जसवंत नगर, इटावा।
2. भूरा यादव, पुत्र खयाली राम, निवासी भीरपुर लादी, टुंडला, फिरोजाबाद।
3. सुरेंद्र उर्फ फौजी यादव, पुत्र संत सिंह यादव, निवासी पाठकपुरा, जसवंतनगर।
4. राकेश यादव, पुत्र मिजाजी लाल, पाठकपुरा, जसवंत नगर।

5. होतीलाल यादव, निवासी पाठकपुरा, जसवंत नगर।
6. प्रवीन यादव, पुत्र सरनाम सिंह, मेवाती प्रतापपुर झाँसी।
7. पप्पू यादव, पुत्र सोने लाल, मेवाती रुकुनपुरा, जसवंत नगर।
8. गोपी यादव, पुत्र मथुरा प्रसाद, मेवाती रुकुनपुरा, जसवंत नगर।
9. राजीव यादव, पुत्र श्रीराम उर्फ मोटे, मेवाती नगला नरिया, बसरेहर, इटावा।

गिरोह के दूसरे नंबर के सदस्य भूरा के मारे जाने की जानकारी मैंने तुरंत आई.जी. कानपुर बी.एस. बेदी को दी और उन्होंने तुरंत यह सूचना मुख्यमंत्री तक पहुँचा दी। मुख्यमंत्री भूरा यादव के मुठभेड़ में मारे जाने से खुश नहीं हुए, क्योंकि वह उनके गोत्र 'कम्हरिया' यादव से संबंध रखता था। जे.एस. घुंगेश, डी.आई.जी. रेंज को तुरंत इटावा जाँच के लिए भेजा गया और वे मुठभेड़ में कमियाँ ढूँढ़ते रहे। मेरा सौभाग्य था कि मुक्त कराए गए चारों व्यक्ति अपने ऊपर हुए अत्याचार से डी.आई.जी. को विस्तृत रूप से बता रहे थे। उनसे डी.आई.जी. ने अकेले में बातचीत की थी और मुझे अलग रखा गया था। गैंग को पनाह देने वाले जसवंत नगर क्षेत्र के यादव जाति के लोग थे और राजनीतिक रूप से सत्ताधारी पार्टी जनता दल से जुड़े हुए थे। घुंगेश, इस पुलिस मुठभेड़ की घटना में कोई कमी नहीं ढूँढ़ पाए, अन्यथा वे पुलिसजनों पर हत्या का मुकदमा अवश्य कायम करवा देते।

End Of Month Long Trauma

Kidnapped victims generally say that they were treated well by kidnappers. A truth that only the victims know. But these four youth of Western UP had a harrowing tale to tell.

मुख्यमंत्री के सामने पेशी

18 जनवरी, 1990 को मुझे पुलिस महानिदेशक कार्यालय बुलाया गया। मैं दोपहर तक वहाँ पहुँच गया और डी.जी.पी. डॉ. आर.पी. माथुर से डी.जी.पी. कार्यालय 1 तिलक मार्ग पर मुलाकात की। डॉ. माथुर की छवि एक ईमानदार, परंतु कमजोर अधिकारी की थी। वे जनपद बस्ती के निवासी थे और जब वर्ष 1979 में मैं आजमगढ़ में सहायक पुलिस अधीक्षक अंडर ट्रेनिंग नियुक्त था, उस समय डॉ. माथुर, डी.आई.जी. रेंज, गोरखपुर थे।

उस दौरान रामनरेश यादव पहले प्रदेश के मुख्यमंत्री और बाद में उप मुख्यमंत्री रहे। रामनरेश यादव जब भी आजमगढ़ आते थे, डॉ. माथुर अपने मुख्यालय गोरखपुर मुख्यालय से पहले ही आजमगढ़ पहुँच जाते थे और रामनरेश यादव के हर प्रोग्राम में स्वयं मौजूद रहते थे। उस समय डी.आई. जी. रेंज से यह अपेक्षा नहीं की जाती थी कि वह दूर-दराज के गाँवों में भी वी.आई.पी. कार्यक्रम में स्वयं मौजूद रहें। आजमगढ़ में अच्छे डाक बँगले नहीं थे और वी.आई.पी. कार्यक्रम के दौरान खाली भी नहीं रहते थे।

पुलिस लाइन आजमगढ़ के ठीक सामने नारी निकेतन के नाम से दो कमरे बने थे, जिसमें एक कमरे को डॉ. माथुर ने अपने लिए रिजर्व करवा लिया था और वे जब आजमगढ़ आते थे तो उसी कमरे में ठहरते थे। उनके अलावा उस कमरे में कोई नहीं ठहर सकता था। उनके जाने के बाद वह कमरा बंद कर दिया जाता था और उनके आने पर ही खुलता था। जब मैं आजमगढ़ में तैनात हुआ, तब पुलिस अधीक्षक ए.के. शरण (आई.पी.एस.-1964) ने मुझे दूसरा कमरा रहने के लिए दे दिया। कुछ दिनों बाद एक डिप्टी एस.पी. नंदजी यादव आजमगढ़ में तैनात हुए और कोई जगह उपलब्ध न होने के कारण वे भी मेरे साथ उसी कमरे में

रहने लगे। ए.के. शरण के स्थानांतरण के बाद असगर अब्बास जैदी आजमगढ़ के पुलिस अधीक्षक बनाए गए। कुछ दिनों बाद डी.आई.जी. डॉ. माथुर को जानकारी मिली कि मैं उनके लिए आरक्षित किए गए कमरे के बगल में दूसरे कमरे में रह रहा हूँ, तब उन्होंने पुलिस अधीक्षक असगर अब्बास जैदी को पत्र लिखा कि जिस कमरे में मैं रह रहा हूँ, उसे तुरंत खाली करा लिया जाए और मैं अपने रहने की कहीं अन्यत्र व्यवस्था कर लूँ। उन्होंने पत्र में यह भी लिखा कि जब वे आजमगढ़ आएँगे तो मेरे द्वारा खाली किए गए कमरे को अपना कैंप कार्यालय बनाएँगे। इससे आँकलन किया जा सकता है कि उनमें संवेदनशीलता का कितना अभाव था। डी.आई.जी. डॉ. माथुर को बगल के कमरे में मेरा ठहरना भी बरदाश्त नहीं था। उसी दौरान मैं थाना ट्रेनिंग के लिए दोहरीघाट चला गया और वहाँ एक महीना रहा। उसी दौरान डॉ. माथुर का गोरखपुर रेंज से स्थानांतरण हो गया और मुझे कमरा खाली करने की आवश्यकता नहीं पड़ी। जे.एस. टिंगल ने उनकी जगह डी.आई. जी. रेंज का कार्यभार सँभाला, जो एक अति संवेदनशील अधिकारी थे और मुझे पुत्र की तरह मानते थे।

18 जनवरी, 1990 को पुलिस महानिदेशक डॉ. माथुर ने मुझे बताया कि भूरा यादव पुलिस मुठभेड़ के मामले में मुख्यमंत्री आज शाम को अपने आवास कालिदास मार्ग पर विचार-विमर्श करेंगे। उन्होंने यह भी कहा कि वे कुछ नहीं बोलेंगे, केवल मुझे ही जवाब देना होगा। उसी दिन शाम आठ बजे मैं कालिदास मार्ग पहुँचा। मेरे साथ पुलिस महानिदेशक डॉ. माथुर और पुलिस अधीक्षक/प्रभारी डी.आई.जी. कानपुर रेंज जे.एस. घुंगेश मौजूद थे। मुख्यमंत्री ड्राइंग रूम में आकर बैठ गए और उन्होंने बात करना शुरू किया। मैं मुख्यमंत्री के ठीक सामने सोफे पर बैठा था और अगल-बगल के सोफों पर डी.जी.पी. और डी.आई.जी. बैठे थे।

मुख्यमंत्रीजी ने डी.आई.जी. घुंगेश की तरफ देखते हुए कहा—"घुंगेश साहब, जैसे जाटों में गोत्र होता है, उसी प्रकार यादवों में भी गोत्र होते हैं।" उन्होंने अपने को कम्हरिया गोत्र का यादव बताया। गैंग लीडर श्रीपत यादव को घोसी (ग्वाल) गोत्र का यादव बताया था। उन्होंने कहा कि मुठभेड़ में मारा गया बदमाश भूरा यादव कम्हरिया है, इससे उनकी बिरादरी के कम्हरिया गोत्र के यादव उनसे

नाराज हो गए हैं। भूरा यादव के मारे जाने से उनका विधानसभा क्षेत्र जसवंत नगर प्रभावित हो गया है। मुठभेड़ में घोसी (ग्वाल) गोत्र का श्रीपत यादव बच गया, जिसके कारण घोसी गोत्र की यादव बिरादरी इसलिए नाराज हो गई है कि पुलिस उसे मारना चाहती थी। उन्होंने निर्देश दिया कि राजनीतिक भरपाई के लिए जसवंत नगर थाने के सभी पुलिसकर्मियों को निलंबित कर दिया जाए। मैंने उनसे अनुरोध किया कि यह दिन-दहाड़े मुठभेड़ हुई है और चार निर्दोष व्यक्तियों को बचाया गया है, जिनका फिरौती के लिए अपहरण किया गया था। ऐसी साहसिक मुठभेड़ में यदि पुलिसकर्मियों को दंडित किया जाएगा तो उनका मनोबल गिरेगा और इटावा में सक्रिय राम आसरे चौबे उर्फ फक्कड़ गैंग पर काररवाई करनी संभव नहीं हो पाएगी। इस पर पुलिस महानिदेशक डॉ. माथुर ने कहा कि वे पूरे थाने को निलंबित कर देंगे, जिस पर मैंने वहीं पर पेशकश की कि पहले मुझे हटा दिया जाए, उसके बाद जो भी काररवाई करनी हो, कर ली जाए। मैं पुलिसकर्मियों को निलंबित नहीं करूँगा, जो निर्दोष हैं और जिन्होंने साहसिक मुठभेड़ में भाग लिया है। किसी पुलिसकर्मी को निलंबित करने के लिए ठोस आधार होना चाहिए। इस मामले में तो कोई आधार ही नहीं था, उन्हें तो पुरस्कृत किया जाना चाहिए था। मुख्यमंत्री नाराज होकर उठ गए और हम लोग भी मीटिंग से वापस आ गए। मैंने पुलिस महानिदेशक के गलत निर्देशों का पालन करने से साफ इनकार कर दिया, जो मुझे मीटिंग के बाद भी पुलिसजनों को निलंबित करने पर जोर दे रहे थे। ऐसी निम्न स्तर की नेतृत्व क्षमता थी, डी.जी.पी. डॉ. माथुर की। वे अपनी कुरसी बचाने के लिए किसी भी स्तर तक जा सकते थे। उन्हें पुलिस अधिकारियों और जवानों के मनोबल से कोई लेना-देना नहीं था।

बाबू दर्शन सिंह यादव मामले में नेताजी की इच्छानुसार काररवाई न करना और भूरा यादव मुठभेड़ प्रकरण के कारण मुख्यमंत्री मुझसे पूरी तरह नाराज हो गए। मैं समझ रहा था कि वे मेरा तुरंत स्थानांतरण कर देंगे, परंतु ऐसा नहीं हुआ। इटावा के आम जनमानस और मीडिया द्वारा मेरे काम की सराहना की जा रही थी। मेरे स्थानांतरण का अवसर ढूँढ़ा जाने लगा कि किसी मामले में मुझे निलंबित करके इटावा से हटाया जाए, जिससे अन्य पुलिसजन शीर्ष राजनीतिक संदेश को अच्छी तरह समझ सके। □

कम्हरिया और घोसी (ग्वाल) यादव

उत्तर प्रदेश में अहीर जाति हर जिले में पाई जाती है। इटावा, एटा, फर्रुखाबाद, मैनपुरी, फिरोजाबाद, अलीगढ़, कानपुर सहित पश्चिमी उत्तर प्रदेश में भी अहीर समाज की काफी संख्या है और चुनावों में उनके वोट निर्णायक साबित होते हैं। इन जिलों में कम्हरिया और घोसी गोत्र के अहीर हैं। कम्हरिया गोत्र के यादव काफी पिछड़े हुए थे और उनमें शिक्षा की काफी कमी थी। उनका रहन-सहन, बातचीत करने का तौर-तरीका भी घोसी यादवों की तुलना में उतना सभ्य नहीं था। यादवों के कम्हरिया गोत्र की महिलाएँ खेतों में काम करती थीं और उनका पहनावा भी घोसी महिलाओं से अलग था। वे कमीज और बंजारा महिलाओं जैसा घाघरा पहनती थीं, जबकि घोसी महिलाओं का पहनावा धोती, ब्लाउज, पेटीकोट था। घोसी महिलाएँ घर के अंदर रसोई और घर-गृहस्थी का ही काम करती थीं। वे बाहर जाकर खेतों में काम नहीं करती थीं। कम्हरिया महिलाएँ घर-गृहस्थी के अलावा खेतों में काम करती थीं और खेतों से चारा लाकर मशीन से काटकर पशुओं को खिलाती थीं। उनका पशुपालन में भी बहुत योगदान था। कुल मिलाकर कम्हरिया वर्ग, घोसी वर्ग से काफी पिछड़ा था। घोसी गोत्र के यादव पहले कम्हरिया गोत्र में शादी करना भी पसंद नहीं करते थे। जब कम्हरिया वर्ग का प्रतिनिधित्व समाज के प्रत्येक क्षेत्र में बढ़ा, तब धीरे-धीरे आपस में शादी-विवाह होने लगे।

मुलायम सिंह यादव कम्हरिया गोत्र के यादव थे। जब मुलायम सिंह यादव पहली बार 1977 में कृषि, पशुपालन एवं सहकारिता मंत्री बने तो उन्होंने सबसे पहले अपने कम्हरिया वर्ग के यादवों के उत्थान हेतु अनेक कार्य

किए। मुख्यमंत्री होने के बाद उनकी प्राथमिकता में कम्हरिया यादव पहले नंबर पर आ गए और वे नौकरी, ठेकेदारी, व्यवसाय, शिक्षा आदि अनेक क्षेत्रों में कम्हरिया वर्ग को बहुत आगे ले गए। उन्होंने घोसी (ग्वाल) गोत्र के यादवों को अपनी प्राथमिकता से बाहर कर दिया। उनका मानना था कि घोसी वर्ग तो पूर्व से ही विकसित है। उनकी इस नीति के कारण उत्तर प्रदेश के यादवों में अंदरूनी तौर पर प्रतिस्पर्धा बढ़ गई और दोनों वर्गों में छिपा हुआ तनाव भी उत्पन्न हुआ।

जुगौरा जसवंत नगर निवासी चौधरी सुघर सिंह यादव, ग्वाल (घोसी) गोत्र के थे। वे इटावा के धनाढ्य यादव परिवार से आते थे और पुराने जमींदार थे। चौधरी सुघर सिंह यादव का इटावा के यादवों, विशेषकर ग्वाल गोत्र के यादवों, पर काफी प्रभाव था। चुनाव के दौरान उनके कहने पर ग्वाल गोत्र के यादव वोट देते थे। चौधरी सुघर सिंह के दो पुत्र रामपाल और कुशलपाल थे। रामपाल अशिक्षित थे और कुशलपाल पढ़े-लिखे थे। जसवंत नगर की राजनीति को यह परिवार प्रभावित करता था। मुलायम सिंह यादव जसवंत नगर में अपने छोटे भाई शिवपाल को राजनीतिक रूप से स्थापित करना चाहते थे। वे नहीं चाहते थे कि ग्वाल गोत्र के चौधरी सुघर सिंह का परिवार आगे जाकर शिवपाल के लिए राजनीतिक चुनौती उत्पन्न करे। वे इस परिवार को नाराज भी नहीं रख सकते थे, क्योंकि उनके माध्यम से ही उन्हें घोसी वोट आसानी से मिल जाते थे।

मुलायम सिंह यादव ने एक रणनीति के तहत, सुघर सिंह के अशिक्षित पुत्र रामपाल यादव को जसवंत नगर से निर्विरोध ब्लॉक प्रमुख बनवा दिया। जब बी.डी.ओ. के ए.सी.आर. लिखने का समय आता था, तो रामपाल, बी.डी.ओ. से कह देते थे कि वे स्वयं अपना ए.सी.आर. लिखकर ले आएँ, वे अँगूठा लगा देंगे। जानबूझकर उनके भाई कुशल पाल को ब्लॉक प्रमुख नहीं बनाया गया था, क्योंकि वे पढ़े-लिखे थे और ब्लॉक प्रमुख बनने पर उनकी राजनीतिक महत्त्वाकांक्षा काफी बढ़ सकती थी और वे शिवपाल के लिए चुनौती बन सकते थे। रामपाल यादव लगातार जसवंत नगर के निर्विरोध ब्लॉक प्रमुख चुने जाते रहे। रामपाल यादव के पुत्र बृजेश यादव

काफी पढ़े-लिखे थे। उन्हें चौधरी चरण सिंह डिग्री कॉलेज में प्रवक्ता बना दिया गया। रामपाल के बाद उनके पुत्र बृजेश की पत्नी संतोष यादव जसवंत नगर की ब्लॉक प्रमुख बनाई गईं। उनके बाद बृजेश के पुत्र मोंटी यादव और फिर मोंटी यादव की पत्नी को भी ब्लॉक प्रमुख बनाया गया। बृजेश यादव को जानबूझकर ब्लॉक प्रमुख नहीं बनाया गया, क्योंकि वे पढ़े-लिखे और जागरूक होने के कारण राजनीतिक रूप से शिवपाल सिंह यादव से आगे निकल सकते थे।

मुलायम सिंह यादव उत्तर प्रदेश के सहकारिता, पशुपालन एवं कृषि मंत्री और तीन बार मुख्यमंत्री रहे। वे भारत सरकार में रक्षामंत्री भी बने और उत्तर प्रदेश विधानसभा में विपक्ष के नेता भी रहे। उनके पुत्र अखिलेश यादव भी वर्ष 2012 से 2017 तक उत्तर प्रदेश के मुख्यमंत्री रहे। छोटे भाई शिवपाल यादव, इटावा जिला को-ऑपरेटिव बैंक के अध्यक्ष पद से वर्ष 1990 में शुरुआत करके उत्तर प्रदेश के कई बार कैबिनेट मंत्री रहे। मुख्यमंत्री के बाद उनकी उत्तर प्रदेश सरकार में नंबर दो की हैसियत रहती थी। उनके चचेरे भाई प्रो. राम गोपाल यादव वर्ष 1989 में जिला परिषद् इटावा के चेयरमैन बने। वे उत्तर प्रदेश में मंत्री के अलावा वर्ष 1992 से लगातार पाँच बार राज्यसभा के सांसद रहे। उनका पाँचवाँ कार्यकाल नवंबर 2026 तक है। उनके पुत्र अक्षय यादव, भतीजा धर्मेंद्र यादव, पोता तेज प्रताप यादव भी लोकसभा सांसद बने। मुलायम सिंह की पुत्रवधू डिंपल यादव भी लोकसभा सांसद रही। एक समय इस परिवार के डेढ़ दर्जन से अधिक लोगों के पास ब्लॉक प्रमुख से लेकर मुख्यमंत्री और केंद्रीय मंत्री तक के पद रहे। चौधरी सुघर सिंह का परिवार तीन पीढ़ियों से ब्लॉक प्रमुख पद तक ही सीमित रहा, क्योंकि वे कम्हरिया न होकर ग्वाल (घोसी) यादव थे। बृजेश यादव ने पढ़े-लिखे और जागरूक होने के कारण जसवंत नगर क्षेत्र में कई शिक्षण संस्थाएँ खोलीं और अपना व्यवसाय भी काफी आगे बढ़ाया, लेकिन उन्हें प्रदेश स्तर पर किसी भी राजनीतिक पद के लिए योग्य नहीं समझा गया।

□

सटोरिया कल्लू तारमैन

मुख्यमंत्रीजी महीने में तीन–चार बार इटावा अवश्य आते थे। मैंने इटावा के शातिर सटोरिया कल्लू तारमैन को गिरफ्तार करवाया। मुझे मुख्यमंत्री के चचेरे भाई, प्रो. राम गोपाल यादव, ने फोन करके बताया कि आपने बहुत अच्छी काररवाई की है, परंतु शिवपाल सिंह यादव उसे छोड़ने की सिफारिश करेंगे। कल्लू तारमैन शातिर सटोरिया है और इटावा के तमाम लोगों को सट्टे के जाल में फँसाकर कंगाल बना चुका है, आप उसे न छोड़ें। थोड़ी देर बाद ही मेरे पास शिवपाल सिंह यादव का फोन आ गया और उन्होंने कल्लू तारमैन को तुरंत छोड़ने के लिए कहा, जिसको मैंने मना कर दिया।

एक दिन इटावा शहर के पास एक जुए का अड्डा चलने की जानकारी मुझे प्राप्त हुई, जिसको मैंने रेड करवाकर कई लोगों को पकड़वा लिया। इटावा के कई संभ्रांत नागरिकों ने मुझे जुए का अड्डा पकड़ने पर बधाई दी। जुए का अड्डा पकड़ना पुलिस के लिए बड़ी उपलब्धि नहीं मानी जाती है, इस पर बधाई मिलना मेरे लिए आश्चर्यजनक था। मुझे बाद में पता चला कि जो व्यक्ति जुए का अड्डा चला रहा था, वह जनता दल का बहुत नजदीकी था और उसे बिल्कुल भी आशंका नहीं थी कि वहाँ पुलिस की दबिश देने की हिम्मत होगी।

दो दिन बाद मुख्यमंत्रीजी इटावा आए और कई लोगों के सामने मुझसे कहा कि आपने कल्लू तारमैन को बंद कर दिया। उन्होंने यह भी कहा कि उसकी वजह से इटावा में लोगों के चूल्हे जलने बंद हो गए थे। मैं बहुत खुश हुआ कि मुख्यमंत्रीजी मेरी तारीफ कर रहे हैं। वे पुनः बोले कि अब तो कल्लू तारमैन ठीक हो गया है और मेरी पार्टी में आ गया है, इसके बावजूद भी आपने

उसे जेल भेज दिया। मैंने बड़ी विनम्रतापूर्वक उन्हें बताया कि वह सट्‌टे का कारोबार न केवल इटावा में कर रहा था, बल्कि मध्य प्रदेश के जनपद भिंड में भी उसके सट्‌टे का कारोबार फल-फूल रहा था। मेरे इस जवाब से मुख्यमंत्रीजी ने इस मुद्‌दे पर आगे कुछ नहीं कहा। □

दलीपपुर इंटर कॉलेज के प्रिंसिपल और प्रबंधक की हत्या

ग्राम दलीपपुर के संपन्न किसान गजराज सिंह यादव ने अपने गाँव में ही 'श्री किसान विद्यापीठ इंटर कॉलेज दलीपपुर बरौना कलां इटावा' की स्थापना की थी और वे इसके पहले प्रिंसिपल और बाद में प्रबंधक बने। उन्होंने अपने पुत्र शिवराज सिंह यादव को प्रिंसिपल बनवा दिया था। जनवरी 1990 की जाड़े की एक शाम पिता-पुत्र अपने घर के सामने बैठकर अलाव ताप रहे थे। उसी समय उन पर ताबड़तोड़ गोलियाँ चलाकर हत्या कर दी गई। हत्या की सूचना पाकर मैं तुरंत मौके पर गया और पाया कि यह दोहरी हत्या उन्हीं के सगे भतीजों धर्म सिंह और नेम सिंह ने की है। गजराज सिंह ने अपने भतीजे नेम सिंह को स्कूल में अध्यापक बना दिया था, लेकिन उसकी गतिविधियाँ ठीक नहीं थीं। भतीजा होने के कारण वे नेम सिंह को समझाते रहे, परंतु उसमें सुधार नहीं आया। उसने स्कूल की ही एक नाबालिग लड़की को भगाकर शादी कर ली, जिसकी चर्चा पूरे इलाके में हुई। अपने स्कूल की बदनामी को देखते हुए उन्होंने भतीजे नेम सिंह को अस्थायी अध्यापक के पद से बरखास्त कर दिया। इसी रंजिश को लेकर नेम सिंह ने अपने भाई धर्म सिंह के साथ मिलकर इस हत्याकांड को अंजाम दिया था।

मुख्यमंत्री तुरंत हेलीकाप्टर से इटावा पहुँच गए और ग्राम दलीपपुर जाकर प्रबंधक के परिवारजनों से मिले। वहाँ पर भी राजनीतिक खेल शुरू हो गया। कुछ लोग कहने लगे कि यह हत्या कांग्रेसी नेता बलराम सिंह यादव ने कराई है। बलराम सिंह यादव उत्तर प्रदेश सरकार तथा केंद्र सरकार में कई बार मंत्री रहे और उनकी राजनीतिक दुश्मनी मुलायम सिंह यादव से चल रही थी। इन दोनों

के राजनीतिक वर्चस्व की लड़ाई में बहुत से लोग मारे गए। मामला बिल्कुल साफ था, जिसके कारण बलराम सिंह यादव को नहीं फँसाया जा सका।

मुख्यमंत्री डाक बँगले में आए और मुझसे नाराज होकर बोले कि आपने गजराज सिंह और उनके पुत्र को सुरक्षा क्यों उपलब्ध नहीं कराई? वे इसी मामले में मुझे निलंबित करने के मूड में थे। मैंने उन्हें बताया कि प्रबंधक गजराज सिंह द्वारा अपनी सुरक्षा के संबंध में मुझसे न कभी बात की थी और न ही कोई पत्र भेजा था। उन्हें क्या पता था कि नाराजगी में उनके ही भतीजे उनकी हत्या कर देंगे। वे पूरे क्षेत्र में बड़े सम्मानित व्यक्ति थे और उनकी किसी से कभी कोई दुश्मनी नहीं थी। ऐरवा कटरा इटावा जैसे पिछड़े क्षेत्र में उन्होंने इंटर कॉलेज की स्थापना करके शिक्षा के क्षेत्र में काफी नाम कमाया था और गरीब छात्रों की सहायता भी करते थे। मुख्यमंत्री थोड़ी देर के लिए मौन होकर कुछ सोचते रहे और बाद में बोले कि उन्होंने मुझसे सुरक्षा के लिए कहा था, परंतु मैं भूलवश सुरक्षा उपलब्ध नहीं करा पाया। यदि गजराज सिंह की सुरक्षा के संबंध में मेरे कार्यालय में कोई पत्र आया होता तो मैं निश्चित तौर पर उस दिन निलंबित हो गया होता।

दोनों हत्यारे भाई, मुलायम सिंह यादव की जनता दल पार्टी के नजदीक थे और जेल से जमानत पर जल्दी ही छूट गए। जमानत पर आने के बाद धर्म सिंह यादव गाँव का प्रधान बन गया। इसी बीच जिला जज इटावा ने उसे आजन्म कारावास की सजा सुना दी। उसने उच्च न्यायालय इलाहाबाद में अपील कर दी और जमानत पर बाहर निकल आया। उसकी सत्ताधारी पार्टी से ऐसी नजदीकियाँ बनीं कि उसे सरकारी ठेके मिलते रहे और उसने काफी धन कमा लिया और लगातार अपने गाँव का प्रधान भी बनता रहा। वह समाजवादी पार्टी के विधायक प्रदीप यादव का भी खास व्यक्ति बन गया। कस्बा भरथना इटावा (अब औरैया) में उसने अपना शानदार बँगला विधायक प्रदीप यादव के बँगले के बगल में बनवाया। गजराज सिंह का परिवार दोहरे हत्याकांड से सदमे में चला गया और बड़ी मुश्किल से परिवार अपने को सँभाल पाया। बाद में शिवराज सिंह के पुत्र इस विद्यालय के प्रबंधक और प्रिंसिपल बने। □

चंबल के डकैतों का चुनाव में दखल : राम आसरे चौबे उर्फ फक्कड़ गैंग पर कारवाई

इटावा में राम आसरे चौबे उर्फ फक्कड़ पुत्र बड़गे चौबे निवासी औड़ेरी थाना सिकंदरा कानपुर देहात का एक संगठित डकैत गिरोह था। ठाकुर लाला राम और उसका भाई श्रीराम दमनपुर सिकंदरा कानपुर देहात के ही रहने वाले थे। राम आसरे चौबे का भी संबंध लालाराम-श्रीराम से था। बेहमई कांड, फूलन-मानसिंह गैंग और लाला राम-श्रीराम के बीच हुए गैंगवार का ही परिणाम था। 14 फरवरी, 1981 को हुए बहुचर्चित बेहमई नरसंहार में 21 लोग मारे गए थे। बेहमई नरसंहार में उसी गाँव के 18 राजपूत, एक मुस्लिम नावेद उर्फ नजमुल, एक दलित राम अवतार धानुक और पिछड़े वर्ग के तुलसीराम काछी भी मारे गए थे, जो दूसरे गाँव से मजदूरी करने आए थे।

लालाराम-श्रीराम ने बेहमई नरसंहार का बदला ग्राम अस्ता थाना कोतवाली औरैया में नरसंहार करके लिया था, जिसमें 13 केवटों के अलावा मुन्नेश नाई और उसकी माँ शिवकुमारी पत्नी जगदीश नाई भी मारे गए थे। अस्ता नरसंहार में लालाराम-श्रीराम के अलावा कुसुमा नाइन भी शामिल थी। कुसुमा नाइन पुत्री डरू नाई टिकरी थाना कुठौंद जालौन की रहने वाली थी। कुसुमा नाइन पहले श्रीराम और उसके मुठभेड़ में मारे जाने के बाद लाला राम की प्रेमिका बनी। फूलन देवी के दूसरे पति विक्रम मल्लाह की 12-13 अगस्त, 1980 की रात में लालाराम और श्रीराम ने धोखे से गोली मारकर हत्या कर दी थी। ये दोनों भी उस समय विक्रम मल्लाह गैंग के सदस्य थे।

विक्रम के मारे जाने के बाद लालाराम-श्रीराम गैंग ने फूलनदेवी के साथ गैंग रेप किया और कुसुमा नाइन ने उसे निर्वस्त्र किया था।

राम आसरे चौबे पहले ठाकुर लाला राम गिरोह में था और बाद में अपना स्वयं का गैंग बना लिया। कभी लाला राम की प्रेमिका रही कुसमा नाइन राम आसरे के साथ आ गई और उसकी भी प्रेमिका बन गई। फक्कड़ गैंग में कुसुमा नाइन की ही चलती थी। फक्कड़ गैंग के अधिकतर गैंग के सदस्य ब्राह्मण थे, जिसमें श्रीनारायण, रामकरन चौबे, प्रभात नारायण त्रिपाठी निवासी हरौली भरेह इटावा, उसका भाई नारायण स्वरूप त्रिपाठी, सुभाष चंद्र त्रिपाठी उर्फ भूरा निवासी सबदलपुर थाना लवेदी इटावा, काशी फौजी आदि शामिल थे। राम आसरे फक्कड़ करीब पौने छह फीट लंबा और छरहरे बदन का था। वह बड़ी दाढ़ी और बाल रखता था। वह नरसिंह भगवान् की रोजाना पूजा करता था। वह कहा करता था कि नरसिंह भगवान् के आशीर्वाद के कारण उसे गोली लग ही नहीं सकती। उसने कानपुर पुलिस का नाइट विजन भी धोखे से हासिल कर लिया था।

1990 के दशक से चुनावों के दौरान डकैतों के फरमान जारी होने शुरू हुए। 1990 में पंचायत चुनाव जातीय आधार (सामान्य, दलित, पिछड़ा, जनजाति) पर आरक्षित हुए। उस समय चुनाव जीतना केवल प्रतिष्ठा का मामला नहीं था, अपितु धन-अर्जन का बड़ा साधन बन गया था। भारत सरकार द्वारा ग्राम पंचायतों के विकास के लिए काफी धन दिया जाता था। प्रधान अकसर उसमें से काफी धन अपने पास रख लेते थे। चंबल के बीहड़ों के प्रधान तो पूरा धन ही हड़प लेते थे, क्योंकि डकैतों का संरक्षण होने के कारण सरकारी अधिकारी जाँच करने की हिम्मत नहीं करते थे और न ही कोई व्यक्ति शिकायत करने का साहस करता था। डकैतों ने पंचायत चुनावों में दखल देना शुरू कर दिया और अपने परिवार, रिश्तेदारों, मित्रों और समर्थकों को चुनाव जिताने लगे। 1990 के दशक में बिठौली ग्राम सभा इटावा के प्रधान के चुनाव में डकैत फूलनदेवी ने अपने नजदीकी केवट रिश्तेदार के पक्ष में फरमान जारी किया और उसे जीत भी मिली। डकैत सलीम उर्फ पहलवान गुर्जर ने कुँवारी नदी के किनारे बसे बिंडवा कलाँ गाँव में अपनी बहन को

1995 में ग्राम प्रधान बनवाया। वर्ष 2000 में उसने अपने बहनोई को भी ग्राम प्रधान का ताज पहनवाया। वर्ष 2005 के चुनाव में जगजीवन परिहार ने ग्राम चैरेला से अपने परिवारजनों को चुनाव जितवाया। दूसरी तरफ ग्राम कुँवरपुर, बिडोरी, नींवरी करियावली, कुर्छा, हनुमंतपुरा सहित दर्जनों ग्राम पंचायतों में दस्यु सरगना निर्भय गुर्जर के लोग चुनाव जीत गए।

निर्भय गुर्जर का फरमान ऐसा भारी पड़ा कि ग्राम कुँवरपुर, कुर्छा में डर के कारण किसी ने चुनाव का परचा ही दाखिल नहीं किया। एक साल बाद जिला प्रशासन ने भारी पुलिस बल लगाकर चुनाव करवाए तो जीते हुए प्रधान को गाँव छोड़कर इटावा शहर में रहना पड़ा। इतना ही नहीं, उसके फरमान के विरुद्ध चुनाव जीतकर क्षेत्र पंचायत सदस्य बने एक व्यक्ति की निर्भय गुर्जर ने उसके गाँव आकर नाक काट दी। उसका दोष इतना था कि उसने निर्भय गुर्जर के फरमान के विरुद्ध चुनाव लड़ा था और गाँव में स्कूल के लिए जमीन दी थी।

इटावा के अतिरिक्त जिला बाँदा और चित्रकूट में दस्यु सरगना शिवकुमार उर्फ ददुआ कुर्मी तथा अंबिका पटेल उर्फ ठोकिया कुर्मी के भी फरमान जारी होते थे। इन दोनों जिलों के गाँवों में इन डकैतों के परिवारजन, रिश्तेदार और नजदीकी व्यक्ति ही ग्राम प्रधान, जिला पंचायत सदस्य, बी.डी.सी., ब्लॉक प्रमुख और जिला पंचायत अध्यक्ष तक का चुनाव जीतते थे। चित्रकूट जिले के मऊ ब्लॉक में ददुआ गैंग के डकैत सीताराम कुर्मी का भाई निर्विरोध ब्लॉक प्रमुख बना। मानिकपुर ब्लॉक से ददुआ का सगा साला फूलचंद पटेल दो बार निर्विरोध ब्लॉक प्रमुख हुआ। पहाड़ी ब्लॉक से भी ददुआ का ही आदमी चुनाव जीतता था। डकैत ठोकिया की दो चाचियाँ जिला पंचायत सदस्य रहीं और उसकी एक चाची कर्वी ब्लॉक जिला चित्रकूट से ब्लॉक प्रमुख का चुनाव जीती। उसकी माँ विधानसभा चुनाव 2007 कर्वी से लड़ी, लेकिन बहुत कम वोटों से हार गई। बड़े मुश्किल से चित्रकूट जिले के राम नगर ब्लॉक से राजकुमार मिश्रा चुनाव जीते। राजकुमार मिश्रा पुलिस में हवलदार थे और जब मैं सहायक पुलिस अधीक्षक इलाहाबाद में तैनात था, तब वे थाना सोराँव की चौकी फाफामऊ में नियुक्त थे। 1981 में इन्होंने इलाहाबाद फाफामऊ गंगा के खादर में अकेले दो कुख्यात डकैतों को मार गिराया था।

ददुआ के आतंक से उसका लड़का बीर सिंह चित्रकूट से निर्विरोध जिला परिषद् सदस्य बना और बाद में निर्विरोध जिला परिषद् अध्यक्ष भी बन गया। ददुआ के डर के कारण उसके पुत्र बीर सिंह के विरुद्ध किसी ने परचा ही नहीं दाखिल किया। ददुआ का सगा भाई बाल कुमार पटेल मिर्जापुर संसदीय क्षेत्र से समाजवादी पार्टी के टिकट पर सांसद बना। ददुआ का लड़का बीर सिंह कर्वी विधानसभा और भतीजा राम सिंह पटेल, पट्टी प्रतापगढ़ से समाजवादी पार्टी के टिकट पर चुनाव जीतकर विधायक बने। बाँदा-चित्रकूट से लोकसभा और विधानसभा का चुनाव लड़नेवाले कई प्रत्याशी, ददुआ का आशीर्वाद लेते थे और वह उनके पक्ष में फरमान जारी करते हैं। बाँदा और चित्रकूट जिला पंचायत में विकास के लिए प्राप्त हुए बजट का एक निर्धारित भाग ददुआ को जाता था। उसको रंगदारी दिए बिना कोई बीहड़ क्षेत्र में विकास कार्य नहीं कर सकता था।

पंचायत चुनाव से शुरू हुआ डकैत सरगनाओं का फरमान विधानसभा और लोकसभा चुनावों तक पहुँच गया। 1996 में लखना विधानसभा सीट इटावा (अब भरथना) के चुनाव में पहली बार कुख्यात डाकू रज्जन गुर्जर तथा अन्य डकैतों ने फरमान जारी किए। उसका प्रभाव भी दिखा और उस दल का प्रत्याशी जीत गया, जिसके पक्ष में डकैत रज्जन गुर्जर ने फरमान जारी किया था। ग्राम पंचायत चुनाव से लेकर लोकसभा चुनाव तक खूँखार डकैतों के फरमान पर मतदाता वोट डालने के लिए विवश किए जाते थे। यमुना-चंबल के बीहड़ के इलाके इस बात के गवाह हैं कि जिसने भी दस्यु सरगनाओं की नाफरमानी की, उसे गंभीर परिणाम भुगतने पड़े।

कई राजनेता चंबल और पाठा के डकैतों का उपयोग चुनाव में अपने पक्ष में वोट डलवाने के लिए करने लगे। एक ऐसा भी समय आया, जब उत्तर प्रदेश के कई बाहुबली खुद चुनाव जीतकर एम.पी., एम.एल.ए. और मंत्री तक बन गए। इनमें से डी.पी. यादव, जनता दल के टिकट पर विधायक बना, जिसे 1989 में जनता दल सरकार में मुख्यमंत्री मुलायम सिंह यादव ने मंत्री बनाया। डी.पी. यादव को महेंद्र भाटी हत्याकांड में आजन्म कारावास की सजा हुई।

पश्चिमी उत्तर प्रदेश का मदन भैया भी शातिर अपराधी था और फिरौती माँगने के लिए अपहरण के लिए कुख्यात था। उसके ऊपर दर्जनों हत्या, हत्या का प्रयास, अपहरण आदि के मामले दर्ज थे। जनता दल और बाद में समाजवादी पार्टी ने मदन भैया को भी विधायक बनवाया। 2022 के विधानसभा उपचुनाव में मदन भैया समाजवादी पार्टी की सहयोगी पार्टी राष्ट्रीय लोक दल से विधायक बना।

मुख्तार अंसारी को सबसे पहले 1996 में विधानसभा चुनाव में बहुजन समाज पार्टी से टिकट मिला और वह मऊ से विधायक बना। मुख्तार समाजवादी पार्टी के संपर्क में आया और 1996 से 2022 तक लगातार विधायक बनता रहा। वह अक्तूबर 2005 से लगातार जेल में रहा और वहीं से अपने गैंग को संचालित करता रहा। समाजवादी पार्टी सरकार में जेल मुख्तार अंसारी के लिए आशियाना बना दिया गया था। उत्तर प्रदेश में योगी आदित्यनाथ की सरकार ने उस पर शिकंजा कसा और आधा दर्जन मामलों में उसे पहली बार सजा मिली।

प्रयागराज के अतीक अहमद को समाजवादी पार्टी का संरक्षण मिला और कभी पंडित जवाहरलाल नेहरू की संसदीय सीट रही फूलपुर से वह 2004 में सांसद बना। 2005 में उसकी विधानसभा सीट इलाहाबाद शहर पश्चिम रिक्त हुई, जिस पर उसने अपने भाई अशरफ को समाजवादी पार्टी के टिकट पर चुनाव लड़ाया। अशरफ चुनाव हार गया और बहुजन समाज पार्टी के राजू पाल चुनाव जीत गए। अतीक और अशरफ को यह बरदाश्त नहीं हुआ। उन्होंने 25 जनवरी, 2005 को इलाहाबाद शहर में दिन-दहाड़े राजू पाल की गाड़ी को ए.के.-47 राइफलों से छलनी कर दिया। राजू पाल अपने सहयोगियों के साथ मारे गए। समाजवादी पार्टी सरकार ऐसी जघन्य हत्या की घटना में शामिल अतीक अहमद और अशरफ को संरक्षण देकर बचाती रही। योगी आदित्यनाथ सरकार में अतीक अहमद को 29 मार्च, 2023 को पहली बार सजा मिली और वह भी आजन्म कारावास। अतीक अहमद और उसके भाई अशरफ की 15 अप्रैल, 2023 को प्रयागराज में हत्या कर दी गई।

समाजवादी पार्टी ने भदोही के विजय मिश्रा, औरैया के कमलेश पाठक,

लखनऊ के अरुण शंकर शुक्ला अन्ना, गोरखपुर के ओम प्रकाश पासवान, देवरिया के बालेश्वर यादव आदि घोर आपराधिक छवि के लोगों को समाजवादी पार्टी के टिकट पर एम.एल.ए. बनाया। उत्तर प्रदेश में उस समय अधिकतर आपराधिक छवि के लोग समाजवादी पार्टी में शामिल हो गए थे।

बाँदा-चित्रकूट के डकैत सरगना ददुआ, ठोकियाँ को भी समाजवादी पार्टी द्वारा खुला संरक्षण दिया गया और उनके परिवारजनों को जिला परिषद् अध्यक्ष, एम.एल.ए. और एम.पी. बनाया गया। चंबल के डकैतों को, विशेषकर निर्भय गुर्जर को, समाजवादी पार्टी ने संरक्षण दिया, जिसका खुलासा उसने खुद टी.वी. चैनल पर किया था।

एक दौर था, जब बीहड़ और बीहड़ी गाँव की पगडंडियाँ और रास्ते डकैत गिरोहों की चहलकदमी से थर्राते थे और अकसर गोलियों की तड़तड़ाहट से गूँजते रहते थे। दस्यु सम्राट् के नाम से मशहूर निर्भय गुर्जर निवासी गंगादासपुर, अयाना, इटावा; घनश्याम सिंह निवासी हनुमानन रमपुरा जालौन, बाबा मुस्तकीम निवासी गुलौली, कालपी जालौन, श्रीराम, लालाराम निवासी दमनपुर, सिकंदरा, कानपुर देहात, बाबू गुर्जर इटावा, फूलनदेवी-मानसिंह यादव, विक्रम मल्लाह, राम अवतार मल्लाह, रघुनाथ मल्लाह, राम आसरे चौबे उर्फ फक्कड़, कुसुमा नाइन, सलीम उर्फ पहलवान गुर्जर, रज्जन गुर्जर, अरविंद गुर्जर, जगजीवन परिहार, बलवान गड़रिया, चंदन यादव, सीमा परिहार आदि ऐसे नाम थे, जो बीहड़ों में आतंक के पर्याय बने। 1990 से डेढ़ दशक तक चंबल-यमुना के बीहड़ों और चित्रकूट-बाँदा के पाठा क्षेत्रों में बीहड़ी मतदान केंद्रों पर बैलेट पर हमेशा बुलेट हावी रही। इतना ही नहीं, बीहड़ के क्षेत्रों में चुनावी रंजिश ने 'बीहड़ी रंजिश' को जन्म दिया। डकैत गैंग आपस में टकराने लगे। उस दौरान दस्यु सरगना ठाकुर लाला राम और राम आसरे चौबे उर्फ फक्कड़ गैंग के बीच टकराव होते रहते थे। ये दोनों बड़े गिरोह जब टकराए तो चंबल के बीहड़ों में कई नए दस्यु गिरोहों का जन्म हुआ।

1991 में हुए विधानसभा चुनाव में दस्यु सरगना राम आसरे चौबे उर्फ फक्कड़ ने जिस राजनीतिक दल के समर्थन में फरमान जारी किया, उस क्षेत्र

की दोनों विधानसभा सीटें उस दल द्वारा जीत ली गईं। चंबल के बीहड़ों के अंतिम कुख्यात डकैत निर्भय गुर्जर के फरमान का असर पूरे इटावा जनपद में होता था। उसके गैंग में नीलम, मुन्नी पांडेय (अलीपुर, थाना अजीतमल, औरैया), लवली पांडेय (भरेह), सरला जाटव आदि दस्यु सुंदरियाँ थीं। उसके पास ए.के.-47, ए.के.-56, एस.एल.आर., थर्टी स्प्रिंग फील्ड सेमी ऑटोमैटिक राइफल, 303 राइफल, स्टेनगन, 315 बोर की राइफलें और 12 बोर की बंदूकें थीं। वह बीहड़ में मीडिया को बुलाकर बयान देता था। वह अपने गैंग के सदस्यों और हथियारों का खुला प्रदर्शन करता था। एक टी.वी. साक्षात्कार में उसने स्वयं बताया था कि उसका गैंग यू.पी. के अलावा मध्य प्रदेश, राजस्थान, दिल्ली, गुजरात, कर्नाटक, महाराष्ट्र के धनाढ्य व्यक्तियों का अपहरण कर चंबल घाटी में लाता था और उनके परिवारवालों से करोड़ों की फिरौती वसूली जाती थी। निर्भय गुर्जर गैंग के सदस्य इटावा, फफूँद, दिबियापुर, कानपुर रेलवे स्टेशनों पर उस जमाने की कमांडर जीप और सूमो गाड़ियों के साथ रहते थे। जीपों में गैंग के सदस्य, महिला और बच्चे भी बैठे रहते थे, जिससे यात्री को कोई शक न हो। गैंग का एक सदस्य जोर-जोर से चिल्लाता था—"एक सवारी इटावा, एक सवारी भरथना"। स्टेशन पर उतरने वाला यात्री समझता था कि टैक्सी में एक यात्री की कमी है, बाकी टैक्सी भर गई है। वह टैक्सी में बैठ जाता था और गैंग के सदस्य उसे सीधे इटावा के बीहड़ों, विशेषकर अयाना, भरेह, बिठौली, लवेदी के जंगलों में ले जाते थे। जैसे ही गाड़ी पहुँचती थी, गाँवों में निर्भय गुर्जर के एजेंट तुरंत 15-20 हजार रुपए नकद दे देते थे और अपहृत व्यक्ति को निर्भय गुर्जर के पास पहुँचा देते थे। वहाँ पहुँचते ही उनके पैरों में लोहे की जंजीर डाल दी जाती थी और उन्हीं के मोबाइल से परिवारजनों से संपर्क करके फिरौती की रकम वसूली जाती थी। मेरे साथ रहे इंस्पेक्टर एस.एन. त्रिपाठी ने मुझे बताया कि 2002-03 में उनकी तैनाती यू.पी. एस.टी.एफ. में थी। वे जब ऑपरेशन के लिए इटावा के बीहड़ों में जाते थे तो वहाँ के आसपास के गाँववाले उनकी सूमो गाड़ी देखकर दौड़ते थे कि कोई अपहरण किया हुआ व्यक्ति आ गया और वे उसे लपककर निर्भय गुर्जर को पहुँचा देते थे। इटावा में फिरौती के लिए अपहरण

एक व्यवसाय बन गया था और इसमें सत्ताधारी पार्टी के लोग शामिल थे और संरक्षण देते थे। इसके अतिरिक्त कई पेशेवर गैंग धनाढ्य व्यक्तियों को टारगेट करके अपहरण करते थे और चंबल के बीहड़ों में ले जाकर निर्भय गुर्जर को बेच देते थे, जो उनके परिवारवालों से मनमानी फिरौती वसूलता था। निर्भय गुर्जर ने एक टी.वी. इंटरव्यू में खुलेआम कहा था कि मुलायम सिंह यादव को वह अपना बड़ा भाई मानता है और समाजवादी पार्टी उसकी पार्टी है। निर्भय गुर्जर का यह बयान टी.वी. और अखबारों की सुर्खियाँ बना था। उसने यह भी कहा था कि उसने समाजवादी पार्टी के कुछ शीर्ष नेताओं को सोने और चाँदी के मुकुट पहनाए थे।

समाजवादी पार्टी की सरकार में फिरौती वसूलना एक व्यवसाय बन गया था। उस समय अरविंद गुर्जर और रामवीर गुर्जर का मजबूत गैंग चंबल के बीहड़ों में सक्रिय था। गैंग में अरविंद गुर्जर की पत्नी शीला (इंदौर, मध्य प्रदेश) भी शामिल थी। इस गैंग में ए.के.-47, जी-3, एल.एल.आर., स्टेनगन, कोल्ट रिवॉल्वर और बंदूकें थीं। अरविंद गुर्जर की पत्नी अपने कंधे पर स्टेनगन टाँगकर चलती थी और कोल्ट रिवॉल्वर लटकाए रहती थी। उसी समय चंदन यादव गैंग भी उफान पर था। उसकी सक्रियता को देखते हुए अरविंद गुर्जर ने उसे रास्ते से हटाने का मन बना लिया, क्योंकि वह चंबल के बीहड़ों में उसका प्रबल प्रतिद्वंद्वी बन सकता था। अरविंद गुर्जर के भाई रामवीर गुर्जर ने धोखे से चंदन यादव को बुला लिया और पुलिस को सूचना दे दी। चंदन यादव पुलिस मुठभेड़ में मारा गया। उसकी खूबसूरत पत्नी रेनू यादव को रामवीर ने अपने पास रख लिया। उसका विश्वास जीतने के लिए रामवीर ने अपनी एस.एल.आर. रेनू यादव को दे दी। रेनू अपने पति के मुठभेड़ में मारे जाने से अंदर-ही-अंदर प्रतिशोध की ज्वाला में जल रही थी। वह मौके की तलाश में थी। एक दिन बीहड़ में उसने रामवीर गुर्जर पर एस.एल.आर. से गोली चला दी, जो उसकी जाँघ पर लगी। रेनू यादव एस.एल.आर. लेकर भाग गई और रेलवे स्टेशन पर पकड़ी गई।

उसी दौरान चंबल के बीहड़ों में रज्जन गुर्जर का गैंग सक्रिय था, जो अरविंद गुर्जर की मौसी का लड़का था। उसके साथ उसकी प्रेमिका लवली

पांडेय (भरेह, इटावा) रहती थी, जिसका गैंग में बड़ा सम्मान था। रज्जन भी फिरौती के लिए अपहरण करता था। रज्जन गुर्जर ने कानपुर से कई अपहरण करवाए। उसने क्रिकेट खेल रहे कई बच्चों का कानपुर से अपहरण करवा लिया और भारी फिरौती की रकम लेकर छोड़ा।

सलीम गुर्जर उर्फ पहलवान गुर्जर का गैंग चंबल के बीहड़ों में खौफ का दूसरा नाम था। वह बीहड़ों में अय्याशी के लिए मशहूर था। सलीम गुर्जर गैंग में कई दस्यु सुंदरियाँ थीं। उसे सुंदरियों से घिरा रहना बहुत पसंद था। उस समय कहा जाता था कि सलीम गुर्जर का मुगल बादशाहों की तरह अपना हरम था, जिसमें 8-10 सुंदरियाँ रहती थीं। वह हमेशा इतना सतर्क रहता था कि उसने न कभी मीडिया से बात की और न कभी लाइम लाइट में रहा। वह इतना खूँखार था कि कोई भी मुखबिर उसके बारे में पुलिस को सूचना देने से पहले हजार बार सोचता था। वह बीहड़ का सबसे जालिम डकैत माना जाता था। वह अपहृत की नाक में नकेल डालकर रखता था। तय समय पर यदि फिरौती की रकम नहीं आई तो अपहृत की दर्दनाक मौत निश्चित थी। सलीम किसको कब गन पॉइंट पर ले ले, यह कहना मुश्किल था। वह अपनी प्रेमिकाओं को भी प्रताड़ित करने में परहेज नहीं करता था। सलीम गुर्जर भी नेताओं का चहेता था और चुनावों में फरमान जारी करता था। उसका गैंग इटावा, औरैया, जालौन और भिंड जिले में सक्रिय था। चंबल घाटी का दुर्दांत डकैत सलीम गुर्जर 9 अगस्त, 2006 को रक्षा बंधन के दिन अपनी प्रेमिका गीता जाटव के साथ अपनी बहन से राखी बँधवाने जा रहा था। पुलिस को भनक लग गई और थाना अयाना औरैया के कैथोली गाँव के जंगलों में पुलिस मुठभेड़ में मार दिया गया। उसकी प्रेमिका गीता जाटव भी मारी गई। गीता जाटव ग्राम रानीपुरा थाना सहसों, इटावा की रहने वाली थी, जिसका सलीम गुर्जर ने 28 अगस्त, 2005 को अपहरण कर लिया था।

राम आसरे उर्फ फक्कड़ चुनाव में समाजवादी पार्टी के विरोध में काम करता था, जिसके कारण तत्कालीन मुख्यमंत्री, राम आसरे उर्फ फक्कड़ गैंग का सफाया करवाना चाहते थे। वे मुझसे नाराज चल रहे थे। उन्होंने अपने विश्वस्त प्रभारी डी.आई.जी. जे.एस. घुंगेश को दस्यु उन्मूलन अभियान के

लिए इटावा भेजा। घुंगेश ने अपर पुलिस अधीक्षक के.के. सक्सेना, बीहड़ क्षेत्र के कुछ थानाध्यक्षों को बुलाकर बैठक की, लेकिन मुझे उस बैठक में नहीं बुलाया गया। उन्होंने मुझे बिना विश्वास में लिये मेरे अधीनस्थ कुछ पुलिस अधिकारियों को इस काम में लगाया, परंतु कोई सफलता नहीं मिली। घुंगेश को दस्यु उन्मूलन का कोई अनुभव ही नहीं था।

चंबल व यमुना के बीहड़ों में किसी गैंग पर काररवाई करना आसान नहीं होता था, क्योंकि गैंग भौगोलिक परिस्थितियों को पूरी तरह जानता था और उसका फायदा उठाकर आसानी से बीहड़ों में गायब हो जाता था। बीहड़ क्षेत्र में गाँव वाले चाहते हुए भी पुलिस की मदद नहीं करते थे, क्योंकि उन्हें डर रहता था कि जानकारी प्राप्त होने पर डकैत गिरोह उनसे बदला लेगा और उनका वहाँ रहना मुश्किल हो जाएगा।

मैंने इस काम के लिए एक टास्क फोर्स का गठन किया, जिसके लिए दरोगा फतेह सिंह, छोटेलाल अरुण, अशोक कुमार रावत, डी.आर. सिंह तथा दस तेज-तर्रार सिपाहियों को तैनात किया। मैंने इस टीम को बुलाकर रणनीति समझाई। कुछ पुलिसजनों को दाढ़ी बढ़ाने के लिए कहा और सादे कपड़ों में उन्हें इटावा के बीहड़ों में भेजा। उनकी वेशभूषा इस तरह बनाई कि गाँव वाले उन्हें पुलिस पार्टी न समझकर डकैतों का गिरोह समझें। मैंने उनसे मध्य प्रदेश के डकैत गिरोह के रूप में परिचय देने को कहा था। गाँव वाले उन्हें डकैत गिरोह समझकर फक्कड़ गैंग के सदस्यों के बारे में जानकारी दे रहे थे।

इसी दौरान जानकारी मिली कि फक्कड़ गैंग के कुछ सदस्यों ने बकेवर, इटावा से एक दूधिए का फिरौती के लिए अपहरण कर लिया है और थाना बिठौली के बीहड़ में कुँवरपुर कुरछा के जंगल में कुँवारी नदी के किनारे मौजूद है। टास्क फोर्स प्रभारी फतेह सिंह थानाध्यक्ष बिठौली ओ.पी. यादव के पास गए और उन्हें गैंग के संबंध में सूचित किया। यादव इतने कर्तव्यनिष्ठ थे कि वे अपनी तीन दिन की स्वीकृत छुट्टी पर न जाकर थाने की फोर्स के साथ टास्क टीम में शामिल हो गए। फॉरेस्ट गार्ड मोहर सिंह, गैंग को पनाह देता था और खाना खिलाता था। टास्क टीम द्वारा सख्ती से पूछताछ करने पर उसने फक्कड़ गैंग के सदस्यों के संबंध में जानकारी दे दी। उसने

बताया कि फक्कड़ गैंग के प्रभात नारायण और काशी फौजी गैंग के अन्य सदस्यों के साथ एक दूधिए को पकड़कर उसके पास आए थे और कुँवारी नदी के किनारे एक व्यक्ति की झोपड़ी की तरफ गए हैं। टास्क टीम बीहड़ में संभावित स्थानों पर लग गई और गैंग रात 9 बजे टॉर्च जलाता हुआ दिखाई पड़ा, परंतु उस समय अँधेरे के कारण काररवाई करना संभव नहीं था। टीम बीहड़ क्षेत्र में रुककर सुबह का इंतजार करने लगी।

3 अप्रैल, 1990 को सुबह 5 बजे टास्क फोर्स संदिग्ध झोपड़ी के पास पहुँची, परंतु वहाँ गैंग नहीं मिला। उसके आसपास जूतों के निशान, बीड़ी-सिगरेट के टुकड़े तथा पान मसाले के रैपर मिले। झोपड़ी से थोड़ी दूर अरहर की फसल थी, जिसमें गैंग छिपा हुआ था। जैसे ही पुलिस बल खेतों में घुसा, डकैत गिरोह ने पुलिस पार्टी पर फायरिंग शुरू कर दी और करीब तीन घंटे तक रुक-रुककर फायरिंग चलती रही। फायरिंग समाप्त होने पर जब तलाशी ली गई तो चार बदमाश प्रभात नारायण, नारायण स्वरूप पुत्रगण पंडित बाबूराम त्रिपाठी निवासी हरौली थाना भरेह, सुभाष चंद्र उर्फ भूरा पुत्र दर्शन त्रिपाठी निवासी सबदलपुर थाना लबेदी तथा काशी फौजी निवासी अड्डा पीपल अजीतमल इटावा मृत पाए गए। इस फायरिंग में अपहृत दूधिया भी मारा गया। इस मुठभेड़ में थाना बिठौली के थानाध्यक्ष ओ.पी. यादव शहीद हो गए। बदमाशों के पास से एक थर्टी स्प्रिंग फील्ड सेमी ऑटोमैटिक राइफल, एक 315 बोर राइफल, एक दुनाली, एक इकनाली बंदूक तथा भारी मात्रा में कारतूस बरामद हुए। इस गैंग के सदस्यों के मारे जाने की जानकारी आई.जी. जोन बी.एस. बेदी के माध्यम से मुख्यमंत्री मुलायम सिंह को दी गई तो वे बहुत प्रसन्न हुए। मुख्यमंत्री और उनका परिवार, फक्कड़ गैंग से बहुत भयभीत रहते थे। इस मुठभेड़ के बाद वे शहीद ओ.पी. यादव को श्रद्धांजलि देने पुलिस लाइन इटावा आए और मेरे टास्क फोर्स की भूरि-भूरि प्रशंसा की और उन्हें अच्छी जगहों पर नियुक्ति के लिए निर्देशित किया। दो उपनिरीक्षकों को थानाध्यक्ष बनाने का भी निर्देश दिया। उस दिन इटावा की कई जनसभाओं में मुख्यमंत्री ने इस साहसिक मुठभेड़ के लिए मेरी भूरि-भूरि प्रशंसा की।

पुरस्कार की जगह दंड

मैं अपनी टास्क टीम के सदस्यों को पुरस्कृत करने ही जा रहा था कि 9 अप्रैल, 1990 को थाना सिविल लाइंस प्रकरण से मुझे तुरंत हटा दिया गया और मेरी टास्क टीम के सदस्यों को भी दंडस्वरूप स्थानांतरित कर दिया गया। पुलिस महानिदेशक ने टास्क टीम प्रभारी उपनिरीक्षक फतेह सिंह को जी.आर.पी. तथा छोटे लाल अरुण को स्टेट क्राइम रिकॉर्ड ब्यूरो लखनऊ भेज दिया। मुख्यमंत्री समझ रहे थे कि ये दोनों उपनिरीक्षक मेरे बहुत नजदीक हैं। फतेह सिंह और छोटे लाल अरुण दोनों अनुसूचित जाति के थे। उन्हें फक्कड़ गैंग के दुर्दांत डकैतों को मुठभेड़ में मारने के लिए पुरस्कार की जगह दंड मिला। दोनों उपनिरीक्षक बहादुरी के लिए राष्ट्रपति का 'पुलिस पदक' पाने के हकदार थे और उन्हें इस कार्य के लिए थानाध्यक्ष बनाने का आदेश खुद मुख्यमंत्री द्वारा 3 अप्रैल, 1990 को दिया गया था। उस समय आई.जी. जोन कानपुर बी.एस. बेदी और प्रभारी डी.आई.जी. जे.एस. घुंगेश भी मौजूद थे। इसके बावजूद उन्हें पुरस्कार की जगह दंडित कर दिया गया।

□

शिवपाल यादव द्वारा थाने पर हमला करके आरोपियों को छुड़ाया जाना

8 अप्रैल, 1990 को मुनीम सिंह यादव और माया देवी ने मुझसे मिलकर एक प्रार्थना-पत्र दिया कि कुछ लोग थाना सिविल लाइन इटावा में स्थित उनकी जमीन पर नाजायज कब्जा कर रहे हैं। मैंने उस प्रार्थना-पत्र पर थानाध्यक्ष सिविल लाइंस को मुकदमा कायम करने का आदेश दिया। इस संबंध में राम गोपाल यादव, अध्यक्ष जिला परिषद्, इटावा का मेरे पास फोन आया कि मुनीम यादव की मदद की जाए। उन्होंने यह भी बताया कि उनके चचेरे भाई शिवपाल सिंह यादव और उनके आदमी मुनीम सिंह यादव की जमीन पर कब्जा करना चाहते हैं। वे परिवार के सदस्य होने के कारण कुछ नहीं कर पा रहे हैं।

9 अप्रैल, 1990 को आई.टी.आई., इटावा के पास जमीन पर अवैध कब्जा करने के लिए कुछ लोग दूसरे दिन भी पहुँच गए और कब्जा करने के उद्देश्य से नींव खोदकर दीवार बनाने लगे। थानाध्यक्ष सिविल लाइंस शाह आलम खान ने मौके से अवैध कब्जा कर रहे 22 व्यक्तियों को गिरफ्तार किया, जिसमें अधिकतर मुख्यमंत्री के गाँव सैफई के रहने वाले थे। सुरेंद्र सिंह पुत्र बाबूराम, भूरे सिंह और रनबीर सिंह निवासी सैफई मौके से भाग गए थे। गिरफ्तार किए गए व्यक्ति, थानाध्यक्ष शाह आलम खान को धमकी दे रहे थे कि वे सत्ताधारी पार्टी के सदस्य हैं। उनकी गिरफ्तारी उन्हें बड़ी महँगी पड़ेगी। वे जेल नहीं जाएँगे, बल्कि आपको जेल जाना पड़ेगा। देखते रहिए, आज ही तुम्हारी वरदी उतर जाएगी और खुद को अपने थाने के लॉक-अप में बंद पाओगे।

शाम के करीब चार बजे तीन व्यक्ति बाबू राम यादव, दर्शन सिंह यादव निवासी सैफई और विश्राम सिंह यादव निवासी करहल मैनपुरी थाने पर आए। वे थाने पर बैठाए गए और 22 व्यक्तियों को छोड़ने के लिए कहने लगे, जिसको थानाध्यक्ष ने मना कर दिया। वे तीनों व्यक्ति क्रोधित होकर थानाध्यक्ष शाह आलम खान को गालियाँ देने लगे और उनका हाथ पकड़कर कुरसी से खींच लिया। तीनों ने थानाध्यक्ष को थप्पड़ मारे और गिरफ्तार किए गए व्यक्तियों को बलपूर्वक अपने साथ ले जाना चाहा। थानाध्यक्ष ने अपने साथ मारपीट करने, सरकारी काम में बाधा पहुँचाने के लिए इन तीनों व्यक्तियों को भी गिरफ्तार कर लिया। दर्शन सिंह यादव, मुख्यमंत्री के पैतृक गाँव सैफई के आजीवन प्रधान चुने जाते रहे। मुख्यमंत्री अखिलेश यादव ने अपने कार्यकाल में उन्हें 'यश भारती' से पुरस्कृत भी किया था।

शिवपाल सिंह यादव द्वारा थानाध्यक्ष के साथ मारपीट

इस घटना के बाद शाम के करीब पाँच बजे शिवपाल सिंह यादव, अध्यक्ष जिला को-ऑपरेटिव बैंक अपने गनर मो. शरीफ, अमृत लाल, शैडो जतन सिंह तथा 100-150 हथियारबंद व्यक्तियों के साथ थाने पर पहुँचे। शिवपाल सिंह ने थानाध्यक्ष को गाली देते हुए कहा कि उनके आदमियों को थाने में कैसे बंद कर दिया गया, तुम्हें इस थाने में रहना है या नहीं? थानाध्यक्ष शाह आलम खान ने उन्हें वस्तुस्थिति से अवगत कराया, परंतु वे उत्तेजित हो गए और थानाध्यक्ष का हाथ पकड़कर कुरसी से खींचकर जमीन पर पटक दिया। शिवपाल यादव, उनके गनर अमृत लाल, शैडो जतन सिंह और गिरफ्तार व्यक्तियों में से वेद प्रकाश, बिशन स्वरूप, माखन लाल, बाबूराम, दर्शन सिंह और विश्राम सिंह लात-घूँसों से थानाध्यक्ष को मारते हुए खींचकर कमरे से बाहर बरामदे में ले आए और वहाँ भी बुरी तरह से मारा-

इंस्पेक्टर शाह आलम खान

पीटा। सभी गिरफ्तार व्यक्तियों को थाने से छुड़ा लिया गया। थानाध्यक्ष को छोड़कर थाने के सभी पुलिसकर्मी थाना छोड़कर भाग खड़े हुए।

जब मैं थाने पहुँचा तो वहाँ बिल्कुल सन्नाटा पसरा हुआ था। मुझे जानकारी हुई कि थाना सिविल लाइंस के दरोगा बी.एम. पाराशर ने शिवपाल के घर जाकर दर्शन सिंह यादव व अन्य की गिरफ्तारी की सूचना दी थी। थाने का बैरक भी वीरान था। पुलिसकर्मी बैरक छोड़कर भाग गए थे कि कहीं उनके साथ भी मारपीट न हो जाए। केवल शाह आलम खान मुझे वहाँ मिले, जिन्हें बुरी तरह पीटा गया था। इतनी गंभीर घटना की सूचना मिलने पर मेरे एडिशनल एस.पी. के.के. सक्सेना मौके पर नहीं आए और बहाना बनाकर अपनी लोकेशन देहात क्षेत्र में देते रहे और एक-एक गतिविधि की सूचना शिवपाल सिंह यादव तक पहुँचाते रहे। डिप्टी एस.पी. सिटी गुरमीत सिंह गिल मुझसे उसी दिन छुट्टी लेकर चले गए थे। उस समय केवल एक डिप्टी एस.पी. शमशेर सिंह चंदेल मेरे साथ खड़े थे। मैंने आर.आई. श्याम पाल सिंह को वायरलेस से संदेश दिया कि वे तुरंत पुलिस लाइंस में उपलब्ध फोर्स लेकर सिविल लाइंस पहुँचें। श्याम पाल सिंह तुरंत फोर्स लेकर पहुँचे और थानाध्यक्ष शाह आलम खान को अस्पताल ले गए। मैंने टेलीफोन से पूरी घटना प्रभारी डी.आई.जी. रेंज जे.एस. घुंगेश और आई.जी. जोन बी.एस. बेदी को बताई। थोड़ी देर में डी.आई.जी. का फोन आया कि वे इटावा के लिए चल चुके हैं, उनके आने तक थाने की जनरल डायरी को आगे न बढ़ाया जाए।

प्रभारी डी.आई.जी. कानपुर रेंज जे.एस. घुंगेश का इटावा आगमन

उसी दिन रात्रि 11 बजे जे.एस. घुंगेश एस.पी./प्रभारी डी.आई.जी. कानपुर रेंज इटावा पहुँचे। वे सीधे डाक बँगले पर न आकर शिवपाल सिंह यादव से मिलने उनके घर चले गए। शिवपाल से बात करके उन्होंने एडिशनल एस.पी. के.के. सक्सेना से चार प्रार्थना-पत्र तैयार करवाए और उस पर इंस्पेक्टर कोतवाली को मुकदमा कायम करने का आदेश दे दिया। सभी मुकदमों में थानाध्यक्ष सिविल लाइंस शाह आलम खान पर मारपीट करने, रुपए, घड़ी, सोने की चेन छीनने और डकैती करने के आरोप लगाए गए थे। इंस्पेक्टर

कोतवाली ए.पी. मिश्रा ने उनके आदेश का पालन करते हुए शाह आलम खान के विरुद्ध मुकदमे कायम कर दिए। अपर पुलिस अधीक्षक के.के. सक्सेना अपनी लोकेशन इटावा के बीहड़ों में देते रहे, परंतु वे शिवपाल सिंह के घर पर जे.एस. घुंगेश के साथ सलाहकार की भूमिका अदा कर रहे थे।

थानाध्यक्ष सिविल लाइंस में शाह आलम थानाध्यक्ष सिविल लाइंस पर डी.आई.जी. जे.एस. घुंगेश द्वारा कायम कराए गए मुकदमे—

1. मु.अ.सं. 102 ए/1990 थाना सिविल लाइंस इटावा, धारा 395 आई.पी.सी

दिनांक घटना—09.04.1990, समय 16:00 बजे

दिनांक सूचना—09.04.1990, समय 20:30 बजे

घटनास्थल—थाना परिसर थाना सिविल लाइंस, इटावा

वादी—श्रीराम बाबू पुत्र राम सहाय निवासी सैफई, इटावा

प्रतिवादी—श्री शाह आलम खान थानाध्यक्ष सिविल लाइंस, दरोगा लक्ष्मी नारायण, अन्य दरोगा व 6-7 सिपाही अज्ञात थाना सिविल लाइंस, इटावा

संक्षिप्त विवरण—मारपीट करके 2000 रुपए की डकैती

2. मु.अ.सं. 102बी/1990 थाना सिविल लाइंस इटावा, धारा 147/323 आई.पी.सी.

दिनांक घटना—09.04.1990, समय अज्ञात

दिनांक सूचना—10.04.1990, समय 10:45 बजे

घटनास्थल—ईंट भट्ठा से आई.टी.आई. के मध्य थाना सिविल लाइंस, इटावा

वादी—बदन सिंह पुत्र हीरा लाल निवासी लोहन्ना अड्डा, थाना सिविल लाइंस

प्रतिवादी—श्री शाह आलम खान थानाध्यक्ष सिविल लाइंस, 6-7 पुलिसकर्मी अज्ञात थाना सिविल लाइंस, इटावा

संक्षिप्त विवरण—एक राय होकर मारपीट करना

3. मुकदमा अपराध संख्या 102 सी/1990 धारा 147/323 आई.पी.सी.

थाना सिविल लाइंस, इटावा

दिनांक घटना—9.04.1990, समय 12 बजे

दिनांक सूचना—10.04.1990, समय 10:45 बजे

वादी—श्री बिशनस्वरूप यादव पुत्र मुलायम सिंह निवासी शांति कॉलोनी थाना सिविल लाइंस, इटावा

प्रतिवादी—श्री शाह आलम खान थानाध्यक्ष सिविल लाइंस, 6-7 पुलिसकर्मी अज्ञात थाना सिविल लाइंस, इटावा

संक्षिप्त विवरण—एक राय होकर मारपीट करना

4. मुकदमा अपराध संख्या 102 डी/1990 धारा 147/323/504/506 आई.पी.सी., थाना सिविल लाइंस इटावा

दिनांक घटना—09.04.1990, समय 12 बजे

दिनांक सूचना—10.04.1990, समय 18:45 बजे

घटनास्थल—मैनपुरी फाटक के पास, थाना सिविल लाइंस, इटावा

वादी—श्री वेद प्रकाश पुत्र मेवाराम निवासी अशोक नगर थाना सिविल लाइंस, इटावा।

प्रतिवादी—श्री शाह आलम खान थानाध्यक्ष सिविल लाइंस, 6-7 पुलिसकर्मी अज्ञात थाना सिविल लाइंस, इटावा।

संक्षिप्त विवरण—एक राय होकर मारपीट करना एवं गाली-गलौच करके जान से मारने की धमकी देना।

रात साढ़े बारह बजे घुंगेश, पी.डब्ल्यू.डी. डाक बँगले आए और मुझसे बात की। उन्होंने मुझसे कहा कि थानाध्यक्ष पर चार मुकदमे कायम हो गए हैं। उन्होंने यह भी कहा कि मुख्यमंत्री चाहते हैं कि थानाध्यक्ष शाह आलम खान को गिरफ्तार करके जेल भेज दिया जाए। उनके भाई शिवपाल सिंह यादव को आज ही विवेचना में क्लीन चिट देनी है। डी.आई.जी. की बात सुनकर मैं सन्न रह गया। थानाध्यक्ष शाह आलम खान को पीटा गया था, गिरफ्तार लोगों को छुड़ाया गया और अब उसी थानाध्यक्ष को जेल भेजने के लिए कहा जा रहा था। मैंने ऐसा अन्याय होते पहले न तो कभी देखा था और न ही कभी सुना था। उसी समय मैंने सोच लिया था कि मैं थानाध्यक्ष शाह आलम खान का

बचाव करूँगा, भले ही उसकी कितनी भी बड़ी कीमत मुझे क्यों न चुकानी पड़े।

उस समय तक शाह आलम खान द्वारा अपने साथ हुई मारपीट और गिरफ्तार व्यक्तियों को छुड़ाने का मुकदमा भी नहीं लिखा गया था। थाना सिविल लाइंस की जनरल डायरी प्रभारी डी.आई.जी. के आदेश पर एडिशनल एस.पी. के.के. सक्सेना ने रुकवा दी थी। मैंने घुंगेश से कहा कि थानाध्यक्ष को थाने में घुसकर पीटा गया है और गिरफ्तार व्यक्तियों को छुड़ाया गया है, ऐसे में दोषी व्यक्तियों के विरुद्ध काररवाई होनी चाहिए, न कि थानाध्यक्ष के विरुद्ध। घुंगेश ने मुझसे कहा कि ऐसा ही मुख्यमंत्री का आदेश है, जिसका पालन होना ही है। मैंने डी.आई.जी. को साफ-साफ बता दिया कि मेरे रहते कोई गैर-कानूनी काररवाई नहीं होगी। मैंने उन्हें यह भी बता दिया कि घटना के तुरंत बाद मैं थाना सिविल लाइन गया था और पूरे घटनाक्रम की मुझे जानकारी है। मैंने उन्हें बताया कि शिवपाल सिंह यादव ने अपने हथियारबंद आदमियों के साथ थाने में घुसकर थानाध्यक्ष शाह आलम खान को मारा-पीटा है और सभी पकड़े गए व्यक्तियों को जबरन छुड़ा ले गए हैं। थाने से छुड़ाए गए सभी लोग जमीन पर जबरन कब्जा कर रहे थे। घुंगेश ने मुझसे पुनः कहा कि मुख्यमंत्री का यही आदेश है कि थानाध्यक्ष को जेल भेज दिया जाए और उनके भाई को आज ही क्लीन चिट दे दी जाए। मैंने उन्हें साफ-साफ बता दिया कि जब तक मैं यहाँ एस.एस.पी. हूँ, तब तक अन्याय नहीं होने दूँगा। आप मेरा ट्रांसफर करवा दें और फिर जैसा चाहें, वैसा कर लें। इतनी बड़ी घटना हो चुकी थी, परंतु एडिशनल एस.पी. के.के. सक्सेना का कहीं अता-पता ही नहीं था। वे तो शिवपाल के घर पर बैठकर उन्हें सलाह दे रहे थे। डी.आई.जी. और सक्सेना की सलाह से ही थानाध्यक्ष शाह आलम खान पर चारों मुकदमे कायम कराए गए थे।

डाक बँगले में शाह आलम खान को डी.आई.जी. के समक्ष बुलाया गया। उनको काफी चोटें लगी थीं और वरदी भी फटी हुई थी, जिस पर खून के निशान थे। डी.आई.जी. के सामने थानाध्यक्ष ने अपनी आपबीती सुनाई। उन्होंने बताया कि शिवपाल सिंह यादव अपने लगभग 100 से अधिक

हथियारबंद लोगों के साथ थाने में घुस आए। वे कार्यालय में बैठकर लिखा-पढ़ी की तैयारी कर रहे थे। उन्होंने घुसते ही गालियाँ देना शुरू किया और उनकी वरदी का कॉलर पकड़कर खींच लिया। उनके गनर और अन्य लोग उन्हें खींचते हुए थाने के बरामदे में लाए और लात-घूँसों से उनकी पिटाई की। थाने में बंद सभी लोगों को अपने साथ ले गए। इस पर घुंगेश थानाध्यक्ष को डाँटने लगे और कहा कि शिवपाल सिंह तो थाने में आए ही नहीं थे। उन्होंने यह भी कहा कि तुम भूल जाओ कि शिवपाल सिंह यादव थाने में आए थे, वरना मैं डी.आई.जी. हूँ, परिणाम तुम खुद ही समझ सकते हो। थानाध्यक्ष ने सम्मानपूर्वक उनसे कहा कि जब घटना शिवपाल सिंह यादव की अगुआई में ही की गई है तो मैं उनका नाम कैसे न लूँ? इस पर उन्होंने कहा कि ऐसा सच बोलने की आवश्यकता नहीं है, जिससे स्वयं के हाथ-पैर कट जाएँ। वे गुस्से में आगबबूला हो गए और बोले कि जब तक मैं तुम्हें ठीक नहीं कर दूँगा, तब तक इटावा से नहीं जाऊँगा। उन्होंने शाह आलम खान को धमकाने के साथ अपशब्द भी कहे। शाह आलम खान भावुक हो गए और उन्होंने कहा कि वे थानाध्यक्ष के साथ-साथ देश के नागरिक भी हैं। आप तो मेरे डी.आई.जी. हैं, आपके सामने सही बात नहीं कहूँगा तो और कहाँ कहूँगा? इतना सुनते ही घुंगेश भड़क गए और थानाध्यक्ष के सामने एक कागज फेंका और कहा कि लिख अपना इस्तीफा और बन जा देश का स्वतंत्र नागरिक। मैं तुमसे इस्तीफा लिखवाकर रहूँगा और डी.आई.जी. होने के नाते स्वीकृत करके तुम्हें स्वतंत्र नागरिक बनाने के बाद ही इटावा से वापस जाऊँगा। इस पर मैंने तुरंत उनसे कहा कि बस, अब बहुत हो गया, मिस्टर घुंगेश! ईमानदारी से कार्य करने वाले थानाध्यक्ष से बलपूर्वक इस्तीफा लिखवाने का कार्य मेरे रहते न आप और न ही मुख्यमंत्री करा पाएँगे। आप मेरा इटावा से तबादला करवा दें और उसके बाद जो मर्जी हो, करें। मेरे रहते आप कोई भी गलत काररवाई नहीं करा पाएँगे।

जब मैंने देखा कि डी.आई.जी. चार आधारहीन झूठे मुकदमे थानाध्यक्ष शाह आलम खान के विरुद्ध पंजीकृत करवाकर जेल भेजना चाहते हैं, तब मैंने थानाध्यक्ष से अपना मुकदमा थाना सिविल लाइंस में लिखने के लिए कहा।

मेरे निर्देश पर शाह आलम खान ने शिवपाल सिंह यादव सहित कई लोगों के विरुद्ध मारपीट, धमकी देना, सरकारी काम में बाधा पहुँचाना तथा गिरफ्तार लोगों को थाने से छुड़ा ले जाने का मुकदमा पंजीकृत किया। शाह आलम खान द्वारा 2 मुकदमे लिखे गए, जिनका विवरण इस प्रकार है—

1. मु.अ.सं. 103/1990 थाना सिविल लाइंस इटावा, धारा 353/332/504/506 आई.पी.सी.

दिनांक घटना—09.04.1990, समय 16:30 बजे

घटनास्थल—थाना परिसर थाना सिविल लाइंस, इटावा।

वादी—श्री शाह आलम खान थानाध्यक्ष सिविल लाइंस, इटावा।

प्रतिवादी—श्री राम बाबू पुत्र रामसहाय निवासी सैफई, इटावा; दर्शन सिंह यादव पुत्र तेज सिंह यादव निवासी सैफई थाना वैदपुरा, इटावा; विश्राम सिंह पुत्र पुत्तू लाल निवासी बधुईया थाना करहल, मैनपुरी।

संक्षिप्त विवरण—अभियुक्तगण द्वारा सरकारी कार्य में बाधा डालना, मारपीट, गाली-गलौच व जान-माल की धमकी देना

2. मु.अ.सं. 104/1990, धारा 395/147/332/353/224/225 आई.पी.सी. व धारा 7 सी.एल.ए. एक्ट,

दिनांक घटना—09.04.1990, समय 16:45 बजे

दिनांक सूचना 09.04.1990, समय 16:45 बजे

घटनास्थल—थाना परिसर थाना सिविल लाइंस, इटावा

वादी—श्री शाह आलम खान थानाध्यक्ष सिविल लाइंस, इटावा

प्रतिवादी—श्री शिवपाल सिंह यादव पुत्र सुघर सिंह यादव जिलाध्यक्ष कॉपरेटिव बैंक इटावा और 29 अज्ञात।

मैंने शाह आलम खान से कहा कि प्रदेश के मुख्यमंत्री और डी.आई.जी. कानपुर घुंगेश उसे जेल भेजना चाहते हैं, परंतु मैं उसके साथ अन्याय नहीं होने दूँगा। मैं यह अच्छी तरह से जानता हूँ कि मुख्यमंत्री द्वारा मुझे प्रताड़ित किया जाएगा, जिसके लिए मैं तैयार हूँ। प्रदेश के डी.जी.पी. डॉ. आर.पी. माथुर इतने कमजोर हैं कि वे महाभारत के भीष्म पितामह की तरह अत्याचार होते हुए मूक दर्शक बनकर अपनी कुरसी बचा रहे हैं। एडिशनल एस.पी. के.के.

सक्सेना तथा जिले में तैनात अन्य डिप्टी एस.पी. ने हवा के रुख को देखते हुए गिरगिट की तरह अपना रंग बदल लिया। के.के. सक्सेना मेरे साथ पीलीभीत में भी एडिशनल एस.पी. तैनात रह चुके थे। मैंने सोचा था कि सक्सेना मेरे लिए एक अच्छे सहायक का काम करेंगे, परंतु वे शुरू से अपने व्यक्तिगत हितों के लिए शिवपाल सिंह से जुड़ गए थे और उनसे मेरी शिकायतें करते रहते थे। उस समय केवल डिप्टी एस.पी. शमशेर सिंह चंदेल और आर.आई. श्याम पाल सिंह ने मेरा साथ दिया। इन दोनों अधिकारियों को डी.आई.जी. ने तुरंत महत्त्वहीन पदों पर भिजवा दिया।

के.के. सक्सेना को मुख्यमंत्री द्वारा पहले इटावा में कार्यवाहक एस.एस. पी. बनाया गया। वे मेरे सरकारी आवास पर भी तुरंत कब्जा करना चाहते थे। उन्हें पूरा विश्वास था कि वे अपर पुलिस अधीक्षक रैंक में इटावा के एस.एस. पी. बने रहेंगे। मेरे हटने के बाद मुख्यमंत्री परिवार के निर्देश पर कार्य करते रहे। बाद में हिम्मत सिंह (आई.पी.एस. 1980) 26 जून, 1990 को इटावा के एस.एस.पी. बनाए गए, जो 1991 में उत्तर प्रदेश में भारतीय जनता पार्टी की सरकार बनने पर 4 जुलाई, 1991 को हटाए गए। मुलायम सिंह यादव की सरकार में सक्सेना को पुरस्कारस्वरूप मनचाही पोस्टिंग मिलती रही। वे भी जे.एस. घुंगेश की तरह मुलायम सिंह यादव परिवार के घर के व्यक्ति माने जाते थे।

डी.आई.जी को नियमत: काररवाई के लिए मुझे लिखना चाहिए था, परंतु वे जानते थे कि मैं गलत काररवाई नहीं होने दूँगा। उन्होंने कोतवाली में थानाध्यक्ष शाह आलम के विरुद्ध स्वयं आदेश करके चार मुकदमे कायम करवा दिए। मैंने थानाध्यक्ष शाह आलम खान को सिविल लाइंस थाने से हटाकर अपने पास पेशकार के रूप में नियुक्त कर लिया, क्योंकि उस विषम परिस्थिति में उनका थानाध्यक्ष सिविल लाइंस पर कार्य करना संभव ही नहीं था।

□

इटावा में जमे रहे प्रभारी डी.आई.जी. घुंगेश

मैं प्रशासनिक अकादमी नैनीताल ट्रेनिंग के लिए भेज दिया गया। घुंगेश इटावा में ही जमे रहे और अधिकारियों को बुलाकर शिवपाल यादव के पक्ष में माहौल तैयार करते रहे। उन्होंने एडिशनल एस.पी. के.के. सक्सेना के साथ मिलकर एक ही दिन में 30 उपनिरीक्षक, 20 हेड कॉन्स्टेबल, 250 सिपाहियों को जिले से बाहर दूरस्थ जनपदों में तबादला करवा दिया। इटावा में वही पुलिसकर्मी रोके गए, जो जनता दल के कार्यकर्ता की तरह वफादार थे। देश की आजादी के बाद पुलिसकर्मियों के एक जिले से एक साथ इतने बड़े पैमाने पर तबादलों की यह पहली घटना थी। बड़े पैमाने पर हुए तबादलों के कारण पुलिसकर्मियों में रोष स्वाभाविक था।

इन सामूहिक तबादलों की पृष्ठभूमि के पीछे 9 अप्रैल, 1990 को प्रदेश के मुख्यमंत्री मुलायम सिंह यादव के भाई शिवपाल सिंह यादव द्वारा सिविल लाइंस के थाना प्रभारी शाह आलम खान की पिटाई का प्रकरण रहा, जिसमें पहले मुझे प्रशिक्षण हेतु नैनीताल भेजा गया और वहीं से आनन-फानन में आजमगढ़ पी.ए.सी. तबादला कर दिया गया था। इटावा के पुलिसकर्मियों में बहुत रोष था कि मुख्यमंत्री के भाई ने सही काम करने वाले थानाध्यक्ष की थाने में घुसकर पिटाई की और 25 भूमाफियों को छुड़ा ले गए थे। पुलिसकर्मियों में यह संदेश गया कि यह काररवाई मुख्यमंत्री द्वारा अपने भाई को क्लीन चिट देने के लिए की गई है और पुलिसकर्मियों के मनोबल को तोड़कर उन्हें अपमानित किया गया है। उन्हें यह संदेश भी दिया गया कि यदि वे जनता दल के नेताओं की अवैध गतिविधियों की तरफ नजर भी उठाएँगे तो उनका हाल शाह आलम खान जैसा ही होगा।

यह घटना इटावा के पुलिसकर्मियों के दिलों में क्षोभजनक असंतोष के शोलों की तरह धधक रही थी। यह असंतोष इटावा जिले की सीमाएँ तोड़कर प्रदेश भर के पुलिसकर्मियों के बीच फैल गया था। यही कारण था कि घुंगेश की सलाह पर प्रदेश के मुलायम सिंह यादव द्वारा जिला पुलिस के अधिकतर पुलिसकर्मियों को इटावा से बाहर भेजकर अंसतोष को दबाने का प्रयास किया गया। मुझे प्रशिक्षण के बाद नैनीताल से इटावा नहीं आने दिया गया और सीधे स्थानांतरण पर 20वीं वाहिनी पी.ए.सी. आजमगढ़ भेज दिया गया। यह आदेश भी आजादी के बाद पहला था। मुझे इटावा कार्यभार छोड़ने के लिए भी नहीं आने दिया गया। आजमगढ़ में कार्यभार ग्रहण करने के बाद भी मुझे लगभग एक महीना आजमगढ़ न छोड़ने के लिए कहा गया। यहाँ तक कहा गया कि जब तक डी.जी.पी. कार्यालय का आदेश न मिले, मैं न लखनऊ आ सकता हूँ और न इटावा। मैंने केवल तीन दिन का जॉइनिंग टाइम माँगा और कहा कि मैं इटावा आकर अपने बच्चों को आजमगढ़ ले जाना चाहता हूँ, परंतु वह भी स्वीकार नहीं किया गया। जब मैंने अपनी पत्नी की अस्वस्थता के बारे में लिखा तो मुझे लिखित रूप से कहा गया कि आप इटावा नहीं आएँगे और आपके परिवार की देखरेख एडिशनल एस.पी. के.के. सक्सेना करेंगे। यह कैसा बेतुका असंवेदनशील जवाब था डी.जी.पी. कार्यालय का। डी.जी.पी. डॉ. आर.पी. माथुर को पुलिसजनों के मनोबल, आत्मसम्मान और कल्याण से कोई लेना-देना नहीं था, वे तो केवल अपनी कुरसी बचाने में लगे रहते थे। उन्होंने डी.आई. जी. घुंगेश को राजनीतिक हित में गलत काम करने की खुली छूट दे रखी थी। मुख्यमंत्री की नजदीकियों के कारण प्रभारी डी.आई.जी. घुंगेश इतने प्रभावशाली हो गए थे कि डी.जी.पी. को उनकी सलाह मानने के लिए बाध्य होना पड़ता था। मैंने अपने पूरे सेवाकाल में डॉ. आर.पी. माथुर जैसा कमजोर डी.जी.पी. नहीं देखा।

इटावा में जो पुलिसकर्मी बाकी रह गए थे, वे भी वहाँ रहकर नौकरी करने के बजाय प्रदेश में कहीं भी जाने के लिए प्रयासरत थे। उन्हें मालूम था कि इटावा में राजनीतिक दबाव के कारण नौकरी करना मुश्किल है और उन्हें

हर कदम पर प्रताड़ित किया जा सकता है। थानाध्यक्ष सिविल लाइंस शाह आलम खान का उदाहरण उनके सामने था।

पुलिसकर्मियों के भारी संख्या में तबादले होने के बाद थानों पर उनके विदाई समारोह आयोजित हुए। अजीतमल थाने के थानाध्यक्ष और दो उपनिरीक्षकों ने खुलेआम कहा कि यह व्यापक फेरबदल सिर्फ सरकार की बुजदिली और पक्षपात की नीयत की ओर संकेत करता है। विदाई में यहाँ तक कहा गया कि जब तक शासन है, कोई कुछ भी कर ले, मगर जनपद इटावा में रहकर पुलिस का जो अपमान मुख्यमंत्री के भाई शिवपाल सिंह यादव ने किया है, वह कभी भुलाया नहीं जा सकता। फफूँद थाने से स्थानांतरित हुए कुछ पुलिसकर्मियों ने मीडिया में अपने दिल में छिपे गुबार को बाहर निकाला और कहा कि पुलिस हमेशा रहेगी, परंतु कोई व्यक्ति मुख्यमंत्री हमेशा नहीं रहेगा। तबादले पर अपनी खुशी जाहिर करते हुए कुछ पुलिसकर्मियों ने कहा कि इटावा से जाते ही उनकी चूड़ियाँ उतर गईं, अब मुख्यमंत्री अपने विशेष वर्ग के लोगों को लाकर अपनी हिफाजत कराएँ और अपने भाइयों का पानी भरवाएँ। प्रभारी डी.आई.जी. घुंगेश और अपर पुलिस अधीक्षक के.के. सक्सेना के बारे में उन्होंने कहा कि हमारे अधिकारी अपने स्वार्थ और प्रमोशन पाने के लिए सरकार के सामने भिखारी बन गए हैं। एस.एस.पी. बृजलाल के तबादले के बाद उनके ऊपर कोई सुरक्षा कवच नहीं रहा।

कानपुर से प्रकाशित दैनिक समाचार-पत्र 'आज' ने 12 मई, 1990 को प्रकाशित संस्करण के लेख में लिखा था कि स्थानांतरित हुए हेड कॉन्स्टेबल और सिपाही अपनी-अपनी रवानगी थानों से कराकर ऐसे भाग रहे हैं, जैसे कि पिंजरे में बंद कोई पक्षी पिंजरा खुलते ही उड़ जाता है। मेरे तबादले के बाद विरोधी राजनीतिक पार्टियों के कार्यकर्ता सशंकित और भयभीत हो गए, वहीं सत्ताधारी पार्टी के कार्यकर्ताओं का मनोबल पूरे उफान पर था। उन्होंने अपने निशाने साधने शुरू कर दिए। कोई अपने शत्रु पर घात लगाए था तो कोई जमीन-जायदाद पर कब्जा करने का। कोई दलाली के लिए तना बैठा था तो कोई जुआ-सट्टे का कारोबार शुरू करने के लिए।

11 मई, 1990 को भी 80 उपनिरीक्षकों और भारी संख्या में सिपाहियों

के तबादले कर दिए गए। डिप्टी एस.पी. सिटी गुरमीत सिंह गिल का स्थानांतरण अलीगढ़ तथा अजीतमल सर्किल के डी.एस.पी. शमशेर सिंह चंदेल को हरदोई भेज दिया गया। जसवंत नगर के डिप्टी एस.पी. घनश्याम दास अग्रवाल उन्नाव भेज दिए गए। एल.आई.यू. के इंस्पेक्टर बी.डी. वर्मा को जोनल कार्यालय से संबद्ध कर दिया गया और आर.आई. श्यामपाल सिंह को 35वीं वाहिनी पी.ए.सी. लखनऊ भेज दिया गया। एक साथ इतने बड़े स्तर पर हुए तबादलों से अपराधियों के हौसले बढ़ जाना स्वाभाविक था। जिले में अपराधों की बाढ़ आ गई। इटावा के लोगों को आशा थी कि मुख्यमंत्री के चुनावी वादे के अनुरूप अपराधी सिर झुकाकर चलेंगे और भले लोग सीना तानकर, लेकिन अपराधियों को कुचले जाने के स्थान पर जन–आकांक्षा ही कुचल दी गई। एक समय जनपद इटावा का काम केवल एक डिप्टी एस.पी. और एक एडिशनल एस.पी. के.के. सक्सेना ही देख रहे थे।

□

थाना सिविल लाइंस प्रकरण की जाँच सी.बी.सी.आई.डी. स्थानांतरित

डी.आई.जी. घुंगेश की संस्तुति पर थाना सिविल लाइंस, इटावा में घटित घटना की विवेचना सी.बी.सी.आई.डी. को स्थानांतरित कर दी गई और 11 अप्रैल, 1990 को सी.आई.डी. के पुलिस अधीक्षक एस.के.ए. रिजवी (आई.पी.एस.-1977, प्रोन्नत आई.पी.एस.), डिप्टी एस.पी. नाथू सिंह यादव, इंस्पेक्टर के.एस.चौहान, सुंदर लाल मौर्य के साथ इटावा पहुँच गए। रिजवी वर्ष 1980-1981 में पुलिस अधीक्षक ग्रामीण क्षेत्र इलाहाबाद रहे थे और उसी दौरान मैं वहाँ सहायक पुलिस अधीक्षक था। मैंने उनसे कहा कि वे मुकदमे की निष्पक्ष विवेचना करें, परंतु मुख्यमंत्री के दबाव में आकर उन्होंने थानाध्यक्ष शाह आलम खान द्वारा लिखाए गए दोनों मुकदमों में अंतिम रिपोर्ट लगाकर उन्हें समाप्त कर दिया और शिवपाल सिंह यादव के सहयोगियों द्वारा लिखाए गए सभी चारों मुकदमों में थानाध्यक्ष के विरुद्ध आरोप-पत्र लगा दिया। सी.आई.डी. ने थानाध्यक्ष पर मुकदमा चलाने की अनुमति के लिए गृह सचिव, उत्तर प्रदेश शासन को पत्र लिखा। गृह सचिव ने भी तेजी दिखाई और अनुमति प्रदान करने के लिए फाइल मुख्यमंत्री मुलायम सिंह यादव के पास भेज दी। मुख्यमंत्री ने तुरंत थानाध्यक्ष शाह आलम खान पर मुकदमा चलाने की अनुमति दे दी और मेरे विरुद्ध सी.आई.डी. की रिपोर्ट के आधार पर विभागीय काररवाई करने का आदेश भी दे दिया। मुझे ऐसी सजा दिए जाने की व्यूह रचना बनाई गई, जिससे पूरे प्रदेश में एक संदेश चला जाए कि मुख्यमंत्री की बात न मानने का अंजाम क्या होता है।

सामान्यत: सी.बी.सी.आई.डी. की जाँच में काफी समय लगता है, परंतु इस मामले में मात्र 10 दिन में ही जाँच पूरी कर ली गई। पुरस्कारस्वरूप डिप्टी एस.पी. नाथू सिंह यादव को उनकी मनचाही जगह कानपुर नगर में तैनात किया गया और निरीक्षक सी.आई.डी. के.एस. चौहान को जनपद इटावा के थाना अजीतमल में ही तैनात कर दिया गया। रिजवी साहब को भी मनचाही पोस्टिंग मिली।

विधानसभा आम चुनाव 1991 में जनता दल सत्ता से बाहर हो गई और कल्याण सिंह उत्तर प्रदेश के मुख्यमंत्री बने। मेरी नियुक्ति 3 जुलाई, 1991 को एस.एस.पी. मेरठ के पद पर की गई। बदली परिस्थितियों में रिजवी साहब मुझसे मिलने मेरठ आए और अपनी गलती स्वीकार की, जिसका कोई मतलब नहीं रह गया था।

सिविल लाइंस प्रकरण के तुरंत बाद डी.आई.जी. जे.एस. घुंगेश ने मुझे तुरंत ट्रेनिंग के लिए उत्तर प्रदेश प्रशासनिक अकादमी, नैनीताल भिजवा दिया था। वे इटावा में लगातार पाँच दिनों तक डेरा डाले रहे। थाना 'सिविल लाइंस प्रकरण' में वे एक आई.पी.एस. अधिकारी की तरह नहीं, बल्कि मुख्यमंत्री के निजी कार्यकर्ता की तरह व्यवहार कर रहे थे। उन्होंने इटावा के थानाध्यक्षों को अलग-अलग बुलाकर शिवपाल सिंह यादव के पक्ष में जनमत तैयार करने का प्रयास किया। मुख्यमंत्री को खुश करने के लिए वे खुलेआम मुझे दोषी ठहराते रहे और मीडिया में बयानबाजी करते रहे। वे अच्छी तरह जानते थे कि मुझे दोषी ठहराए जाने से मुख्यमंत्री प्रसन्न होंगे। मुख्यमंत्री से संबंध होने के कारण घुंगेश का प्रदेश के पुलिस अधिकारियों पर काफी आतंक था। वे डी.जी.पी. डॉ. आर.पी. माथुर को भी सलाह देते थे और प्रदेश के पुलिस अधिकारियों को उनकी सलाह माननी पड़ती थी। ऐसा माना जाता था कि जे.एस. घुंगेश जो कह रहे हैं, उसमें मुख्यमंत्री की सहमति है। उस दौरान उन्होंने क्राइम ब्रांच सी.आई.डी. पर भी दबाव डाला और तमाम मामलों में सत्ता पक्ष की मदद कराई। सबसे ज्वलंत मामला 20 जनवरी, 1990 को विद्याराम कोरी की हत्या भी थी, जिसकी सी.आई.डी. जाँच करवाकर घुंगेश के निर्देश पर दुर्घटना का रूप दे दिया गया था।

इटावा से ट्रेनिंग में जाने के बाद मुझे वहीं से ट्रांसफर करके 20वीं वाहिनी पी.ए.सी. आजमगढ़ भेज दिया गया था। मेरी पत्नी, तीन छोटे बच्चों के साथ एस.एस.पी. निवास में रह रही थी। आर.आई. श्याम पाल सिंह अकसर आवास पर जाकर मेरे बच्चों का हालचाल पूछ लेते थे। यह बात एडिशनल एस.पी. के.के. सक्सेना को अच्छी नहीं लगती थी। वे श्याम पाल सिंह के विरुद्ध भी डी.आई.जी. के कान भरते रहते थे। के.के. सक्सेना, उस समय एस.एस.पी. इटावा का काम देख रहे थे। उनकी नजर एस.एस.पी. बँगले पर थी। उनकी मंशा थी कि मेरा परिवार परेशान होकर एस.एस.पी. निवास छोड़ दे और वे अपना आवास छोड़कर एस.एस.पी. बँगले में आ जाएँ। उन्होंने आर.आई. श्यामपाल सिंह से पूछा कि क्या वे एस.एस.पी. आवास जाते हैं। श्याम पाल सिंह ने उन्हें जवाब दिया कि मैं बच्चों का हालचाल लेने जाता रहता हूँ, परंतु सरकारी गाड़ी का इस्तेमाल नहीं करता। के.के. सक्सेना दो महीने से अधिक समय तक एस.एस.पी. इटावा का काम देखते रहे। वे मुख्यमंत्री परिवार के आदेश का अक्षरशः पालन करवा रहे थे। वे वहीं पर एडिशनल एस.पी. रैंक में ही स्थायी तौर पर कार्यकारी एस.एस.पी. बने रहना चाहते थे। अगर घुंगेश एस.पी. रहते हुए डी.आई.जी. कानपुर बन सकते थे तो सक्सेना एडिशनल एस.पी. रैंक में कार्यकारी एस.एस.पी. इटावा क्यों नहीं रह सकते थे? इसी प्रयास में सक्सेना, मुख्यमंत्री और उनके भाई शिवपाल की खुशामद करने में हमेशा तत्पर रहते थे। मुझे बाद में मालूम हुआ कि उन्होंने मुख्यमंत्री से कहा था कि मैं उनके भाई शिवपाल का एनकाउंटर करना चाहता था।

घुंगेश ने आर.आई. श्याम पाल सिंह को बुलाकर पूछा कि उन्हें सिविल लाइंस घटना की क्या जानकारी है? आर.आई. ने उन्हें बताया कि एस.एस. पी. ने वायरलेस से पुलिस लाइंस की उपलब्ध फोर्स लेकर उन्हें थाना सिविल लाइंस बुलाया था। वे तुरंत वहाँ पहुँच गए थे। थाने की फोर्स भाग चुकी थी। एस.एस.पी., घायल थानाध्यक्ष शाह आलम से बात कर रहे थे। थाने में की गई तोड़फोड़ स्पष्ट दिखाई पड़ रही थी। यह पूरी घटना मुख्यमंत्री के भाई शिवपाल सिंह यादव की अगुआई में की गई थी।

घुंगेश तुरंत बोल उठे—"लाइन साहब, आप क्या बोल रहे हैं, क्या आपको मालूम है कि ऐसा बयान देने से आपको क्या खामियाजा भुगतना पड़ेगा। आपके हित में है कि आप ऐसा बयान न दें कि शिवपाल सिंह और उनके आदमियों द्वारा थानाध्यक्ष के साथ मारपीट करके 25 मुलजिम छुड़ा लिये गए हैं। आपको सत्ता पक्ष की इच्छा के अनुसार बयान देना चाहिए।" श्याम पाल सिंह ने उन्हें स्पष्ट रूप से बता दिया कि वे वही बयान देंगे जो सत्य है, उनके दबाव में गलत बयान नहीं देंगे। घुंगेश ने झुँझलाकर उन्हें कमरे से बाहर जाने का आदेश दिया और यह कहना नहीं भूले कि अंजाम भुगतने के लिए तैयार रहिए।

सरदार गुरमीत सिंह को मैंने सी.ओ. सिटी बनाया था। वे एक कर्तव्यनिष्ठ और अनुभवी अधिकारी थे। उन्होंने मुझसे तीन दिन की छुट्टी ली थी और मेरे साथ थाना सिविल लाइंस गए थे, जहाँ से मैंने उन्हें पहले से स्वीकृत छुट्टी पर जाने का आदेश दे दिया था। घुंगेश ने उन्हें भी बुलाकर धमकाया और गलत बयान देने का दबाव डाला। वे तैयार नहीं हुए और परिणामस्वरूप उनका भी तबादला कर दिया गया।

□

नैनीताल में ट्रेनिंग तथा 20वीं वाहिनी पी.ए.सी., आजमगढ़ में स्थानांतरण

14 अप्रैल, 1990 को मुझे नैनीताल प्रशासनिक अकादमी में प्रशिक्षण के लिए भेज दिया गया और 16 अप्रैल, 1990 को 20वीं वाहिनी पी.ए.सी., आजमगढ़ में नियुक्त कर दिया गया। डी.आई.जी. नैनीताल एस.एम. नसीम (आई.पी.एस.-1968) के माध्यम से मुझे स्थानांतरण आदेश दिया गया, जो मुझे 18 अप्रैल को प्राप्त हुआ। अधिकारियों के तबादले वायरलेस की माध्यम से भेजे जाते हैं और संबंधित अधिकारियों के अलावा पुलिस विभाग के हर शाखा को सूचित किया जाता है। मेरा आदेश बंद लिफाफे में आया था और उसकी प्रति के.के. सक्सेना एडिशनल एस.पी. इटावा को दी गई थी कि वे जिले का कार्यभार देखेंगे। मैं 18 अप्रैल को डी.आई.जी. एस.एम. नसीम (आई.पी.एस.-1968) से मिला और उन्हीं के कार्यालय से आई.जी. कार्मिक जैकब जैक्सन (आई.पी.एस.-1959) को रेडियोग्राम भेजा, जिसमें मैंने लिखा था कि मेरा प्रशिक्षण 21 अप्रैल को समाप्त होगा और मैं 22 अप्रैल को इटावा पहुँच जाऊँगा। मैं अपना कार्यभार तुरंत छोड़ दूँगा और अपने परिवार के साथ अपनी नई नियुक्ति पर पी.ए.सी., आजमगढ़ चला जाऊँगा। मैंने यह भी अनुरोध किया था कि मुझे केवल तीन दिन का जॉइनिंग टाइम दे दिया जाए, जिससे मैं अपने परिवार को लेकर अपनी नई पोस्टिंग पर चला जाऊँ।

मुझे 20 अप्रैल, 1990 को आई.जी. कार्मिक का रेडियोग्राम मिला कि मैं नैनीताल से इटावा न आकर सीधे आजमगढ़ जाकर कार्यभार ग्रहण करूँ। आई.जी. कार्मिक का रेडियोग्राम निम्न प्रकार है—

Copy of the message received from I.G. Karmik,

UP Lucknow addressed to Sri Brij Lal S.P.

Presently undergoing training at U.P. Academy of Administration Nainital.

"T0 -

SRI BRIJ LAL, SP C/O DIRECTOR UP ACADEMY OF ADMINISTRATION, UP, NAINITAL

FROM - I.G. 'K' UP LKW

NO. DG-1-18(IV)-90

DT. 20/4

REFER YOUR MESSAGE DATED 18/4 (.) DUE TO CERTAIN UNAVOIDABLE REASONS REQUEST PROCEED DIRECTLY FROM NTL TO JOIN YOUR NEW ASSIGNEMENT AS COMPAC 20 BN. AZAMGARH IMMEDIATELY ON COMPLETION OF YOUR TRAINING (.) SIGNAL COMPLIANCE (.) GRATEFUL (.)"

डी.आई.जी. नैनीताल एस.एम. नसीम ने मुझे अपने निम्नलिखित पत्र के माध्यम से सूचना दी थी, जो इस प्रकार है—

^^CAMP OFFICE OF DY. INSPR. GENL. OF POLICE K/R NTL.

NO. COK-1-90(A)/2309 DATED 20/4/90

1. Copy to Sri Brij Lal S.P. at UP Academy of Administration, Nainital.

2. Copy to the Director, UP Academy of Administration Nainital for information and necessary action.

Sd/-

(S.M. NASIM)

DY. INSPR. GENL. OF POLICE,

KUMAON RANGE, UP

NAINITAL."

मैंने 22 अप्रैल, 1990 को नैनीताल प्रशासनिक अकादमी में ट्रेनिंग पूरी की और उसी दिन वहाँ से चल दिया। मैंने रात पीलीभीत में बिताई, जहाँ मैं 1986 से 1988 तक एस.पी. रह चुका था। 23 अप्रैल को सुबह पीलीभीत से चलकर लखनऊ, सुल्तानपुर होते हुए शाम तक आजमगढ़ पहुँच गया

और कार्यभार ग्रहण करने के बाद तुरंत वायरलेस के माध्यम से डी.जी.पी. कार्यालय को सूचित कर दिया।

24 अप्रैल, 1990 को मैं टी.के. जोशी सेक्टर डी.आई.जी. पी.ए.सी. से मिलने वाराणसी गया। जोशीजी को मेरे स्थानांतरण के बारे में कोई जानकारी नहीं थी। स्थानांतरण का आदेश सभी संबंधित को दिया जाता है, परंतु मेरे स्थानांतरण को गोपनीय रखा गया था और आदेश की एक प्रति मुझे तथा एक प्रति एडिशनल एस.पी. इटावा के.के. सक्सेना को ही दी गई थी। जोशीजी और मैं एक साथ सी.बी.सी.आई.डी. में वर्ष 1981-82 में तैनात रहे थे। जब मैं वर्ष 1986 से 1988 तक पुलिस अधीक्षक पीलीभीत था, उस समय जोशीजी मेरे बगल के जिले नैनीताल के एस.एस.पी. थे। उनसे मेरे बहुत अच्छे संबंध थे। मैंने उन्हें जानकारी दी कि किन परिस्थितियों में मुझे आजमगढ़ पी.ए.सी. में नियुक्त किया गया है। वे मुझे लंच के लिए घर ले गए, उसी समय उनके पास आई.जी. कार्मिक जैकब जैक्सन का फोन आया कि बृजलाल को लखनऊ या इटावा जाने की अनुमति न दी जाए। जोशीजी ने उन्हें लिखित रूप से अवगत कराया कि उनके आदेश से बृजलाल को अवगत करा दिया गया है, परंतु वे अपने परिवार के लिए काफी चिंतित हैं, जो इस समय इटावा में है। उस पत्र की प्रति उन्होंने मुझे भी दी। उन्होंने मुझे मौखिक रूप से सलाह दी कि मुख्यमंत्री मुझे क्षति पहुँचाने पर आमादा हैं, जिसके लिए मैं सतर्क रहूँ।

इसी बीच उत्तर प्रदेश के एक प्रतिष्ठित अखबार 'अमर उजाला' में 22 अप्रैल, 1990 को एक समाचार प्रकाशित हुआ, जिसमें लिखा था कि 'पुलिस महानिदेशक ने बृजलाल को डरपोक, अक्षम कहा।' यह अखबार मुझे नैनीताल से आते समय पीलीभीत में प्राप्त हुआ था, जो इस प्रकार है—

अमर उजाला

बरेली, रविवार, 22 अप्रैल, सन् 1990

पुलिस महानिदेशक ने बृजलाल को डरपोक, अक्षम कहा

कार्यालय संवाददाता

लखनऊ, 21 अप्रैल। बृजलाल अक्षम एवं डरपोक पुलिस अधिकारी हैं। वे जिले की पोस्टिंग के अयोग्य हैं। इटावा के वरिष्ठ पुलिस अधीक्षक

अमर उजाला

बरेली, रविवार, २२ अप्रैल सन् १९९० वैशाख कृष्णपक्ष १२ सम्वत् २०४७ पृष्ठ १०+४=१४

पुलिस महानिदेशक ने बृजलाल को डरपोक, अक्षम कहा

के पद से उनका तबादला इसी आधार पर किया गया है। यह बात प्रदेश के पुलिस महानिदेशक आर.पी. माथुर ने आज यहाँ एक अनौपचारिक मुलाकात में कही। प्रदेश के बहुचर्चित एवं दबंग पुलिस अधिकारी बृजलाल का स्थानांतरण 16 अप्रैल को ही 20वीं वाहिनी पी.ए.सी., आजमगढ़ को कर दिया गया, लेकिन इस तबादले की जानकारी अखबारवालों को आज तक नहीं दी गई है। काफी जोर देने के बाद महानिदेशक ने स्वीकार किया कि बृजलाल का तबादला हो गया है। बृजलाल इस समय प्रशिक्षण के लिए देहरादून भेजे गए हैं। उम्मीद है कि दस दिवसीय प्रशिक्षण समाप्त होते ही वे अपना नया कार्यभार ग्रहण करेंगे।

बृजलाल मुख्यमंत्री श्री मुलायम सिंह यादव के ही क्षेत्र इटावा के पुलिस अधिकारी थे। लगभग तीन माह पूर्व मुख्यमंत्री की इच्छानुसार ही उनकी नियुक्ति मुख्यमंत्री के गृह जनपद इटावा में वरिष्ठ पुलिस अधीक्षक के पद पर हुई थी, परंतु नियुक्ति के कुछ दिन बाद ही बृजलाल की कार्यशैली इटावा के जनता दल नेताओं को रास नहीं आई और मुख्यमंत्री के पास उनके चहेते वरिष्ठ पुलिस अधीक्षक बृजलाल के विरुद्ध शिकायतें आने लगीं। स्थानांतरण के लिए दबाव पड़ने लगा। इन शिकवा-शिकायतों के बावजूद बृजलाल इटावा में बने रहे, लेकिन यह स्थायित्व उस समय खत्म हो गया, जब मुख्यमंत्री के सगे-संबंधियों के कहने पर काररवाई से इनकार कर दिया। इसी क्रम में 9 अप्रैल को इटावा जिले के सिविल लाइंस थाने में घटित वह घटना भी है, जिसके परिणामस्वरूप बृजलाल को सी.आई.डी. जाँच का सामना

करना पड़ रहा है और सिविल लाइंस थाने के तत्कालीन थानाध्यक्ष शाह आलम को पुलिस लाइन में तैनात कर दिया गया है।

उल्लेखनीय है कि 9 अप्रैल को इटावा में मुख्यमंत्री के भाई शिवपाल एवं उनके समर्थकों तथा सिविल लाइंस के थानाध्यक्ष शाह आलम के बीच मारपीट हुई थी। इस मारपीट का मुख्य कारण थानाध्यक्ष द्वारा हिरासत में लिये गए कुछ व्यक्तियों को रिहा करवाना था। मुख्यमंत्री के भाई शिवपाल हिरासत में लिये गए व्यक्तियों को रिहा करवाना चाहते थे। थानाध्यक्ष द्वारा निर्देशों का उल्लंघन करने पर शिवपाल लगभग सौ कार्यकर्ताओं के साथ थाने गए, मारपीट की और बंदियों को जबरन छुड़ा लिया था।

इस घटना के बाद थानाध्यक्ष तथा शिवपाल की तरफ से एक-दूसरे के विरुद्ध मुकदमा दर्ज करवाया गया था। शिवपाल की माँग थी कि वरिष्ठ पुलिस अधीक्षक बृजलाल हटाए जाएँ तथा थानाध्यक्ष शाह आलम को दंडित किया जाए। 10 अप्रैल को संपूर्ण प्रकरण की जाँच सी.आई.डी. को सौंप दी गई। एक तरफ जाँच चल रही थी और दूसरी तरफ कानपुर परिक्षेत्र के पुलिस उपमहानिरीक्षक जे.एस. घुंगेश लगातार बयान देकर वरिष्ठ पुलिस अधीक्षक को घटना के लिए जिम्मेदार ठहराने में जुटे रहे।

13 अप्रैल को प्रकरण की जाँच कर रहे सी.आई.डी. के एस.पी. एस.के.ए. रिजवी ने लखनऊ में पुलिस महानिदेशक डॉ. आर.पी. माथुर से मुलाकात की, लगभग पैंतालिस मिनट की वार्त्ता के दौरान श्री रिजवी ने पुलिस महानिदेशक को जाँच के प्रथम चरण से अवगत कराया। 13 अप्रैल को ही सायंकाल लगभग सात बजे 'अमर उजाला' संवाददाता ने पुलिस महानिदेशक से मिलकर थाना सिविल लाइन प्रकरण के संबंध में जानकारी प्राप्त की।

'अमर उजाला' से बातचीत करते हुए पुलिस महानिदेशक ने बृजलाल की भूमिका एवं कार्यशैली के प्रति नाराजगी जाहिर की। उन्होंने स्पष्ट किया कि बृजलाल की लापरवाही से उक्त विवाद ने तूल पकड़ लिया। उन्होंने यह भी बताया कि बृजलाल की भूमिका के संबंध में कानपुर परिक्षेत्र के उपमहानिरीक्षक जे.एस. घुंगेश से रिपोर्ट मँगवाई गई है। उनके अनुसार रिपोर्ट में लापरवाही साबित होने पर बृजलाल के विरुद्ध अवश्य काररवाई की जाएगी।

ऐसी दशा में पुलिस महानिदेशक के रुख से स्पष्ट हो गया था कि बृजलाल इटावा से जरूर हटा दिए जाएँगे, लेकिन इस बात की बिल्कुल संभावना नहीं थी कि बृजलाल को जाँच के दौरान ही हटा दिया जाएगा। सी.आई.डी. के एस.पी. एस.के.ए. रिजवी की वार्त्ता के तीन दिन बाद ही पुलिस महानिदेशक ने बृजलाल का तबादला कर दिया, लेकिन तबादले को राजनीतिक मुद्दा बनने से बचाने की नियत से इस आदेश को गोपनीय बनाए रखने का भरसक प्रयास किया गया।

यहाँ पर आवश्यक है कि पुलिस महानिदेशक के वक्तव्य को दोहराया जाए। उनके अनुसार बृजलाल डरपोक एवं अक्षम पुलिस अधिकारी हैं। पुलिस महानिदेशक का आँकलन सही हो सकता है, लेकिन 1977 में भारतीय पुलिस सेवा में शामिल होने के बाद बृजलाल अपने अदम्य साहस, परिश्रमी स्वभाव एवं कठोर प्रशासन के लिए जाने जाते रहे हैं। लखनऊ, पीलीभीत, बाराबंकी, सीतापुर आदि जनपदों में बृजलाल ने अपनी तैनाती के दौरान एक ईमानदार एवं सख्त पुलिस अधिकारी की छवि बनाई है।

इन जनपदों में बृजलाल ने कुख्यात अपराधियों एवं सफेदपोश राजनेताओं से जमकर संघर्ष किया और आम जनता में पुलिस के प्रति विश्वास की भावना पैदा की। लखनऊ के मशहूर बदमाश सुभाष भंडारी, गुरबख्श सिंह बक्शी, अरुण शंकर शुक्ला उर्फ अन्ना, सीतापुर के पंडित राम गोपाल मिश्र, ओम प्रकाश गुप्ता, बाराबंकी के रंजीत बहादुर श्रीवास्तव तथा पीलीभीत जिले के आतंकवादियों से भी मुकाबला करने एवं उन्हें परास्त करने में बृजलाल ने दृढ़ता तथा कर्तव्यनिष्ठा का परिचय दिया। उसी बृजलाल को पुलिस महानिदेशक अक्षम एवं डरपोक मानते हैं। बृजलाल का शैक्षिक रिकॉर्ड भी बहुत अच्छा रहा है। इलाहाबाद विश्वविद्यालय के स्वर्ण पदक विजेता बृजलाल ने गणित विषय की परीक्षा में सर्वोच्च अंक प्राप्त किए थे। बृजलाल प्रदेश के पहले आई.पी.एस. अधिकारी हैं, जिन्हें कांग्रेस सरकार ने संयुक्त सचिव बनाकर कुछ दिनों तक मुख्यमंत्री से संबद्ध किया था। इटावा के वरिष्ठ पुलिस अधीक्षक के पद से बृजलाल का स्थानांतरण वर्तमान सरकार की कार्यशैली पर प्रश्नचिह्न है।

□

समाचार-पत्रों में सिविल लाइंस प्रकरण

समाचार-पत्रों में मुख्यमंत्री, उनके परिवारजनों और प्रभारी डी.आई.जी. जे.एस. घुंगेश के विरुद्ध लगातार खबरें प्रकाशित हो रही थीं। दैनिक जागरण, नवभारत टाइम्स, टाइम्स ऑफ इंडिया, दैनिक आज, अमर उजाला, माया, दिनमान टाइम्स आदि समाचार-पत्रों व पत्रिकाओं द्वारा जनपद इटावा में घटित घटनाओं और व्यवस्था परिवर्तन के नाम पर हो रहे उत्पीड़न के संबंध में लेख प्रकाशित किए गए। राष्ट्रीय दैनिक 'नवभारत टाइम्स' द्वारा तीन बार और 'टाइम्स ऑफ इंडिया' द्वारा दो बार मुखपृष्ठ पर प्रमुखता से लेख छापे गए। प्रदेश और देश की तमाम पत्र-पत्रिकाओं में भी समाचार प्रकाशित हुए, जिससे मुलायम सिंह यादव और उनकी पार्टी 'जनता दल' की किरकिरी हो रही थी।

9 अप्रैल, 1990 को थाना सिविल लाइंस इटावा के थानाध्यक्ष शाह आलम खान की मुख्यमंत्री के भाई द्वारा पिटाई और भूमि पर कब्जा करने वालों को थाने से बलपूर्वक छुड़ाए जाने की घटनाएँ अखबारों की सुर्खियाँ बनीं। मुख्यमंत्री द्वारा निष्पक्ष काररवाई न करके अपने भाई शिवपाल सिंह यादव को न केवल बचाया गया, अपितु मुझे, थानाध्यक्ष शाह आलम खान और मेरे साथ नियुक्त रहे पुलिसकर्मियों को भी प्रताड़ित किया गया। एक ही दिन में 300 पुलिसकर्मियों के इटावा से बाहर दूर के जनपदों में तबादले किए गए, जो आजादी के बाद ऐसी पहली घटना थी। न केवल इटावा, बल्कि पूरे उत्तर प्रदेश के पुलिसकर्मियों में असंतोष व्याप्त हो गया था। प्रभारी डी.आई.जी. जे.एस. घुंगेश इटावा में एक सप्ताह डेरा डाले रहे और जनता दल के कार्यकर्ता की तरह कार्य करते रहे। वे वहाँ के थानाध्यक्षों और अधिकारियों को बुला-बुलाकर सत्तासीन पार्टी के पक्ष में माहौल बनाते रहे और अखबारों में मेरे विरुद्ध बयानबाजी करते रहे। इटावा

में उनकी उपस्थिति के दौरान एस.पी. क्राइम ब्रांच सी.आई.डी. एस.के.ए. रिजवी थाना सिविल लाइंस प्रकरण की जाँच अपनी टीम के साथ कर रहे थे। जे.एस. घुंगेश शिवपाल सिंह यादव के पक्ष में बयान देने के लिए पुलिसकर्मियों को धमका रहे थे। उन्होंने यह साबित करने का पूरा प्रयास किया कि शिवपाल यादव 9 अप्रैल, 1990 को थाना सिविल लाइंस गए ही नहीं थे। और तो और, थानाध्यक्ष शाह आलम खान ने जब सही तथ्य बताए तो उन्हें भी धमकाया कि ऐसा सत्य बयान देने से क्या लाभ, जिससे खुद के हाथ-पाँव कट जाएँ। वे जाँच प्रभावित करने का प्रयास करते रहे, जिसमें इटावा के एडिशनल एस.पी. के.के. सक्सेना की भी मुख्य भूमिका रही।

कुछ समाचार-पत्रों को मूलरूप में प्रस्तुत किया गया है और खबरों को अलग से भी लिखा गया हैं, जिससे पढ़ने में कोई कठिनाई न हो।

दैनिक जागरण

लखनऊ, रविवार, 22 अप्रैल, 1990

1. थानेदार का पक्ष लेना भारी पड़ा बृजलाल को

लखनऊ, 21 अप्रैल। आखिर बृजलाल को बलि का बकरा बनना ही पड़ा। मुख्यमंत्री के सगे-संबंधियों की थानेदार द्वारा की गई पिटाई वरिष्ठतम पुलिस अधिकारी बरदाश्त न कर सके। उन्होंने थानेदार का पक्ष लेने वाले इटावा के तेज तर्रार और साफ-सुथरी छवि वाले वरिष्ठ पुलिस अधीक्षक बृजलाल को हटा दिया। बृजलाल

दैनिक जागरण

लखनऊ, रविवार, 22 अप्रैल 1990

थानेदार का पक्ष लेना भारी पड़ा बृजलाल को

लखनऊ, 21 अप्रैल। आखिर बृजलाल को बलि का बकरा बनना ही पड़ा। मुख्यमंत्री के सगे सम्बन्धियों की थानेदार द्वारा की गई पिटाई वरिष्ठतम पुलिस अधिकारी बर्दाश्त न कर सके। उन्होंने थानेदार का पक्ष लेने वाले इटावा के तेज तर्रार और साफ-सुथरी छवि वाले जेष्ठ पुलिस अधीक्षक बृजलाल को हटा दिया। बृजलाल का तबादला बहुत ही गुपचुप तरीके से किया गया, ताकि इस घटना से पुलिस का मनोबल न गिरने पाये। यही नहीं तीन दिन पूर्व हुए इस तबादले को आज तक गोपनीय ही रखा जा रहा है। पुलिस महानिदेशक डॉ० आर०पी० माथुर भी इस तबादले के बारे में पूरी तरह स्पष्ट नहीं है। संवाददाताओं से भेंट के दौरान उन्होंने पहले की बात से इंकार किया। बृजलाल के 'ट्रेनिंग' से लौट कर वापस इटावा न ज्वाइन करने की बात कही। उन्होंने कहा कि बृजलाल का तबादला कर दिया जायेगा।

दूसरी ओर गृह विभाग के सूत्रों ने बताया कि बृजलाल का स्थानांतरण 20वीं बटालियन पीएसी आजमगढ़ में सेनानायक के पद पर किया गया है। स्थानांतरण आदेश की प्रतिलिपि सम्बन्धित अधिकारियों को भी नहीं भेजी गई। घटना के बाद इटावा जिले से नैनीताल ट्रेनिंग पर भेजे गये बृजलाल को हाथोंहाथ आदेश की प्रतिलिपि पहुंचा दी गयी। वैसे इटावा में दरोगा से मारपीट की घटना के अगले ही दिन इस बात की संभावना प्रबल हो उठी थी कि बृजलाल को हटाया जाएगा। खुद बृजलाल को इस बात के संकेत दे दिये गये थे। शायद यही वजह थी कि 16 अप्रैल को एक सप्ताह के लिए नैनीताल ट्रेनिंग पर जाने के समय बृजलाल को एक भव्य समारोह में विदाई तक दे दी गयी।

मामले की जांच सीआईडी के सुपुर्द कर मुख्यमंत्री मुलायम सिंह यादव ने बड़ी सफाई से अपना दामन बचा लिया था, परन्तु अब इस स्थानांतरण ने मामले को और भी चर्चित कर दिया है।

पुलिस महानिदेशक डॉ० आर०पी० माथुर इस पूरे प्रकरण में बृजलाल को दोषी मानते हैं। उन्होंने बताया कि अब तक की सीआईडी जांच से भी इसी बात की पुष्टि होती है।

अब तक की सीआईडी जांच में घटना के बारे में जो जानकारी मिली है, उसके मुताबिक गत एक अप्रैल को इटावा के सिविल लाइन थाने के प्रभारी जमीन विवाद की शिकायत मिलने पर मौके पर पहुंचे। थानेदार शाह आलम ने नामजद लोगों के साथ दीवार उठा रहे 22 मजदूरों को पकड़ लिया। सभी को थाने लाया गया, वहां हवालात नहीं था। बहरहाल सभी को थाने में बैठा दिया गया। उसके बाद मुख्यमंत्री के दूर के सम्बन्धी दर्शन सिंह, निकटस्थ बाबू सिंह और विश्राम सिंह थाने पहुंचे। उन्होंने गिरफ्तार व्यक्तियों को निर्दोष बता कर छोड़ने की बात की। थानेदार के इंकार करने के बाद विवाद हुआ। उत्तेजित थानेदार ने उनकी पिटाई कर दी, जिससे उनको काफी चोटें आयी। मामले की जानकारी मिलते ही मुख्यमंत्री के भाई शिवपाल सिंह थाने पहुंचे। उन्होंने फोन पर मामले की जानकारी ज्येष्ठ पुलिस अधीक्षक बृजलाल को दी, परन्तु बृजलाल थाने नहीं गये।

दूसरी ओर मुख्यमंत्री के भाई शिवपाल के समर्थकों ने मामले की जानकारी मिलते ही थाना घेर लिया। उत्तेजित भीड़ ने थानेदार की पिटाई कर दी और सभी गिरफ्तार लोगों को छुड़ा ले गये। इस मामले की दोनों ओर से प्राथमिकी दर्ज हुई। बाद में मामले की जांच सीआईडी को सौंपी गई। खुफिया सूत्र बताते है कि इस तबादले की खबर से इटावा के पुलिसकर्मी काफी नाखुश है। वैसे वरिष्ठ पुलिस अधिकारी वहां की बदलती स्थिति पर हर समय नजर रखे हुए है। ताकि स्थिति उग्र न होने पाये।

का तबादला बहुत ही गुपचुप तरीके से किया गया, ताकि इस घटना से पुलिस का मनोबल न गिरने पाए। यही नहीं, तीन दिन पूर्व हुए इस तबादले को आज तक गोपनीय ही रखा जा रहा है। पुलिस महानिदेशक डॉ. आर.पी. माथुर भी इस तबादले के बारे में पूरी तरह स्पष्ट नहीं हैं। संवाददाताओं से भेंट के दौरान उन्होंने पहले की बात से इनकार किया। बृजलाल के 'ट्रेनिंग' से लौटकर वापस इटावा न जॉइन करने की बात कही। उन्होंने कहा कि बृजलाल का तबादला कर दिया जाएगा।

दूसरी ओर गृह विभाग के सूत्रों ने बताया कि बृजलाल का स्थानांतरण 20वीं बटालियन पी.ए.सी., आजमगढ़ में सेनानायक के पद पर किया गया है। स्थानांतरण आदेश की प्रतिलिपि संबंधित अधिकारियों को भी नहीं भेजी गई। घटना के बाद इटावा जिले से नैनीताल ट्रेनिंग पर भेजे गए बृजलाल को हाथोहाथ आदेश की प्रतिलिपि पहुँचा दी गई। वैसे इटावा में दरोगा से मारपीट की घटना के अगले ही दिन इस बात की संभावना प्रबल हो उठी थी कि बृजलाल को हटाया जाएगा। खुद बृजलाल को इस बात के संकेत दे दिए गए थे। शायद यही वजह थी कि 16 अप्रैल को एक सप्ताह के लिए नैनीताल ट्रेनिंग पर जाने के समय बृजलाल को एक भव्य समारोह में विदाई तक दे दी गई।

मामले की जाँच सी.आई.डी. के सुपुर्द कर मुख्यमंत्री मुलायम सिंह यादव ने बड़ी सफाई से अपना दामन बचा लिया था, परंतु अब इस स्थानांतरण ने मामले को और भी चर्चित कर दिया है।

पुलिस महानिदेशक डॉ. आर.पी. माथुर इस पूरे प्रकरण में बृजलाल को दोषी मानते हैं। उन्होंने बताया कि अब तक की सी.आई.डी. जाँच से भी इसी बात की पुष्टि होती है।

अब तक की सी.आई.डी. जाँच में घटना के बारे में जो जानकारी मिली है, उसके मुताबिक गत एक अप्रैल को इटावा के सिविल लाइंस थाने के प्रभारी जमीन विवाद की शिकायत मिलने पर मौके पर पहुँचे। थानेदार शाह आलम ने नामजद लोगों के साथ दीवार उठा रहे 22 मजदूरों को पकड़ लिया। सभी को थाने लाया गया, वहाँ हवालात नहीं था। बहरहाल सभी को थाने में

बैठा दिया गया। उसके बाद मुख्यमंत्री के दूर के संबंधी दर्शन सिंह, निकटस्थ बाबू सिंह और विश्राम सिंह थाने पहुँचे। उन्होंने गिरफ्तार व्यक्तियों को निर्दोष बताकर छोड़ने की बात की। थानेदार के इनकार करने के बाद विवाद हुआ। उत्तेजित थानेदार ने उनकी पिटाई कर दी, जिससे उनको काफी चोटें आईं। मामले की जानकारी मिलते ही मुख्यमंत्री के भाई शिवपाल सिंह थाने पहुँचे। उन्होंने फोन पर मामले की जानकारी वरिष्ठ पुलिस अधीक्षक बृजलाल को दी, परंतु बृजलाल थाने नहीं गए।

दूसरी ओर मुख्यमंत्री के भाई शिवपाल के समर्थकों ने मामले की जानकारी मिलते ही थाना घेर लिया। उत्तेजित भीड़ ने थानेदार की पिटाई कर दी और सभी गिरफ्तार लोगों को छुड़ा ले गए। इस मामले की दोनों ओर से प्राथमिकी दर्ज हुई। बाद में मामले की जाँच सी.आई.डी. को सौंपी गई। खुफिया सूत्र बताते हैं कि इस तबादले की खबर से इटावा के पुलिसकर्मी काफी नाखुश हैं। वैसे वरिष्ठ पुलिस अधिकारी वहाँ की बदलती स्थिति पर हर समय नजर रखे हुए हैं, ताकि स्थिति उग्र न होने पाए।

नवभारत टाइम्स

नगर संस्करण लखनऊ, सोमवार, 23 अप्रैल, 1990

2. इटावा पुलिस का मनोबल बहुत टूटा है

—गोविंद राजू

नवभारत टाइम्स

नगर संस्करण

इटावा पुलिस का मनोबल बहुत टूटा है

गोविन्द राजू

इटावा, 22 अप्रैल। सिविल लाइंस थाने से 25 अभियुक्तों को छुड़ा ले जाने और थानाध्यक्ष शाह आलम खान को कथित रूप से थाने के भीतर पीटने की

घटना के बाद जिले की पुलिस का मनोबल बुरी तरह टूटा है। सामान्य पुलिसकर्मी से लेकर बड़े अधिकारियों तक में हताशा है। पुलिस के एक वरिष्ठ अधिकारी ने इस संवाददाता से कहा कि हमारी स्थिति तो होमगार्ड के सिपाही से भी बदतर हो गई है। इस प्रकरण में कानपुर परिक्षेत्र के पुलिस उपमहानिरीक्षक जगजीत सिंह घुंगेश की भूमिका भी काफी विचित्र रही है। श्री घुंगेश घटना की रात ही इटावा पहुँच गए थे और 5 दिन तक इटावा में ही डेरा डाले रहे। आरोप है कि उन्होंने इस मामले में पुलिस अधिकारी की तरह नहीं, बल्कि मुख्यमंत्री के निजी कार्यकर्ता की तरह व्यवहार किया। शाह आलम ने अपने लिखित बयान में कहा है, "डी.आई.जी. महोदय ने मुझसे जोर व दबाव देकर कहा कि थाने पर हुई घटना में से अभियुक्त शिवपाल सिंह का नाम बयान में से निकाल दो और भूल जाओ कि शिवपाल सिंह थाने गए थे, वरना मैं डी.आई.जी. हूँ, परिणाम तुम खुद समझ सकते हो कि क्या होगा। मैंने प्रतिवाद किया और कहा कि शिवपाल सिंह घटना के सही और मुख्य अभियुक्त हैं और सही अभियुक्त होने से उनका नाम हटाने का कोई औचित्य नहीं है। इस पर डी.आई.जी. महोदय ने कहा कि ऐसा सच बोलने की आवश्यकता नहीं है, जिससे स्वयं के पैर कट जाएँ, लेकिन डी.आई.जी. महोदय की बात न्यायसंगत न होने से मैंने स्वीकार नहीं किया।"

शाह आलम ने 9 अप्रैल को 4:45 बजे जो प्राथमिकी (संख्या 108, अपराध संख्या 104) थाने में दर्ज कराई है, उसमें भी शिवपाल सिंह, अध्यक्ष जिला सहकारी बैंक, इटावा को मुख्य अभियुक्त बनाया गया है। उन पर भारतीय दंड विधान की धारा 395, 147, 332, 353, 224, 225 तथा 7 लॉ एमेंडमैंट एक्ट के तहत डकैती, संगठित हो पूर्व योजना के अनुसार अपराध करने व मुलजिमों को भगा ले जाने, थाने में लूटपाट करने, थानाध्यक्ष को मारने-पीटने, उन्हें सरकारी कार्य में बाधा पहुँचाने, व थाने में आतंक तथा अराजकता की स्थिति उत्पन्न करने के आरोप लगाए हैं। शाह आलम कहते हैं कि मैंने पूर्ण निष्ठा से सरकारी काम करने का प्रयास किया था। मुझे जरा भी उम्मीद नहीं थी कि अपनी ईमानदारी व कर्तव्यनिष्ठा का मुझे यह सबब मिलेगा।

शिवपाल सिंह इस घटना से अपना कोई संबंध नहीं स्वीकारते। उन्होंने कहा कि जब मैं थाने पहुँचा, तब तक मामला निपट चुका था। पुलिस ने निरपराध लोगों को बहुत मारा, दरोगाजी से तो मेरी मुलाकात तक नहीं हुई। वे कहते हैं, जो लोग यहाँ जमीनें हथिया रहे हैं, वे हमारे आदमी नहीं हैं। वे विरोधी गुट के लोग हैं और हमें बदनाम करने के लिए ऐसा कर रहे हैं।

यह पूछे जाने पर कि तब आप इस तरह की हरकतों का विरोध क्यों नहीं करते? वे जवाब देते हैं—हमें क्या मतलब।

जब उनसे पूछा गया कि यदि भूमि हथियाने का काम आपके विरोधी एक साजिश के रूप में कर रहे हैं तो फिर आप इसके विरोध में कोई आंदोलन क्यों नहीं चलाते? वे कहते हैं—आंदोलन द्वारा ऐसे मामले कहाँ सुलझते हैं? हम तो सरकार में हैं। सरकार वाले लोग थोड़े आंदोलन करते हैं।

वे कहते है 09 अप्रैल की घटना के दोषी दो ही लोग हैं—एक दरोगा और दूसरा एस.एस.पी।

घटना से संबद्ध दोनों पक्ष जहाँ एक-दूसरे को दोषी करार दे रहे हैं, वहीं प्रत्यक्षदर्शियों का मानना है कि पूरे मामले में अधिक गलती शिवपाल व उनके समर्थकों की है। अपना नाम न छापने का अनुरोध करते हुए थाने के ही एक प्रत्यक्षदर्शी पुलिसकर्मी ने बताया कि उन लोगों ने आकर ऐसा बरताव किया, जैसे डाकुओं के दल ने हमला कर दिया हो। उन्होंने हथियारबंद लोगों की मदद से पूरा थाना भी घेर लिया था।

शाह आलम के बारे में अधिसंख्य लोगों की राय है कि वे शिवपाल के ही आदमी थे। शिवपाल ने ही उनकी नियुक्ति सिविल लाइंस थाने में करवाई थी। पहले जसवंत नगर में वे शिवपाल गुट के कहने पर कांग्रेसियों के दमन का काम करते रहे थे। उन्हें ईमानदार पुलिसकर्मी बताया गया।

पर थाने के कर्मचारियों सहित बहुत से लोगों का कहना था कि उनकी बातचीत की शैली बहुत अभद्र व उग्र थी। शायद इसी वजह से व्यक्तिगत रूप से उनकी पिटाई इटावा के लोगों के लिए बड़ी उत्तेजना का कारण नहीं बन सकी।

स्थानीय स्तर पर इस तरह की घटनाओं के विरोध के लिए गत शुक्रवार को केंद्रीय समाज सेवा समिति के तत्त्वावधान में एक सभा आयोजित की गई।

इस सभा में एक प्रस्ताव पारित कर अन्याय विरोधी संयुक्त मोर्चा गठित किया गया। इस गैर-राजनीतिक मोर्चे के अध्यक्ष लक्ष्मीनारायण त्रिपाठी बनाए गए हैं। विभिन्न राजनीतिक दलों व जन संगठनों के 14 सदस्यों की एक कार्यकारिणी भी गठित की गई है।

मोर्चे के अध्यक्ष श्री त्रिपाठी का कहना है कि हमें अब अत्याचार से लड़ना ही होगा। मैं इस लड़ाई में अपना सर्वस्व होम करने को तैयार हूँ। मोर्चे में शामिल सभी संगठनों ने भी यही भावना प्रकट की है—इससे कम-से-कम यह उम्मीद तो बँधती है कि स्थानीय स्तर पर लोग एकजुट होकर अन्याय के खिलाफ खड़े होंगे।

THE TIMES OF INDIA, LUCKNOW, SATRUDAY, MAY 5, 1990

3. DIG report critical of Brij Lal

By A Staff Reporter

LUCKNOW, May 4

The State administration appears to have closed in its net on Mr. Brij Lal, the IPS officer. Mr. Brij Lal shot into controversy following his role in the Etawah Civil Lines police station incident in which the chief minister, Mr. Mulayam Singh Yadav's brother allegedly roughed up the station house officer (SHO).

The first indication of the concerted effort launched by the state administration to persecute the police officer has come to light with the submission of report by DIG (Kanpur

THE TIME OF INDIA, LUCKNOW, SATURDAY,MAY 5,1990

TIMES classifieds

DIG report critical of Brij Lal

By A Staff Reportar

The State administration appears to have closed in its net on Mr. Brij Lal, the IPS officer. Mr Brij Lal shot into controversy following his role in the Etawah Civil Lines police station incident in which the chief minister, Mr Mulayam Singh Yadav's brother allegedly roughed up the station house officer (SHO).

The first indication of the concerted effort launched by the state administration to persecute the police officer has come to light with the submission of report by DIG (Kanpur range), Mr J.S. Gangesh, to the state government.

According to sources, the report filed by the DIG has criticized the then S.P. Mr. Brij Lal, for allowing the situation to go out of hand although he was informed of the fact much earlier.

The report has squarely blamed Mr. Brij Lal for untoward happening in which the chief minister and his family members were maligned.

The sources said that state administration had directed the senior police bosses to initiate action against the IPS officer on the basis of the report.

What appears to have baffled the senior police officers is the inexplicable actions against Mr. Brij Lal, who was unceremoniously transferred to PAC in Azamgarh district from the chief minister's home district Etawah. The transfer order was served on him through a special messenger when Mr Brij Lal was on training in Nainital.

The DIG's report against Mr. Brij Lal has already stirred a hornet's nest. A section of senior police officers has described the report as politically motivated to implicate the IPS officer without any plausible reasons.

The sources said that at the same time the report had exonerated Mr Yadav's brother Shivpal. Senior police officers suspect that the DIG's report could be used as tool by political leaders to harass the police officer.

Another factor which goes against Mr Brij Lal was the CID inquiry into the incident. The police sources here said that in light of hostile attitude of the state administration against Mr. Brij Lal, the CID report likely to be submitted soon might put the officer in the dock.

range), Mr. J.S. Gungesh, to the state government.

According to sources, the report filed by the DIG has criticized the then S.P. Mr. Brij Lal, for allowing the situation to go out of hand although he was informed of the fact much earlier.

The report has squarely blamed Mr. Brij Lal for untoward happening in which the chief minister and his family members were maligned.

The sources said that state administration had directed the senior police bosses to initiate action against the IPS officer on the basis of the report.

What appears to have baffled the senior police officers is the inexplicable actions against Mr. Brij Lal, who was unceremoniously transferred to PAC in Azamgarh district from the chief minister's home district Etawah. The transfer order was served on him through a special messenger when Mr. Brij Lal was on training in Nainital.

The DIG's report against Mr. Brij Lal has already stirred a hornet's nest. A section of senior police officers has described the report as politically motivated to implicate the IPS officer without any plausible reasons.

The sources said that at the same time the report had exonerated Mr. Yadav's brother Shivpal. Senior police officers suspect that the DIG's report could be used as tool by political leaders to harass the police officer.

Another factor which goes against Mr. Brij Lal was the CID inquiry into the incident. The police sources here said that in light of hostile attitude of the state administration against Mr. Brij Lal, the CID report likely to be submitted soon might put the officer in the dock.

THE TIMES OF INDIA

LUCKNOW : WEDNESDAY, MAY 9, 1990

4. Police buckle under political bossism

By ASHWINI BHATNAGAR

LUCKNOW, May 8

POLITICAL compulsions appear to have overtaken those

of fair policing. The senior superintendent of police responsible for curbing crime and criminal yesterday announced that, inter alia, he had decided to create a very special category of criminals- politically protected criminals (PPC).

These criminals can continue their reign of terror, threats and intimidation without fear from the police as the men in khaki in Lucknow district have realised, albiet late in the day, that politics governs the police. Hence, historysheeters need not fear the law. The police, on their part, have gone out of the way to favour them by deciding to scrap history sheets of criminals "if these sheets were contrary to the UP police regulation".

According to the SSP, Mr. A. Palanivel, history sheets have been opened in the district even of petty criminals and as such, they should be closed, he quoted the UP police regulation to show that the SSP was empowered to close history sheets and tried to prove that most of them have been opened in contravention of the regulatios.

It be pointed out here that to for the first time since 1861 when the Police Act came into force that a district police chief has taken each a decision. According to official spokenmen at the director general of police office here, en mass closure of history sheets is not policy deciden and the Lucknow police chief "must have acted on his own counsel".

FIRST APPLICANT : It may be of interest to note that the first application for closure of history sheet is from a corporator who has allegedly assaulted a sub inspector of

TIMES OF INDIA

LUCKNOW WEDNESDAY, MAY, 9, 1990

Police buckle undar political bossism

BY: Ashwini Bhatnagar

POLITICAL compulsions appear to have overtaken those of fair policing. The senior superintendent of police responsible for curbing crime and criminal yesterday announced that, inter alia, he had decided to create a very special category of criminals- politically protected criminals (PPC).

These criminals can continue their reign of terror, threats and intimidation without fear from the police as the men in khaki in Lucknow district have realised, albiet late in the day, that politics governs the police. Hence, historysheeters need not fear the law. The police, on their part, have gone out of the way to favour them by deciding to scrap history sheets of criminals "if these sheets were contrary to the UP police regulation".

According to the SSP, Mr A. Palanivel, history sheets have been opened in the district even of petty criminals and as such, they should be closed, he quoted the UP police regulation to show that the SSP was empowered to close history sheets and tried to prove that most of them have been opened in contravention of the regulaties.

It be pointed out here that to for the first time since 1861 when the Police Act came into force that a district police chief has taken each a decision. According to official spokenmen at the director general of police office here, en mass closure of history sheets is not policy deciden and the Lucknow police chief "must have acted on his own counsel".

FIRST APPLICANT: It may be of interest to note that the first application for closure of history sheet is from a corporator who has allegedly assaulted a sub inspector of police on duty during the prime minister's visit to the city on April 28. The political compulsions behing the SSP's decision are obvious.

The police, it seems, is now more motivated with the Etawah precedent than its past glorious traditions. This is truer in the case of senior officials who appear to have reconciled themselves to political bossism than risk becoming another Brij Lal. The message has seeped deep into the policeman's psyche in the last five monts and soon there may be Janata Dal darogas or Congress darogas instead of police darogas.

It does not matter whether the SSP has announced closure of A cabs or B class history sheets. It is mere technicality- a fig-leaf of a cover for public embarrassment. What is material and shocking is the type of message that the police chief has chosen to transmit to the masses. By one stroke he has given respectability to criminals. And also underlined that the criminal politician nexus is a fact of life which can be justified by the UP Police Regulations.

RELEVANT CHAPTER: Part V of chapter 20 of the regulatios deals with history sheets and surveillance. It States- "history sheets should be opened only for persons who are or are likely to become habitual criminals or abettors of such criminal." The provision is clearly also for abetsors of criminals.

The rules prescribe two types of history-sheeters. Class A history sheets are for dacoits burglars, cattle thieves, railway goods wagon thieves and abettors thereof. The Class B sheets are for confirmed and professional criminals who commit crimes other than dacoity, burglary, cattle theft and thefts form railway goods wagons, eg, professional cheats and other experts for whom criminal personal files are maintained by the CID. The class also inludes hired ruffians, goondas, cocaine and opium smugglers, habitual distillers and abettors thereof.

The regulations further specify that if the criminal is not active, surveillance may be discontinued but it "does not entail closing of that history sheets". It states that a history sheet which is only a record of information need never be considered closed. They will only be destroyed on the death of the subject of the sheet or if, note opinion of the superintendent their further retention is not likely to be of any value".

The SSP seems to have taken this just one sentence in the entire part V of the chapter to justify his drastic decision to do away with many history sheets. There isn't sufficient or satisfactory reason at this moment which might have prompted him to go for "mass reformation" of history-sheeters.

In fact the regulations repeatedly stress the need for maintaining history sheets and for surveillance of criminals and even suspected criminals and their abettors. It requires the police to open history sheets- records of information rather than destroy them at will.

police on duty during the prime minister's visit to the city on April 28. The political compulsions behing the SSP's decision are obvious,

The police, it seems, is now more motivated with the Etawah precedent than its past glorious traditions. This is truer in the case of senior officials who appear to have reconciled themselves to political bossism than risk becoming another Brij Lal. The message has seeped deep into the policeman's psyche in the last five monts and soon there may be Janata Dal darogas or Congress darogas instead of police darogas.

It does not matter whether the SSP has announced closure of A calss or B class history sheets. It is mere technicality- a fig-leaf of a cover for public embarrassment. What is material and shocking is the type of message that the police chief has chosen to transmit to the masses. By one stroke he has given respectability to criminals. And also underlined that the criminal politician nexus is a fact of life which can be justified by the UP Police Regulations.

RELEVANT CHAPTER : Part V of chapter 20 of the regulatios deals with history sheets and surveillance. It States—"history sheets should be opened only for persons who are or are likely to become habitual criminals or abettors of such criminal." The provision is clearty also for abetsors of criminals.

The rules prescribe two types of history sheeters. Class A history sheets are for dacoits burglars, cattle thieves, railway goods wagon thieves and abettors thereof. The Class B sheets are for conrfirmed and professional criminals who commit crimes other than dacoity, burglary, cattle theft and thefts form railway goods wagons, eg, professional cheats and other experts for whom criminal personal files are maintained by the CID. The class also inludes hired ruffians, goondas, cocaine and opium smugglers, habitual distillers and abettors thereof.

The regulations further specify that if the criminal is not active, surveillance may be discontinued but it "does not entail closing of that history sheets". It states that a history sheet which is only a record of information need never be considered closed. They will only be destroyed on the death of the subject of the sheet or if, note opinion of the superintendent their further retention is not likely to be of any value.

The SSP seems to have taken this just one sentence in the entire part V of the chapter to justify his drastic decision to do away with many history sheets. There isn't sufficient or satisfactory reason at this moment which might have prompted him to go for 'mass reformation' of history-sheeters.

In fact the regulations repeatedly stress the need for maintaining history sheets and for survelliance of criminals and even suspected criminals and their abettors. It requires the police to open history sheets- records of information rather than destroy them at will.

नवभारत टाइम्स

महानगर संस्करण लखनऊ, मंगलवार, 8 मई, 1990, पृष्ठ 12

5. घुंगेश ने बनाया मुख्यमंत्री को विवादास्पद

—अंबिकादत्त मिश्र

नवभारत टाइम्स

नगर संस्करण

गुंगेश ने बनाया मुख्यमंत्री को विवादास्पद

लखनऊ, 7 मई। कानपुर परिक्षेत्र के पुलिस उपमहानिरीक्षक पद पर जगदीश सिंह घुंगेश की नियुक्ति और इटावा कांड में उनकी भूमिका ने मुख्यमंत्री को प्रदेश पुलिस विभाग में विवादास्पद बना दिया है।

श्री घुंगेश और मुख्यमंत्री मुलायम सिंह यादव के संबंधों को लेकर

पुलिस एवं प्रशासनिक क्षेत्रों में तरह-तरह की चर्चाओं का बाजार गरम है। मुख्यमंत्री ने श्री घुंगेश की नियुक्ति में जिस तरह तौर-तरीकों एवं परंपराओं का उल्लंघन किया, उससे इन चर्चाओं को बल मिलता है।

मुलायम सिंह यादव की सरकार बनने के तुरंत बाद पुलिस प्रशासन में जो मामूली हेर-फेर किए गए, उनमें श्री घुंगेश को कानपुर जैसे महत्त्वपूर्ण एवं संवेदनशील क्षेत्र का उपमहानिरीक्षक बनाया गया। श्री घुंगेश के तबादले के आदेश जारी होने के बाद शासन को यह होश आया कि उनकी पदोन्नति का मामला सर्वोच्च न्यायालय में विचाराधीन है। अतः वह पुलिस उपमहानिरीक्षक पद पर प्रोन्नत नहीं किए जा सकते।

इस जानकारी के बाद पहला आदेश वापस लिया गया और एक नया आदेश जारी किया गया। इसमें कहा गया कि वे बतौर पुलिस अधीक्षक कानपुर परिक्षेत्र के पुलिस उपमहानिरीक्षक का कार्य देखेंगे। कानपुर के तत्कालीन उपमहानिरीक्षक आर.सी. अग्रवाल का रेलवे पुलिस में तबादला कर दिया गया।

इस तरह पुलिस अधीक्षक घुंगेश को कानपुर परिक्षेत्र का पुलिस उप महानिरीक्षक तैनात कर दिया गया। प्रदेश के पुलिस प्रशासन में अपने आप में यह पहली दिलचस्प नियुक्ति थी।

चूँकि न्यायालय के निर्णय के आधार पर वे उपमहानिरीक्षक नहीं हो सकते थे, इसलिए श्री घुंगेश न तो इस पद के बैच का प्रयोग करते और न ही उनकी कार पर उपमहानिरीक्षक का झंडा एवं स्टार (एक तारा) लगता था। इस तरह वे पाँच महीने पुलिस अधीक्षक होने के बावजूद कानपुर के उपमहानिरीक्षक बने रहे।

गत सप्ताह सर्वोच्च न्यायालय के निर्णय के आधार पर वे पुलिस महानिरीक्षक पद पर प्रोन्नत हुए और उनकी नियुक्ति भी सरकार ने उसी कानपुर परिक्षेत्र में कर दी जबकि सामान्य परंपरा के अनुसार जिस जिले या विभाग में अधिकारी नियुक्त होता है, प्रोन्नति के बाद उसका तबादला कर दिया जाता है। इसके विपरीत श्री घुंगेश के बारे में इसे लागू नहीं किया गया।

श्री घुंगेश की नियुक्ति के पीछे हुई इन सारी तिकड़मों का राज यह है

कि वह मुख्यमंत्री के गृह जिले इटावा में वरिष्ठ पुलिस अधीक्षक रह चुके हैं। इसके अलावा इटावा जिला भी कानपुर परिक्षेत्र के अंतर्गत ही आता है। इटावा में वरिष्ठ पुलिस अधीक्षक के पद पर रहते हुए श्री घुंगेश के श्री मुलायम सिंह यादव से गहरे संबंध हो गए थे।

इटावा के बाद श्री घुंगेश अपराध अनुसंधान विभाग (सी.आई.डी.) में भी नियुक्त रहे हैं। विश्वस्त सूत्रों का कहना है कि इस दौरान भी उन्होंने श्री यादव की काफी मदद की थी। इस तरह उन्हें मुख्यमंत्री का सबसे विश्वासपात्र समझा जाने लगा।

श्री घुंगेश की भूमिका उस समय और अधिक विवादास्पद हो गई, जब इटावा में दरोगा की पिटाई के मामले में उन्होंने खुलकर पुलिस को गालियाँ दीं। गत 9 अप्रैल को मुख्यमंत्री के भाई शिवपाल सिंह यादव तथा उनके समर्थकों ने सिविल लाइंस थाने में घुसकर थानाध्यक्ष आलम खां को पीटा और 22 बंदी को छुड़ा लिया।

सूत्रों ने बताया कि इसकी सूचना मिलने पर श्री घुंगेश तुरंत इटावा पहुँचे। वहाँ उलटे उन्होंने सार्वजनिक रूप से शाह आलम खान को बुरी तरह फटकारा। पट्टियाँ बाँधे शाह आलम खान तथा वहाँ मौजूद अन्य पुलिसकर्मी हतप्रभ रह गए। इतना ही नहीं, बल्कि श्री घुंगेश ने बाद में आलम खान पर यह दबाव डाला कि वह अपनी रिपोर्ट में से मुख्यमंत्री के भाई का नाम वापस ले ले। इनकार किए जाने पर उन्होंने आलम खान को धमकियाँ दीं।

इस तरह इटावा के इस चर्चित कांड में उनकी भूमिका पुलिस अधिकारी के रूप में कम, जनता दल के नेता के रूप में अधिक उभरकर सामने आई। इतना ही नहीं, बल्कि उन्होंने इटावा के थानाध्यक्षों से अलग-अलग भेंट करके श्री शिवपाल सिंह के पक्ष में जनमत तैयार करने का भी प्रयास किया।

केवल मुख्यमंत्री को खुश करने के लिए श्री घुंगेश ने दरोगा कांड की जो रिपोर्ट पेश की उसमें वरिष्ठ पुलिस अधीक्षक बृजलाल को भी दोषी ठहराया, जबकि श्री बृजलाल का इस घटना से कोई संबंध नहीं है। श्री घुंगेश ने श्री बृजलाल के विरुद्ध इसलिए रिपोर्ट दी, क्योंकि उन्हें पता था कि मुख्यमंत्री श्री यादव श्री बृजलाल से असंतुष्ट हैं।

मुख्यमंत्री से संबंध होने के कारण श्री घुंगेश का पुलिस अधिकारियों पर काफी आतंक है। वे पुलिस महानिदेशक डॉक्टर आर.पी. माथुर को भी सलाह देते हैं, और वरिष्ठ पुलिस अधिकारियों को उनकी सलाह माननी पड़ती है। इस तरह पुलिस विभाग में श्री घुंगेश का प्रभाव जहाँ बढ़ा है, वहीं उनके इस बढ़े प्रभाव ने मुख्यमंत्री को काफी विवादास्पद बना दिया है। फिलहाल श्री घुंगेश को लेकर पुलिस अधिकारियों का एक बड़ा वर्ग राज्य सरकार से असंतुष्ट है और यह असंतोष जल्दी ही फूटेगा।

आज कानपुर, 12 मई, 1990 (3)

6. इटावा में तबादलों के जरिए पुलिस असंतोष को दबाने की कोशिश

(हमारे संवाददाता)

फफूँद (इटावा)। उत्तर प्रदेश शासन ने इटावा जिले के 300 से अधिक पुलिस कर्मचारियों के तबादले तत्काल प्रभाव से दूर-दराज के जिले में कर दिए हैं।

आज कानपुर 12 मई, 1990

"इटावा में तबादलों के ज़रियें पुलिस असंतोष दबाने की कोशिश"

आजादी के बाद पुलिसकर्मियों के एक साथ इतने बड़े पैमाने पर तबादलों की यह घटना पहली बताई जाती है, जिसे लेकर पुलिसकर्मियों में भारी रोष व्याप्त है। सूत्रों के अनुसार अभी निकट भविष्य में ही बड़े पैमाने पर अन्य बचे हुए पुलिसकर्मियों को जिलाबदर किए जाने की तैयारियाँ चल रही हैं।

पुलिस के ही सूत्रों के अनुसार इन सामूहिक तबादलों के पृष्ठभूमि में पिछले दिनों प्रदेश के मुख्यमंत्री मुलायम सिंह यादव के भाई शिवपाल सिंह द्वारा सिविल लाइंस के थाना प्रभारी की पिटाई वाली वह घटना बताई जाती है, जिसके कारण बृजलाल जैसे एक ईमानदार और कर्तव्यनिष्ठ वरिष्ठ

पुलिस अधीक्षक को इटावा जिले से आनन-फानन में स्थानांतरित कर दिया गया था। जिले के पुलिसकर्मी प्रदेश शासन की इस काररवाई को अपने भाई के साथ पक्षपात वाला कारनामा बतलाते हैं।

यह घटना यहाँ के पुलिसकर्मियों के दिलों में क्षोभजनक असंतोष के शोलों की तरह आज भी धधक रही है। यह मामला इटावा जिले की सीमाएँ तोड़कर प्रदेश भर के पुलिसकर्मियों के बीच फैल गया है और यदि साफ तौर पर कहा जाए तो प्रदेश के पुलिस कर्मचारियों में भारी असंतोष घर कर गया है। यही कारण है कि प्रदेश की जद सरकार ने जिला पुलिस के लगभग सभी पुलिसकर्मियों को जिलाबदर करने के लिए यहाँ तैनात करीब 300 पुलिस कर्मचारियों के स्थानांतरण प्रदेश के अन्य जिलों में कर दिए हैं।

फिलहाल तबादलों की पहली खेप के रूप में 30 दरोगा, 20 हेड कॉन्स्टेबल और 250 सिपाहियों को जिले से बाहर स्थानांतरित कर दिया गया है। मालूम हो कि आजादी के बाद इस जिले से कभी भी इतने पुलिसकर्मियों का एक साथ स्थानांतरण नहीं किया गया। सूत्रों के अनुसार अभी और भी बड़ी तादात में यहाँ के पुलिसवालों को बाहर भेजने की तैयारियाँ जारी हैं। वैसे भी यहाँ के पुलिसकर्मियों से बात करने के बाद इस संवाददाता ने पाया कि अधिकांश कर्मी स्वयं ही इटावा में रहकर नौकरी करने के बजाय किसी खराब-से-खराब जिले में अपनी तैनाती करा लेने की फिराक में हैं। उनका मानना है कि इतने राजनीतिक दबाव में यहाँ उनका नौकरी करना मुश्किल हो जाएगा। अपनी इन्हीं भावनाओं का इजहार पिछले दिनों अपने विदाई समारोह में कर चुके हैं।

अजीतमल थाने के थानाध्यक्ष व दो दरोगाओं ने अपने विदाई समारोह में जनता के समक्ष स्पष्ट कहा कि यह व्यापक फेरबदल सिर्फ सरकार की बुजदिली और पक्षपात की नीयत की ओर संकेत करता है। एक दरोगा का तो यहाँ तक कहना है कि जब तक शासन है, कोई कुछ भी कर ले, मगर इस जनपद में रहकर पुलिस का जो अपमान मुख्यमंत्री तथा उनके लगुआ लिपटुओं ने किया है, वह साधारणतया भुलाया नहीं जाएगा। जनपद की पुलिस को उन्होंने बुजदिल करार देते हुए संकल्प दोहराया कि आज नहीं तो कल पुलिस अपने अपमान का बदला जरूर ले लेगी। फफूँद से स्थानांतरित

दरोगाओं ने बाकायदा प्रेस को बुलाकर अपने अंदर छिपी चिंगारी का इजहार इन शब्दों में किया "पुलिस हमेशा रहेगी, मगर कोई व्यक्ति मुख्यमंत्री हमेशा नहीं रहेगा।" हमें खुशी है कि इटावा से जाते ही हमारी चूड़ियाँ उतर गईं, अब मुख्यमंत्री अपने विशेष वर्ग के लोगों को लाकर अपनी हिफाजत करें तथा उनसे अपने भाइयों का पानी भरवाएँ। एक दरोगा से पूछने पर कि आप इटावा जनपद में इतने हताश क्यों हो गए? उसका कहना था कि हमारे अधिकारी अपने स्वार्थ और प्रमोशन के लिए सरकार के भिखारी बन गए। हमारे ऊपर रक्षा का कवच नहीं रहा।

यही हाल हेड कॉन्स्टेबल तथा सिपाहियों का है। सब अपनी-अपनी रवानगी कराकर ऐसे भाग रहे हैं कि पिंजरे में फँसा कोई पंछी पिंजरा खुलते ही भाग लेता है। पुलिस विभाग की इस हतोत्साहित हरकतों से समाज के दबे-पिसे तथा भले लोगों में एक परेशानी शुरू हो गई है। जैसा कि सुनने में आया है, जनपद के ज्यादातर थानों में एक ही वर्ग विशेष के थानाध्यक्ष बिठाए जाएँगे, ताकि हर थाने पर जनता दल के कार्यकर्ताओं का वर्चस्व रहे और इनके ही कथनानुसार थानेदार चलें। यदि वास्तव में ऐसा हुआ तो निश्चित रूप से इटावा की जनता का दुर्भाग्य होगा। जैसा कि बृजलाल पुलिस अधीक्षक के जाने के बाद जिस तेजी से जनपद में हत्याओं, डकैतियों तथा लूट की वारदातों का क्रम चला, उसने पूरे जनपद को थर्राकर रख दिया है।

जहाँ इन प्रक्रियाओं से कांग्रेस तथा अन्य राजनीतिक पार्टियों के कार्यकर्ता सशंकित व भयभीत नजर आने लगे हैं, वहीं जनता दल के कार्यकर्ताओं का मनोबल पूरे रोष पर है। उन्होंने अभी से अपना निशाना साधना शुरू कर दिया है। कोई अपने शत्रु पर घात लगाए है तो कोई अच्छे-खासे माल पर। कोई दलाली के लिए तना बैठा है, कोई जुए, सट्टे के लिए। कांग्रेस के जिला नेताओं का आलम यह है कि उनके कार्यकर्ता सरेआम अपमानित किए जाते हैं, मगर दर्शन सिंह यादव तथा औरैया क्षेत्र के विधायक श्री रवींद्र चौहान के अलावा कोई बोलने वाला नहीं है, बल्कि वह भी अखबार में बयानबाजी तक। इसी का परिणाम है कि कांग्रेस से समर्पित कार्यकर्ताओं का मोहभंग हो चला है।

अमर उजाला, आगरा 12 मई, 1990 (11)

7. पुलिस प्रशासन में भारी फेरबदल, पूरे जिले को दो अधिकारी देख रहे हैं

इटावा, 11 मई। जनपद के पुलिस प्रशासन में भारी फेरबदल किया गया है। तीन डी.एस.पी. स्थानांतरित किए गए हैं तथा दो छुट्टी पर हैं। 80 थानेदारों और लगभग 100 सिपाहियों को भी स्थानांतरित कर दिया गया है। एक दर्जन थानाध्यक्षों के भी तबादले कर दिए गए हैं, जिसके परिणामस्वरूप कुछ थाने खाली से हो गए हैं। कुल मिलाकर इस फेरबदल से पुलिस प्रशासन बुरी तरह प्रभावित हुआ है। इस समय एक डी.एस.पी और एक ए.एस.पी संपूर्ण जनपद को देख रहे हैं।

मुख्यमंत्री के जनपद इटावा में

अमर उजाला, आगरा, 12 मई

पुलिस प्रशासन में भारी फेरबदल, पूरे जिले को दो अधिकारी देख रहे है

इटावा, 11 मई। जनपद के पुलिस प्रशासन में भारी फेर बदल किया गया है। तीन डी.एस.पी. स्थानांतरित किए गए है तथा दो छुट्टी पर है। 80 थानेदारों और लगभग 100 सिपाहियों को भी स्थानांतरित कर दिया गया है। एक दर्जन थानाध्यक्षों के भी तबादले कर दिए गए है। जिसके परिणाम स्वरूप कुछ थाने खाली से हो गये है। कुल मिलाकर इस फेरबदल से पुलिस प्रशासन बुरी तरह प्रभावित हुआ है। इस समय एक डी.एस.पी और एक ए.एस.पी सम्पूर्ण जनपद को देख रहे है।

पुलिस मुख्यालय से प्राप्त सूचना के अनुसार सी.ओ. सिटी श्री गुरुमीत सिंह गिल का स्थानांतरण अलीगढ के लिए कर दिया गया तथा अजीतमल के डी.एस.पी श्री शमशेर सिंह चंदेल को हरदोई भेज दिया गया है। जसवन्तनगर के डीएसपी श्री घनश्याम दास अग्रवाल को उन्नाव के लिए स्थानांतरित कर दिया गया है। एल.आई.यू. इंस्पेक्टर श्री बी. डी. वर्मा को जेड.ओ. कार्यालय इटावा से सम्बद्ध किया गया है तथा आर. आई. श्री श्यामपाल सिंह को लखनऊ भेजा गया है।

एक साथ इतने सारे स्थानांतरणों से अपराधियों के हौसले बढ़ जाना स्वाभाविक है। वैसे भी कुछ समय से पुलिस प्रशासन ढीला हो गया था। कुछ महत्वपूर्ण एवं सक्षम लोकप्रिय पुलिस अधिकारियों के तबादलो ने पहले ही पुलिस के मनोबल को काफी ठेस पहुंचाई है। जनपद के लोगों को आशा थी कि मुख्यमन्त्री के चुनावी वादे के अनुरूप अपराधी सिर झुका कर चलेंगे और भले लोग सीना तान कर। जनपद से अपराध और अपराधियों को नेस्तनाबूद कर दिया जाएगा। किन्तु कुछ समय से जो कुछ हो रहा है उससे तो अपराधियों को कुचले जाने के स्थान पर जन. आकांक्षा ही कुचल कर रह गई है। जनपद के लगभग सभी अंचलो में अपराधी और असामाजिक तत्व पुनः सिर उठाते नजर आ रहे है। कुछ लोग अपनी गुण्डई के बल पर तो कुछ मुख्य मन्त्री के चहेते बनकर सीधे सादे लोगों पर जुल्म ढाने लगे है। चोरी, डकैती, अपहरण, दहेज हत्या, लूट, अवैध कब्जे जैसी घटनाएं दिन दूनी बढ रही है। स्थानीय पुलिस या तो इन अपराधी तत्वों से साठगांठ करके अपनी जान बचाने के साथ-साथ अर्थलाभ भी कर रही है या फिर निष्क्रिय मूक दर्शक बनकर जुल्म ज्यादती देखती रहती है। मुख्य मंत्री का यह गृह जनपद शासन को एक सबल प्रतिनिधि देकर भी आज दीन हीन सा बेसहारा सा होता जा रहा है। क्या शासन एवं पुलिस के उच्चाधिकारी राजनीतिक स्वार्थलाभ के कुत्सित लोभ का त्याग कर विशुद्ध जनहित पर ध्यान दे सकेंगे।

पुलिस मुख्यालय से प्राप्त सूचना के अनुसार सी.ओ. सिटी श्री गुरुमीत सिंह गिल का स्थानांतरण अलीगढ़ के लिए कर दिया गया तथा अजीतमल के डी.एस.पी श्री शमशेर सिंह चंदेल को हरदोई भेज दिया गया है। जसवंत नगर के डी.एस.पी. श्री घनश्याम दास अग्रवाल को उन्नाव के लिए स्थानांतरित कर दिया गया है। एल.आई.यू. इंस्पेक्टर श्री बी.डी. वर्मा को जेड.ओ. कार्यालय इटावा से संबद्ध किया गया है तथा आर.आई. श्री श्यामपाल सिंह को लखनऊ भेजा गया है।

एक साथ इतने सारे स्थानांतरणों से अपराधियों के हौसले बढ़ जाना स्वाभाविक है। वैसे भी कुछ समय से पुलिस प्रशासन ढीला हो गया था। कुछ महत्त्वपूर्ण एवं सक्षम लोकप्रिय पुलिस अधिकारियों के तबादलों ने पहले ही

पुलिस के मनोबल को काफी ठेस पहुँचाई है। जनपद के लोगों को आशा थी कि मुख्यमंत्री के चुनावी वादे के अनुरूप अपराधी सिर झुकाकर चलेंगे और भले लोग सीना तानकर। जनपद से अपराध और अपराधियों को नेस्तनाबूद कर दिया जाएगा, किंतु कुछ समय से जो कुछ हो रहा है, उससे तो अपराधियों को कुचले जाने के स्थान पर जन-आकांक्षा ही कुचलकर रह गई है। जनपद के लगभग सभी अंचलों में अपराधी और असामाजिक तत्त्व पुन: सिर उठाते नजर आ रहे हैं। कुछ लोग अपनी गुंडई के बल पर तो कुछ मुख्यमंत्री के चहेते बनकर सीधे-सादे लोगों पर जुल्म ढाने लगे हैं। चोरी, डकैती, अपहरण, दहेज हत्या, लूट, अवैध कब्जे जैसी घटनाएँ दिन दूनी बढ़ रही हैं। स्थानीय पुलिस या तो इन अपराधी तत्त्वों से साँठगाँठ करके अपनी जान बचाने के साथ-साथ अर्थलाभ भी कर रही है या फिर निष्क्रिय मूकदर्शक बनकर जुल्म-ज्यादती देखती रहती है। मुख्यमंत्री का यह गृह जनपद शासन को एक सबल प्रतिनिधि देकर भी आज दीन-हीन सा बेसहारा सा होता जा रहा है। क्या शासन एवं पुलिस के उच्चाधिकारी राजनीतिक स्वार्थलाभ के कुत्सित लोभ का त्याग कर विशुद्ध जनहित पर ध्यान दे सकेंगे।

माया, अंक 4, 15 मई, 1990

8. मुख्यमंत्री की अग्निपरीक्षा

लगभग साढ़े चार माह के मुख्यमंत्रित्वकाल में फिलहाल मुलायम सिंह यादव या उनके मंत्रियों पर भ्रष्टाचार का प्रत्यक्ष या परोक्ष आरोप तो नहीं लगा है, किंतु हाल में इटावा में उनके भाई शिवपाल सिंह द्वारा थाने में घुसकर थानाध्यक्ष की पिटाई किए जाने की घटना ने उनको भाई-भतीजावाद के आरोप की गिरफ्त में ला दिया है। हुआ यों कि 8 अप्रैल की शाम को इटावा निवासी मुनीम सिंह व उनकी पार्टनर मायादेवी ने वरिष्ठ पुलिस अधीक्षक बृजलाल को एक प्रार्थना-पत्र दिया, जिसके अनुसार इटावा मैनपुरी मार्ग पर उनकी लगभग साढ़े छह बीघा जमीन पर भूरे सिंह, संत सिंह, सुरेश सिंह व अन्य संबंधित व्यक्ति जबरन कब्जा कर निर्माण कार्य कर रहे थे। विरोध

★आवरण कथा★ माया, वर्ष 61, अंक 4, 15 मई 1990

करने पर निर्माणकर्ताओं ने उन्हें जान से मारने की धमकी दी। इस प्रार्थना-पत्र पर बृजलाल ने संबंधित थानाध्यक्ष को आवश्यक काररवाई के निर्देश दिए थे।

9 अप्रैल की सुबह उक्त प्रार्थना-पत्र के आधार पर थाना सिविल लाइंस में अपराध संख्या 202 धारा 147/148/448/506 के अंतर्गत रिपोर्ट दर्ज हुई। थानाध्यक्ष शाह आलम खान ने शांति-भंग की आशंका के कारण खुद पुलिस बल सहित मौके पर पहुँचकर सुरेश सिंह, भूरे सिंह इत्यादि से निर्माण कार्य रोकने को कहा। इस पर उन लोगों ने उलटे उन्हें 'देख लेने' की धमकी दी। निर्माण कार्य न रोकने पर थानाध्यक्ष ने निर्माण कार्य में जुटे विष्णुस्वरूप सहित 22 व्यक्तियों को हिरासत में ले लिया, जबकि सुरेश, रणबीर, सुरेंद्र व भूरे सिंह मौके से भाग जाने में सफल रहे। सूत्रों के अनुसार इनमें भूरे सिंह व सुरेंद्र सिंह मुख्यमंत्री के गाँव सैफई के निवासी हैं। सुरेंद्र सिंह तो मुख्यमंत्री के चाचा बाबू राम सिंह का लड़का है।

भाई का सहारा : जब सुरेंद्र व उसके साथियों ने थानाध्यक्ष द्वारा उनके 22 व्यक्तियों को गिरफ्तार करने की बात मुख्यमंत्री के निकटस्थ विश्राम सिंह, ग्राम प्रधान दर्शन सिंह व बाबू सिंह को बताई तो वे तीनों सीधे थाना सिविल लाइंस पहुँचे। उन लोगों ने शाह आलम से गिरफ्तार व्यक्तियों को छोड़ने को कहा। थानाध्यक्ष के इनकार करने पर बाबू सिंह व दर्शन सिंह भड़क उठे और बोले, "तेरी औकात क्या है, जानता नहीं, मैं मुख्यमंत्री का चाचा हूँ। तुझे देख लूँगा, तेरे बिल्ले न नुचवा डाले, तो मेरा नाम नहीं।" थानाध्यक्ष शाह आलम को यह बात लग गई और उन्होंने न सिर्फ बाबू सिंह,

दर्शन सिंह व विश्राम सिंह की जमकर पिटाई की बल्कि सरकारी काम में बाधा व धमकी देने के आरोप में तीनों को गिरफ्तार करके हथकड़ी भी पहना दी। चूँकि थाने में हवालात नहीं थी, इसलिए सभी 25 अभियुक्तों को बरामदे में बिठाए रखा गया।

यह खबर जब मुख्यमंत्री के अनुज व सहकारी बैंक इटावा के अध्यक्ष शिवपाल सिंह यादव को मिली तो वे अपने शैडो जतन सिंह सहित दर्जनों समर्थकों को लेकर थाना सिविल लाइंस जा धमके और सूत्रों के अनुसार थानाध्यक्ष शाह आलम से बोले, "क्यों बे, क्या तुझे इस थाने में रहना नहीं है? क्यों इन लोगों को पकड़ रखा है? छोड़ दे इन्हें वरना पछताएगा।"

थानाध्यक्ष शाह आलम खान द्वारा अभियुक्तों को छोड़ने से साफ इनकार किए जाने पर शिवपाल सिंह ने थानाध्यक्ष को न सिर्फ कुरसी से नीचे गिरा दिया, बल्कि उनकी वहीं लात-घूँसों से धुनाई शुरू कर दी। थाने की पुलिस को हथियारों से लैस शिवपाल सिंह के शैडो कवर किए रहे। शिवपाल सिंह के चाचा व साथी थानेदार की पिटाई में उनका सहयोग कर रहे थे। थानाध्यक्ष को गंभीर चोटें आईं। आखिरकार वे किसी तरह हमलावरों से छूटकर थाने के एक कमरे में जा घुसे और उन्होंने अंदर से कुंडी चढ़ा ली। थाने में आतंक मचाने के बाद मुख्यमंत्री के भाई शिवपाल सिंह अपने चाचा सहित 23 साथियों को सरेआम जबरन छुड़ा ले गए। थाने में डरे-सहमे दरोगा व सिपाही मूकदर्शक बने यह तमाशा देखते रहे।

द्विपक्षीय प्राथमिकी : बाद में थानाध्यक्ष ने मुख्यमंत्री के भाई शिवपाल सिंह, चाचा दर्शन सिंह, बाबूराम, शिवपाल के गनर (बंदूकची) व शैडो सहित 29 व्यक्तियों के विरुद्ध अपराध संख्या 104/90 धारा 395/147/332/353/224/225 आई.पी.सी. के तहत रिपोर्ट दर्ज की। उधर बदन सिंह तथा वेद प्रकाश द्वारा भी कोतवाली में दरोगा शाह आलम व 5-6 पुलिसकर्मियों द्वारा मारपीट करने की रिपोर्ट थाने में अंकित कराई गई। ये दोनों शिवपाल के साथ ही थाने आए थे। भगवतीपुर के मुन्ना व सैफई के बाबूराम द्वारा भी थानाध्यक्ष व 6-7 सिपाहियों के विरुद्ध मामला दर्ज कराया गया। आरोप है कि ये सभी मामले पुलिस उपमहानिरीक्षक जे.एस. घुंगेश के आदेश पर दर्ज हुए।

घटना की सूचना पाते ही डी.आई.जी. घुंगेश रात 11 बजे कानपुर से इटावा पहुँचे थे। थानाध्यक्ष का कहना है, "डी.आई.जी. ने मुझे बुलवाकर कहा, इस घटना से शिवपाल सिंह का नाम निकाल दो। यदि तुमने ऐसा नहीं किया, तो परिणाम खुद समझ सकते हो।" इसके विपरीत डी.आई.जी. घुंगेश का 'माया' से कहना था, "22 व्यक्तियों की एक साथ गिरफ्तारी गैरकानूनी है। बाबूराम, दर्शन सिंह इत्यादि को थानाध्यक्ष ने गलत बंद किया था। थानेदार के साथ मारपीट तो हुई है, पर यह मारपीट मुख्यमंत्री के भाई शिवपाल सिंह ने की, ऐसी मुझे कोई जानकारी नहीं है।" वरिष्ठ पुलिस अधीक्षक बृजलाल के बारे में उनका कहना था, "इस पूरे मामले में उनकी भूमिका अच्छी नहीं थी।"

'माया' के प्रतिनिधि ने मुख्यमंत्री के अनुज शिवपाल सिंह से भी बातचीत की। इस प्रकरण के संबंध में उनका कहना था, "मेरे गाँव सैफई के प्रधान दर्शन सिंह, उपप्रधान बाबूराम व विश्राम सिंह ने थाने जाकर दरोगा शाह आलम से निर्दोष श्रमिकों को छोड़ देने को कहा था। शाह आलम ने उन्हें गालियाँ दीं और बोले, सिफारिश करते हो। और उसके बाद तीनों को जूतों, बूटों और डंडों से बेरहमी से मारा।" यह पूछे जाने पर कि क्या उन्होंने दरोगा को मारा? शिवपाल सिंह बोले, "मैंने दरोगा को नहीं मारा। वह तो खुद बदमाश है। उसे किसने मारा, मुझे क्या पता?"

सिविल लाइंस थाने की घटना के बाद 13 अप्रैल को बृजलाल को अचानक नैनीताल छह दिन के लिए ट्रेनिंग पर भेजे जाने से इटावा पुलिस का मनोबल पूरी तरह टूट गया है। यही नहीं, थानाध्यक्ष शाह आलम को इस घटना के बाद थाने से हटाकर एस.एस.पी. ऑफिस में अटैच कर दिया गया। लोगों का कहना है कि यह घटना कोई दबी-ढकी नहीं है, जिस पर गुप्तचर जाँच बिठाई जाए। आरोप यह भी है कि मामला सी.आई.डी. के सुपुर्द सिर्फ इसलिए किया गया है, ताकि शिवपाल को गिरफ्तार होने से बचाए रखा जाए।

मुख्यमंत्री पसोपेश में : मुख्यमंत्री मुलायम सिंह यादव ने इस मामले को सुलझाने के लिए 14 अप्रैल को इटावा की यात्रा की। सी.आई.डी. ने उन्हें

असलियत बता दी है, किंतु घर–परिवार के दबाव के आगे मुख्यमंत्री पसोपेश में पड़े हैं। जाहिर है, एक ओर उनके अनुज की गिरफ्तारी है तो दूसरी ओर पुलिस का गिरा मनोबल। ऐसे मौके पर वे क्या निर्णय करेंगे, जिससे उनकी स्वच्छ छवि पर धब्बा न आए, यह नहीं कहा जा सकता। किंतु इतना जरूर है कि उनके परिवारजनों ने उन्हें भारी मुसीबत में डाल दिया है।

—इटावा से ऋषि चौहान

□

डी.जी.पी. कार्यालय को पत्र और ई.ओ.डब्ल्यू. ट्रांसफर

नैनीताल में प्रशिक्षण के दौरान ही मेरा तबादला 20वीं वाहिनी पी.ए.सी. आजमगढ़ कर दिया गया था। मैंने उस पर कोई प्रतिवेदन नहीं दिया, क्योंकि मैं जानता था कि मुख्यमंत्री की नाराजगी के कारण मुझे ऐसी जगहों पर ही भेजा जाएगा, जो पुलिस महकमे में सबसे निम्न श्रेणी की समझी जाती हैं। आजमगढ़ में सेनानायक का मकान भी नहीं था और आजमगढ़ शहर से पी.ए.सी. बटालियन 14–15 किमी. दूर थी। वहाँ पानी की व्यवस्था भी ठीक नहीं थी। भारत सरकार के निर्देश पर मेरी सुरक्षा हेतु एस.एल.आर. कंपनी की प्लाटून पी.ए.सी. लगाई गई थी। एस.एल.आर. प्लाटून 33वीं वाहिनी पी.ए.सी. झाँसी की थी, क्योंकि आजमगढ़ पी.ए.सी. में एस.एल.आर. कंपनी नहीं थी। विश्वनाथ प्रताप सिंह के मुख्यमंत्रित्व काल में पहली बार पी.ए.सी. के कुछ कंपनियों को सेल्फ लोडिंग राइफल (एस.एल.आर.) उपलब्ध कराई गई थीं, जो मुख्यतया चंबल वैली में दस्यु उन्मूलन अभियान में काम करती थीं।

मेरे पूर्वाधिकारी डी.एम. कॉलोनी के मकान में रहते थे। मैं वहाँ इसलिए नहीं रह सकता था, क्योंकि वहाँ पी.ए.सी. को कैंप कराने के लिए जगह नहीं थी। मुझे स्थानांतरण के बाद नैनीताल से इटावा न जाकर, सीधे आजमगढ़ पी.ए.सी. पहुँचने का आदेश दिया गया था। स्थानांतरण पर एक हफ्ते का जॉइनिंग टाइम मिलता है, परंतु मैंने केवल तीन दिन का जॉइनिंग टाइम माँगा था और वह भी नहीं दिया गया। मैं आजमगढ़ पहुँचा भी नहीं था कि पीलीभीत में मुझे 22 अप्रैल, 1990 को 'अमर उजाला' दैनिक समाचार–पत्र में प्रकाशित एक लेख पढ़ने को

मिला, जिसमें डी.जी.पी. डॉ. आर.पी. माथुर ने मुझे अक्षम और डरपोक कहा था। मैं बहुत व्यथित था। मेरी पत्नी और सात से डेढ़ साल की आयु के मेरे तीन छोटे बच्चे इटावा में थे और उन्हें कोई देखने वाला नहीं था। इन परिस्थितियों में मैंने आई.जी. कार्मिक जैकब जैक्सन (आई.पी.एस.-1959) को पत्र लिखा और उसके बाद मुझे जो बेतुके जवाब मिल रहे थे, उसको भी नीचे मूल रूप में दिया जा रहा है। डी.जी.पी. डॉ. माथुर ऐसे अधिकारी थे, जो सामान्य मामलों में भी निर्णय नहीं ले पाते थे। यदि मैं छुट्टी भी माँगता था तो उसके संबंध में भी मुख्यमंत्री कार्यालय से पूछा जाता था कि छुट्टी दी जाए या नहीं?

आई.जी. कार्मिक को लिखा गया पत्र

पुलिस महानिदेशक और मुख्यमंत्री की प्रताड़ना से आहत होकर भी मैंने अपना संयम नहीं खोया। 25 अप्रैल, 1990 को मैंने आई.जी. कार्मिक जे. जैक्सन को निम्नलिखित पत्र लिखा था—

अति गोपनीय
अ.शा. पत्र सं., सीओ/90

सेनानायक
20वीं वाहिनी पी.ए.सी.
आजमगढ़
दिनांक : अप्रैल 25, 1990

प्रिय श्री जैक्सन,

आपके रेडियोग्राम संख्या डीजी-1-18 (4) 90 दिनांकित 16-4-90 द्वारा मेरा स्थानांतरण वरिष्ठ पुलिस अधीक्षक इटावा के पद से सेनानायक 20वीं वाहिनी के पद पर किया गया। स्थानांतरण आदेश मुझे नैनीताल में, जहाँ मैं उ.प्र. प्रशासनिक अकादमी में प्रशिक्षणरत था, प्रदान किया गया। मैंने नैनीताल से एक रेडियोग्राम दिनांक 18-4-90 को भेजा था, जिसमें यह अनुरोध किया था कि मैं वरिष्ठ पुलिस अधीक्षक इटावा का पदभार छोड़कर व जॉइनिंग टाइम लेकर अपनी नव नियुक्ति पर योगदान करना चाहता हूँ। दिनांक 20-4-1990 को आपने अपने रेडियोग्राम संख्या डीजी-1-18(4) 90 द्वारा मुझे निर्देशित किया था कि मैं नैनीताल से सीधे आजमगढ़ जाकर अपनी नव नियुक्ति पर कार्यभार ग्रहण करूँ, जिसके अनुपालन में मैंने दिनांक 23-4-90 को पूर्वाह्न में नैनीताल

से सीधे यहाँ आकर कार्यभार ग्रहण कर लिया। मैं दिनांक 24-4-90 को पुलिस उपमहानिरीक्षक, पी.ए.सी. पूर्वी अनुभाग, श्री टी.के. जोशी से मिलने वाराणसी गया था तो वहाँ मुझे निर्देशित किया गया कि मैं अभी इटावा या लखनऊ न जाऊँ। अभी तक मैंने वरिष्ठ पुलिस अधीक्षक, इटावा का कार्यभार नहीं छोड़ा है। मेरे पास वहाँ बहुत से महत्त्वपूर्ण एवं गोपनीय अभिलेख व्यक्तिगत अभिरक्षा में हैं, जिसका चार्ज मुझे देना है। साथ-ही-साथ मुझे अपने बच्चों को भी इटावा से यहाँ लाना है। जब मुझे ट्रेनिंग पर नैनीताल भेजा गया था तो भी मात्र एक दिन पहले सूचित किया गया था और मैं लगातार आपके निर्देशों का अक्षरशः पालन व्यक्तिगत कठिनाई के बावजूद भी कर रहा हूँ। मुझे दुःख इस बात का है कि एक तो मुझे इटावा का चार्ज छोड़े बिना सीधे यहाँ भेज दिया गया, जबकि स्थानांतरण आदेश में सामान्यतः ऐसा नहीं होता है और अब मुझे यह निर्देश दिए गए हैं कि मैं इटावा न जाऊँ। इसी बीच मैंने कुछ अखबारों में समाचार पढ़ा, जिसमें मुझे 'डरपोक व अक्षम' कहा गया है। महोदय, यदि मैं किसी कार्य के लिए दोषी पाया जाऊँ तो मुझे अवश्य दंडित किया जाए, परंतु अखबारों में इस प्रकार के वक्तव्य देकर मुझे जिस प्रकार सार्वजनिक रूप से अपमानित करने एवं मनोबल तोड़ने का जो प्रयास किया गया, उससे केवल मैं ही नहीं, बल्कि मेरा परिवार भी मानसिक रूप से तनावग्रस्त हो गया है। तेरह वर्ष की सराहनीय सेवा के बाद मेरे ऊपर ऐसा सार्वजनिक रूप से आरोप लगाया जाएगा, इसकी मैंने कल्पना भी नहीं की थी। दुःख इस बात का और है कि मैं डरपोक व अक्षम रहते हुए भी चार महीने पूर्व माननीय मुख्यमंत्री के गृह जनपद का वरिष्ठ पुलिस अधीक्षक नियुक्त किया गया था, जबकि पुलिस अधीक्षक, सीतापुर का कार्यभार ग्रहण किए हुए मुझे मात्र नौ दिन हुए थे। महोदय, मैं जनपद बाराबंकी से हटने के बाद 6 महीने माननीय मुख्यमंत्री का संयुक्त सचिव रहा और उसी दौरान मेरी नियुक्ति जनपद बलिया व वरिष्ठ पुलिस अधीक्षक, सहारनपुर के पद पर हुई थी, परंतु व्यक्तिगत कारणों से मेरे अनुरोध पर मुझे 27वीं वाहिनी पी.ए.सी. नियुक्त किया गया था। मात्र 20 महीने में मुझे आठ बार स्थानांतरित किया गया, जिसमें दो स्थानांतरण आदेश निरस्त हुए और 6 जगहों पर मुझे आदेश के पालन में जाना पड़ा।

इस तरह के स्थानांतरण से केवल मुझे ही व्यक्तिगत रूप से परेशानी नहीं हुई, अपितु मेरे बच्चों का भविष्य भी अंधकारमय हो गया और अब मौजूदा स्थानांतरण के पालन करने के बाद जहाँ मुझे भेजा गया है, वहाँ मेरी पत्नी के इलाज की सुविधा नहीं है और व्यक्तिगत परेशानी भी है। जिस प्रकार से मेरे ऊपर पाबंदी लगाई गई है, वह कहाँ तक उचित है, इसका निर्णय मैं अपने वरिष्ठ अधिकारियों पर छोड़ता हूँ। मेरी पत्नी 'लो ब्लड प्रेशर' की मरीज है और मेरी तीन संतानें हैं, जिसमें सबसे बड़ी बेटी संगीता 7 साल, दूसरी बेटी वंदना 5 साल व सबसे छोटा पुत्र अपूर्व कृष्ण डेढ़ साल का है। मेरी पत्नी अकसर बीमार रहती है और मेरे पत्नी के साथ मेरे घर का अन्य कोई व्यक्ति मौजूद नहीं है। मौजूदा परिस्थिति में मेरा पूरा परिवार और भी तनावग्रस्त एवं मानसिक रूप से परेशान है।

मैं ईद के बाद इटावा कार्यभार छोड़ने तथा अन्य सरकारी कार्य करने तथा जॉइनिंग टाइम का उपभोग करने, अपना परिवार यहाँ अतिशीघ्र लाना चाहता हूँ। यदि इसके बाद भी इटावा न जाने के लिए कोई निर्देश देना चाहें तो कृपया तुरंत सूचित करने की कृपा करें, जिससे मैं उसके अनुसार कार्यक्रम बना सकूँ। यदि मुझसे कोई धृष्टता हुई हो तो कृपया क्षमा करने की कृपा करें।

भवदीय

(बृजलाल)

श्री जे. जैक्सन (आई.पी.एस.),
पुलिस महानिरीक्षक (कार्मिक),
पुलिस महानिदेशक, उ.प्र., लखनऊ।

प्रतिलिपि : 1. श्री बी.के. चौधरी, पुलिस महानिरीक्षक, पी.ए.सी. लखनऊ को सूचनार्थ।

2. श्री टी.के. जोशी, पुलिस उपमहानिरीक्षक, पी.ए.सी., पूर्वी अनुभाग वाराणसी को सूचनार्थ।

उपरोक्त पत्र के जवाब में मुझे आई.जी. कार्मिक जे. जैक्सन का जो पत्र 27 अप्रैल, 1990 को मिला, वह निम्न प्रकार है—

SECRET
Sri Brij Lal,
Commandant,
20th Bn PAC,
AZAMGARH

1. Kindly refer your letter No. Co/90 dated 25-4-1990.

2. I am desired to convey that you were directed to report for training at UP Administrative Academy, Nainital and from there to 20 PAC Azamgarh in the best interests of government work. According to you, some news papers have adversely reported about your work at Etawah. It is for you to give whatever weightage you deem appropriate to these media etc reports. The assessment of your performance will be made by DGP entirely on the basis of quality of your work and conduct during the relevant period and on no other considerations.

3. I am further desired to say that you may kindly appreciate that due to EID festival and other pressing law and order duties in the State, it is not possible to immediately accept your request to allow you to go to Etawah. As soon as there is slight improvement in this direction a further communication on your request will follow.

4. It is assured that your family is being looked after properly at Etawah. The local SP incharge Etawah is again being directed to see that all facilities are extended to them so that they do not face inconvenience on any account.

5. Kindly acknowledge receipt of the communictation.

(J. Jackson)
IG Karmik U.P.

No. DG -I-18(14)90

Lucknow : 27-4-90

एडिशनल एस.पी. इटावा मेरे परिवार की देखभाल करेंगे—

मैंने अपने पत्र में अपनी बीमार पत्नी, तीन छोटे बच्चों, जो सात साल से डेढ़ साल की उम्र के थे, के संबंध में लिखा था कि वे वहाँ अकेले हैं और उनकी देखभाल करने वाला कोई नहीं है, परंतु मेरा आग्रह स्वीकार नहीं किया

गया और आई.जी. कार्मिक ने अपने पत्र में लिखा कि अपर पुलिस अधीक्षक इटावा के.के. सक्सेना को निर्देशित किया गया है कि वे मेरे बच्चों की देखभाल करें, जो एक अजीबोगरीब और असंवेदनशील जवाब था। मैं फिर भी एक अनुशासित पुलिस अधिकारी की तरह अपने वरिष्ठ अधिकारियों के आदेश की प्रतीक्षा करता रहा कि वे मुझे इटावा जाकर पत्नी, बच्चों को आजमगढ़ लाने की अनुमति दें, परंतु मुझे अनुमति नहीं दी गई।

जब पुलिस महानिदेशक कार्यालय से मुझे इटावा जाने की अनुमति नहीं मिली तब मैंने अपने सेक्टर डी.आई.जी. पी.ए.सी. टी.के. जोशी को छुट्टी के लिए आवेदन दिया। सेक्टर डी.आई.जी. श्री टी.के. जोशी एक ईमानदार और निष्पक्ष अधिकारी थे। उन्होंने मुझसे कहा कि वे मुझे तीन दिन की छुट्टी दे रहे हैं, भले ही मुख्यमंत्री मुलायम सिंह यादव उनसे भी नाराज हो जाएँ। उन्होंने मेरी तीन दिन की छुट्टी स्वीकृत कर दी। मैं तुरंत इटावा गया। रिजर्व इंस्पेक्टर इटावा ने पुलिस लाइन में मेरी विदाई रखी थी। एडिशनल एस.पी. के.के. सक्सेना मेरी विदाई में औपचारिकता निभाने भी नहीं आए। शहर का कोई थानाध्यक्ष भी नहीं आया, क्योंकि उन्हें डर था कि उन्हें भी कहीं दंडित न कर दिया जाए। मैं अपने बच्चों को आजमगढ़ ले आया और पी.ए.सी. वाहिनी परिसर के एक मकान में रहने लगा।

पीलीभीत में अपनी नियुक्ति के दौरान मैंने पंजाब के आतंकवादियों के विरुद्ध काररवाई की थी और उन्हें पकड़ने के लिए अक्तूबर 1987 में स्वयं पंजाब गया था और वहाँ आठ दिन रहकर अमृतसर, तरनतारन, सिरहाली, हरीके, गुरदासपुर, जंडियालागुरु, बंडाला, बटाला आदि जगहों पर कुख्यात आतंकवादियों के घरों पर अपनी टीम के साथ छापे मारे थे। उस समय पंजाब के ऐसे हालात थे कि एडिशनल एस.पी. पीलीभीत के.के. सक्सेना और पाँच डिप्टी एस.पी. में से कोई भी डर के कारण मेरे साथ पंजाब जाने को तैयार नहीं हुए। मेरे द्वारा दो आतंकवादी पकड़े गए और उनकी पूछताछ के दौरान पीलीभीत, लखीमपुर खीरी तथा नैनीताल की कई आतंकवादी घटनाओं का परदाफाश हुआ था। पीलीभीत में आतंकवादियों तथा उनके समर्थकों की गिरफ्तारियाँ की गई थीं और सैकड़ों की संख्या में हथियार बरामद किए गए थे। मैंने जनरल वैद्य

हत्या केस के आतंकवादी 'हरजिंदर सिंह जिंदा' के फूफा सरदार रघुवीर सिंह के घर रमनगरा माधौटांडा में स्वयं रेड डाली थी और उसकी सेल्फ लोडिंग राइफल बरामद की थी। आतंकवादियों ने मुझे हिटलिस्ट में रख लिया था और तीन बार मेरे ऊपर हमला करने से पूर्व रेकी करने के लिए आतंकवादियों को भेजा गया था, जो नैनीताल में तथा मेरे द्वारा पीलीभीत में गिरफ्तार किए गए थे।

20वीं वाहिनी पी.ए.सी. में मैं मात्र तीन महीने नियुक्त रहा और मेरा पुन: स्थानांतरण ई.ओ.डब्ल्यू. सी.आई.डी. वाराणसी के पद पर कर दिया गया। उस समय सी.के. मलिक आई.जी. सुरक्षा ने मेरे सुरक्षा के संबंध में निम्नलिखित आदेश जारी किया था।

मेरे जीवन भय के संबंध में सुरक्षा व्यवस्था—

भारत सरकार की गुप्तचर एजेंसी के निर्देशों के बाद तत्कालीन आई.जी. सुरक्षा सी.के. मलिक (आई.पी.एस.-1963) ने मेरी सुरक्षा का आँकलन कराया था और मेरी सुरक्षा के बारे में आदेश 4 अगस्त, 1990 को निर्गत किया था, जो निम्न प्रकार है—

Inspector General of Police (Security)
Inteligence Department
Uttar Pradesh
Lucknow
Dated August 4, 1990

SECRET
DO No. H- 4 (13)88/STP/ETW

My dear Brij Lal,

Kindly refer to Do letter No. DG-III-246(73)-88 dated July 30, 1990 from A to DGP UP Lucknow regarding a report about your security arrangements.

2. I have gone through the file and seen all the papers pertaining to the threat perception to your life. At present you are posted in a Plain clothes organization hence the security scenario has changed for you. In the light of the changed circumstances the following security arrangements are necessary :-

(1) Two sentries should be mounted at your residence, one in the front and the other in the rear.

(2) There should be a gunner always with you who should sit in the front seat of your car. This gunner should carry a stengun. He will remain with you whenever you move out of your residence on any visit official or private.

(3) An Escort Vehicle will follow your vehicle. In the Escort vehicle there should be one Section of PAC armed with SLRs. You have been provided with 1 platoon of PAC and 1 Section of PAC must be on duty for 8 hours wherever your location is.

3. Since you are in a high risk category and the threat perception to your life is quite high, you should take all possible measures regarding your security. There should be check of visitors both at your residence and in your office and no one should be allowed to meet you with arms. Anything of importance should be communicated to me immediately. We are endorsing a copy of this letter to SSP Varanasi to provide you with a gunner and guard having strength of 2 HCs and 8 Constables, One Platoon of PAC has already been provided by DIG PAC Hqrs. The Escort vehicle has already been provided by A To DGP to you, You may retain these arrangement till further orders.

Yours sincerely.
Sd/-
(C.K. Mallick)

Sri Brij Lal,
SP EOW CID UP
VARANASI

1. Copy to SSP Varanasi with the request that a Gunner and an AP Guard of 2 HCs and 8 Constables should be provided to Sri Brij Lal immediately. He should also collect intelligence regarding the threat perception to the life of Sri Brij Lal and review the security arrangements from time to time, In Case of necessity the security arrangements, should be further strengthened.

2. The Dy. Inspector General of Police Varanasi Range, Varanasi for information and necessary action.

3. The Inspr. Genl of Police Zone Gorakhpur.

4. SP(R) INT Varansi with the request that intelligence should be collected about the threat perception to the life of Sri Brij lal and report send to me.

5. DIG PAC Hqrs, Lucknow with the request that one platoon of PAC armed with SLRs should be continued with sri Brij Lal SP Eow Varanasi.

6. The Inspr.General of Police EOW Lucknow.

7. Copy also forwarded to Sri DP Sinha A to DGP UP Lucknow for favour of kind perusal and information of DG Police.

(C.K. Mallick)
IG SECURITY INT UP

उस समय तक आजमगढ़ पी.ए.सी. वाहिनी में सेनानायक का मकान नहीं बना था। मेरे पूर्वाधिकारी सरकारी कॉलोनी, आजमगढ़ में रहते थे। अपनी सुरक्षा में लगाए गए एक प्लाटून पी.ए.सी. लगभग चौबीस जवानों को जिलाधिकारी पूल के मकान पर आवासित नहीं किया जा सकता था। वाहिनी में पहले से तीन मकान बने थे, जिसमें डिप्टी एस.पी. स्तर के अधिकारी रह रहे थे। मैं वाहिनी परिसर में ही पुलिस उपाधीक्षक स्तर के मकान, जो पूरी तरह तैयार नहीं था, में अपने परिवार के साथ रहने लगा और वहीं पर टेंट में मेरे सुरक्षाकर्मी भी रहने लगे। मैंने अपनी पत्नी से कहा था कि सरकार ने हमें नर्क समझकर यहाँ तैनात किया है, परंतु हम यहाँ स्वर्ग समझकर रहेंगे। सरकारी सेवा से पहले हम लोग गाँव के कच्चे मकान में रहते थे, यहाँ तो पक्का मकान है, इससे अधिक हमें क्या चाहिए।

पी.ए.सी. बटालियन के आसपास स्कूल नहीं था। पी.ए.सी. कर्मियों के बच्चे पी.ए.सी. के एक ट्रक से 13-14 किलोमीटर दूर आजमगढ़ कस्बे में पढ़ने जाते थे। वहाँ भी कोई अच्छा स्कूल नहीं था, जिसके कारण मैंने अपने बच्चों को सरस्वती शिशु मंदिर आजमगढ़ में पढ़ाना शुरू किया। मुख्यमंत्री द्वारा मुझे परेशान करने के लिए बार-बार तबादला किया जा रहा था। सरस्वती शिशु मंदिर की ड्रेस और पाठ्यक्रम हर जगह एक होता है। यहाँ पर बच्चों को

पढ़ाई के साथ भारतीय संस्कार के बारे में भी शिक्षा दी जाती है। मुझे आशंका थी कि सरकार द्वारा मेरा यहाँ से भी तबादला किया जाएगा। दूसरे स्थान पर जाने पर मुझे बच्चों की पढ़ाई के लिए शिशु मंदिर अवश्य मिल जाएगा। उसी समय से मेरी दोनों बेटियाँ डॉ. संगीता लाल और श्रीमती वंदना सिंह ने शिशु मंदिर से ही पढ़ाई पूरी की।

मेरे बच्चे भी पी.ए.सी. ट्रक से स्कूल बटालियन के बच्चों के साथ आते-जाते थे। मैं वहाँ बड़ा प्रसन्न था कि अब यहाँ से मेरा स्थानांतरण नहीं होगा। मैं मार्च 1979 में छह महीने के लिए आजमगढ़ में जिला ट्रेनिंग के लिए सहायक पुलिस अधीक्षक तैनात रह चुका था। तीन-चार परिवारों से मेरे पारिवारिक संबंध भी बन गए थे। पी.ए.सी. बटालियन में मुझसे जिला पुलिस का कोई अधिकारी मिलने नहीं आता था, क्योंकि उन्हें भय था कि मुख्यमंत्री मुलायम सिंह यादव को जानकारी होने पर उन्हें भी परेशान किया जा सकता है। ग्राम जमुंआवा थाना बरदह के अध्यापक हरिकुँवर राय और उनके भाई हरिकेश राय मुझसे अकसर मिलने आया करते थे।

ई.ओ.डब्ल्यू. वाराणसी में स्थानांतरण

जब मैं आजमगढ़ आया था, तब मैंने अपनी पत्नी से कहा था कि सरकार ने हमें नर्क समझकर यहाँ तैनात किया है, परंतु हम लोग इसे स्वर्ग समझकर रहेंगे। मैंने उनसे कहा कि हम लोगों ने गाँव के कच्चे मकान में बिना बिजली-पानी के सुख-शांति के साथ जीवन बिताया है, यहाँ तो पक्का मकान है और बिजली की व्यवस्था भी है। सेनानायक का मकान निर्मित न होने के कारण, मैं डिप्टी एस.पी. रैंक के अधिकारी के लिए निर्मित मकान में आवासित था, जहाँ बिजली तक नहीं लगी थी और न ही पीने के पानी की व्यवस्था थी। मैंने तार खींचकर कामचलाऊ बिजली की व्यवस्था की और हैंडपंप लगवाकर पीने के पानी की व्यवस्था करवाई। अर्धनिर्मित मकान के आसपास स्थलीय विकास नहीं हुआ था, जिसमें पानी भरा रहता था। मुझे हमेशा आशंका रहती थी कि मेरे डेढ़ साल के अबोध बेटे अपूर्व कृष्ण के साथ कोई अप्रिय घटना न हो जाए, जो खेलते-खेलते पानी भरे गहरे गड्ढे के पास पहुँच जाता था।

23 जुलाई, 1990 को सुबह करीब 5 बजे मुझे रेडियोग्राम से स्थानांतरण आदेश मिला और मैं उसे पढ़ ही रहा था, तभी मेरी पत्नी ने मेरे चेहरे का भाव देखकर पूछा कि क्या बात है? मैंने उनसे कहा कि हम लोगों को नर्क में भी जगह नहीं मिली। तुम बच्चों के साथ यहीं रहो, मैं अपने नवनियुक्त स्थान पर प्रस्थान कर रहा हूँ। मैंने सुबह 8 बजे कार्यालय खुलवाया और चार्ज देने के बाद अपनी स्कोर्ट जीप से ई.ओ.डब्ल्यू., सी.आई.डी. दफ्तर वाराणसी पहुँचा। मैंने उसी दिन 10 बजे चार्ज ले लिया।

मैंने पुलिस महानिदेशक, डॉ. आर.पी. माथुर को फोन किया, परंतु उन्होंने मुझसे बात नहीं की। मैंने जे. जैक्सन, आई.जी. कार्मिक को टेलीफोन करके बताया कि मैंने आदेश का पालन कर लिया है। उन्हें विश्वास नहीं था कि आदेश प्राप्त होने के चार घंटे के अंदर ही मैं नवनियुक्त स्थान पर जॉइन कर लूँगा। मैंने उन्हें यह भी बताया कि वे अपने उच्च अधिकारियों को बता दें कि आदेश का अनुपालन हो गया है।

जे. जैक्सन (आई.पी.एस. 1959) एक ईमानदार तथा ईश्वर में विश्वास करने वाले सीधे-सादे किस्म के अधिकारी थे, परंतु वे बहुत ही कमजोर थे। जो भलाई का कार्य उनके स्तर से हो सकता था, उसे भी वे नहीं कर पाते थे और शासन के आदेशों का तत्परता से पालन कराते थे। उनमें अपने वरिष्ठ अधिकारियों के गलत आदेशों के प्रतिवाद करने की क्षमता भी नहीं थी। जब वे डी.आई.जी. रेंज लखनऊ के पद पर तैनात थे, उस समय मैं लखनऊ का एस.पी. सिटी था। मैंने उन्हें टेलीफोन पर यह जरूर कहा कि जिस प्रकार मुझे परेशान किया जा रहा है, इसके लिए वे स्वयं भी अपने आपको माफ नहीं कर पाएँगे।

मैंने डी.आई.जी. इंटेलीजेंस पी.एस.बी. प्रसाद (आई.पी.एस.-1968) को फोन किया। जब वे डी.आई.जी. रेंज फैजाबाद थे, तब मैं उनके अधीनस्थ बाराबंकी जिले का एस.पी. था। उन्होंने टेलीफोन पर ही कहा कि "What is happening with you." मैंने उनसे कहा कि "It happens Sir." तो उन्होंने कहा, "It never happens everyday my son." यह कहते-कहते उनका गला भर आया और वे आगे कुछ बोलने की स्थिति में

नहीं थे। मैंने उनसे अनुरोध किया कि वे मेरे बड़े भाई की तरह हैं, वे कृपया भावुक न हों, नहीं तो मेरा मनोबल गिर जाएगा। उनके निर्देशानुसार मैं लखनऊ आया और उनसे मिला। उन्होंने मुझे सुझाव दिया कि मैं मुख्यमंत्री से मिलूँ और उनसे कहूँ कि मुझसे जो गलती हुई है, उसके लिए माफी माँगता हूँ, मुझे क्षमा कर दें।

मैंने दूसरे दिन सोचकर जवाब देने के लिए कहा। दूसरे दिन मैं उनसे मिला और कहा कि मैं मुख्यमंत्री से नहीं मिलूँगा। मैंने उनसे कहा कि मुख्यमंत्री मुझे अपमानित कर सकते हैं। मैं एक गरीब घर से आया हूँ, लेकिन स्वाभिमानी हूँ। मेरे यहाँ कहा जाता है कि तुमणी (लौकी का कमंडल) लेकर भीख माँगने गए थे, भीख तो मिली नहीं, तुमणी और तोड़ दी गई। मेरी अंतरात्मा कह रही है कि यदि मैं मुख्यमंत्री से भिक्षा माँगने गया तो मुझे भिक्षा नहीं मिलनी है, तुमणी अवश्य तोड़ दी जाएगी, इससे मुझे आत्मग्लानि होगी और मैं अपने आप को माफ नहीं कर पाऊँगा। कोई व्यक्ति दूसरे को मूर्ख बना सकता है, लेकिन अपनी अंतरात्मा को नही। मैंने निश्चय किया है कि मैं मुख्यमंत्री से नहीं मिलूँगा। मैंने कोई गलती नहीं की है, इसलिए क्षमा माँगने का तो प्रश्न ही नहीं उठता है। मैंने उनसे यह भी कहा कि मैं एक गरीब परिवार से अपनी मेहनत के बल पर भारतीय पुलिस सेवा में आया हूँ। मैं सच्चाई के रास्ते पर चल रहा हूँ, इसलिए मुझे पूर्ण विश्वास है कि ईश्वर मेरी मदद करेगा। भारतीय पुलिस सेवा की नौकरी बड़ी मेहनत के बाद मिलती है, परंतु संसार की कोई भी शक्ति इससे वंचित नहीं कर सकती। इसके बावजूद भी यदि मेरी नियति में यही लिखा है तो मैं पढ़ा-लिखा हूँ, अपने बच्चों का पालन-पोषण कर सकता हूँ।

मुझे उस समय सरदार वल्लभ भाई पटेल राष्ट्रीय पुलिस अकादमी, हैदराबाद के निदेशक राजदेव सिंह (आई.पी.एस.-1948) का आह्वान याद आया, जो उन्होंने हम लोगों को पहली बार वरदी धारण परेड के अवसर पर 21 नवंबर, 1977 को दिया था। उनके उद्बोधन को मैं यहाँ हूबहू उद्धृत कर रहा हूँ, जो इस प्रकार है—

निदेशक का आह्वान

1. "आज आप सभी को वर्दी धारण परेड के पवित्र और सुखद अवसर पर मैं भारतीय पुलिस संवर्ग में आप सबका हार्दिक स्वागत करता हूँ। आप कानून को लागू करने, उसके प्रवर्तन के पवित्र कार्य को पूरा करने के लिए अपने देशवासियों के बहुत ही चुने तबके के सदस्य बने हैं।
2. आपको बड़े ही सुंदर नक्षत्र में ये 'नक्षत्र' प्राप्त हुए हैं। यह उत्तरोत्तर और चमकता रहे, यही हमारी शुभकामना है।
3. अब आप पाँच लाख से भी अधिक भारतीय पुलिस दल के विशाल परिवार के सदस्य हैं। यह आप सबका सतत चिंतन होगा कि किस प्रकार अपने देशवासियों की सेवा पूर्ण सक्षमता तथा निष्ठा से करें। एक ही तरह की पोशाक तथा एक ही लक्ष्य के लिए काम कर रहे अधिकारियों और जवानों के बीच एक अटूट संबंध होता है। सच तो यह है कि पुलिस परिवार के नेता वर्ग के सदस्य के रूप में आपकी यह प्रमुख जिम्मेदारी होगी कि आप उनके कल्याण तथा सर्वतोमुखी सुख को बढ़ाने में कुछ भी उठा न रखें।
4. समय-समय पर बनाए गए कानूनों को बिना भय अथवा पक्षपात के लागू करने के लिए ही आपके देशवासियों ने आपको चुना है। आप सदा ध्यान में रखें कि लोगों की सर्वतोमुखी सुरक्षा के लिए इन कानूनों का पूर्ण रूप से पालन किया जाए और करुण भावना के साथ दुष्टों का दमन किया जाए।
5. जब तक आप इस वरदी को धारण करें, सदा ध्यान में रखें कि हमारे समाज के प्रत्येक सदस्य को यह अमिट अधिकार प्राप्त है कि उसके साथ मर्यादापूर्वक सद्व्यवहार किया जाए। समाज के उन सदस्यों को भी, जो कि अपराध करते हैं, अधिकार है कि खाकी वरदी पहने हुए लोग उनकी मान-मर्यादा को ध्यान में रखते हुए उनके साथ व्यवहार करें।

6. खाकी वरदी पहने व्यक्ति को चाहिए कि सभी परिस्थितियों में वह हिंसा से दूर रहे। मैं दोहराता हूँ, किसी भी कीमत पर।
7. खाकी आपको याद दिलाती है कि आप अपनी जिम्मेदारी के प्रति सदा सतर्क रहें तथा अपने देशवासियों के साथ व्यवहार में विनम्र रहें।
8. खाकी आपके लिए देश के कानूनों की परिधि में ही पूर्ण रूप से अपने आचरण को नियंत्रित रखने के लिए अंकुश है।
9. खाकी आपको सच्चाई से तथा निर्भय होकर सेवा करने की प्रेरणा देती है।
10. आपने अपनी ही इच्छा से अपने देश की पुकार को स्वीकार करने के लिए विधि प्रवर्तन अधिकारी के रूप में अपने को समर्पित किया है। खाकी वरदी आपको इस पद के योग्य अधिकार तथा उत्तरदायित्व प्रदान करती है। सर्वदा ध्यान में रखें कि कानूनों में से किसी भी एक का उल्लंघन कितना ही नगण्य क्यों न हो, आपके लिए देश के किसी भी नागरिक द्वारा किए गए जघन्य अपराधों से भी अधिक जघन्य माना जाएगा।
11. आपका सितारा प्रत्येक पग पर बढ़ता जाएगा। यह आपके पसीने की कमाई है। यह आज आपके कंधों की शोभा है। आप अपने देश, अपने लोगों तथा पुलिस दल की पूर्ण निष्ठा से सेवा करने का संकल्प लेकर इसके लिए आवश्यक ज्ञान और कौशल अर्जन करने के लिए इस अकादमी में आए हैं।
12. आपने अपने प्रयास से जो अर्जित किया है, वह आपकी वस्तु है।
13. सदा याद रखें—सोने की कोई भी खान इन सितारों को खरीद नहीं सकती।

    ध्यान रखें—संसार की कोई भी शक्ति आपको इससे वंचित नहीं कर सकती। हाँ, यदि आप ही इसे चाहें तो दो तरह से इन्हें खो सकते हैं—पहला, अपनी इच्छा से तथा दूसरा अपने विवेकहीन दुष्कर्म से।

14. भगवान् आपको शक्ति दें, सद्बुद्धि दें तथा निष्ठा दें, ताकि आप समाज के उस विश्वास के योग्य बन सकें, जिसका खाकी, जो आज आपने धारण किया है, एक निःसंशय निशान है।

सर्वे भवन्तु सुखिनः।
सर्वे सन्तु निरामयाः।
सर्वे भद्राणि पश्यन्तु।
मा कष्चिद् दुःख भाग्भवेत्।

सभी सुखी हों,
सभी निरोग रहें।
सबका कल्याण हो।
किसी को किसी प्रकार का दुःख न हो।"

दो पृष्ठ के इस संबोधन में एक पुलिसकर्मी के लिए पुलिस सेवा का पूरा दर्शन समाहित है। मैंने अपने गुरु राजदेव सिंह के उस संबोधन के शब्दों को गाँठ बाँधकर रख लिया और पूरे साढ़े सैंतीस वर्ष की पुलिस सेवा में उससे टस-से-मस नहीं हुआ। हालाँकि मेरा कुछ राजनीतिक हस्तियों ने जल्दी-जल्दी स्थानांतरण किए, क्योंकि मैं उनके अनुसार काम नहीं करना चाहता था, जो नियम विरुद्ध थे। अपने पूरे सेवाकाल के दौरान सबसे अधिक परेशानी व कष्ट मुझे इटावा के चौरासी दिन के कार्यकाल में मिला, जिसका खामियाजा मैंने अपने पूरे सेवाकाल में भुगता, जब-जब उत्तर प्रदेश में मुलायम सिंह यादव और उनकी समाजवादी पार्टी की सरकार बनी। सच्चाई ने मेरा साथ दिया और मुझे अपने गुरु के एक-एक शब्द ने संबल प्रदान किया। मेरे गुरु राजदेव सिंह हमेशा कहा करते थे—

"आपने अपने प्रयास से जो अर्जित किया है, वह आपकी वस्तु है।

सदा याद रखें—सोने की कोई भी खान इन सितारों को खरीद नहीं सकती।"

□

मुलायम सिंह यादव का विधानसभा चुनाव (1991) काउंटरमांड

वर्ष 1989 में मुलायम सिंह यादव, जनता दल से अपनी घर की विधानसभा सीट जसवंत नगर से चुनाव जीते और पहली बार प्रदेश के मुख्यमंत्री बने। वर्ष 1991 में जनता दल की सरकार गिर गई और मई-जून 1991 में पुनः विधानसभा आम चुनाव हुए। चुनाव की सरगरमी जसवंत नगर के इर्द-गिर्द चल रही थी। समाजवादी पार्टी येन-केन-प्रकारेण जसवंत नगर सीट जीतना चाहती थी। नरेंद्र कुमार यादव को जसवंत नगर का इंस्पेक्टर बनाया गया, जिनसे अपेक्षा की जाती थी कि वे यादव होने के कारण समाजवादी पार्टी की खुलकर मदद करेंगे। चुनाव के समय लाइसेंसी हथियार जमा कराए जाते थे। इंस्पेक्टर यादव से कहा गया कि वे उनके विरोधी दर्शन सिंह यादव और उनके समर्थकों के हथियार जमा करवा लें। इंस्पेक्टर यादव ने कहा कि हथियार तो सत्तारूढ़ पार्टी के समर्थकों के भी जमा कराए जाएँगे। इस पर जनता दल के एक बड़े नेता बिगड़ गए और बोले कि हम तो शासन में हैं, हमारे हथियार कैसे जमा हो सकते हैं? इंस्पेक्टर यादव ने निर्णय लिया कि यदि सत्ताधारी पार्टी के हथियार जमा नहीं होंगे तो कांग्रेस पार्टी से चुनाव लड़ रहे दर्शन सिंह यादव और उनके समर्थकों के भी हथियार जमा नहीं किए जाएँगे। इंस्पेक्टर यादव का तबादला तो उसी समय हो गया होता, परंतु आचार संहिता लगी होने के कारण वे चाहकर भी नहीं करवा पाए। समाजवादी पार्टी के बड़े नेता ने उन्हें कई सूचियाँ दीं कि दर्शन सिंह की पार्टी के लोगों को जेल भेज दिया जाए, जिससे वे चुनाव के समय प्रचार न कर पाएँ। जसवंत नगर के

नगर पालिका चेयरमैन अमर नाथ गुप्ता, दर्शन सिंह यादव के आदमी थे और कस्बे में उनकी अच्छी पकड़ थी। इंस्पेक्टर यादव के पास 10 किग्रा. चरस भेज दी गई और कहा गया कि चेयरमैन गुप्ता को नार्कोटिक्स एक्ट में बंद कर दिया जाए। इतनी बड़ी चरस की बरामदगी पर गुप्ता को कम-से-कम 10 वर्ष की सजा निश्चित थी, क्योंकि न्यायालय इससे कम सजा दे ही नहीं सकती थी। इंस्पेक्टर यादव ने साफ मना कर दिया और कहा कि उनके हाथ से यह पाप नहीं हो पाएगा। चुनाव के दिन जैसी कि अपेक्षा थी, पूरे जसवंत नगर क्षेत्र में बूथों पर कब्जा, मारपीट और आगजनी शुरू हो गई। इंस्पेक्टर यादव को अपने थाने से हटाकर चुनाव ड्यूटी के लिए थाना सिविल लाइंस भेज दिया गया था। इसी बीच जसवंत नगर में 3-4 हत्याएँ हो गईं, तब उन्हें अपने क्षेत्र जसवंत नगर में वापस जाने दिया गया।

डाकू मानसिंह का पुत्र तहसीलदार सिंह भी चुनाव लड़ रहा था, जो खेड़ा राठौड़ आगरा का रहने वाला था। तहसीलदार सिंह ने 10-12 मत पेटियाँ कुएँ में डाल दीं। कांग्रेस प्रत्याशी दर्शन सिंह की गाड़ी फूँक दी गई और उन्हीं के लोग मारे गए। चुनाव आयोग ने जसवंत नगर विधानसभा का चुनाव काउंटरमांड कर दिया। इसी बीच जनता दल में नंबर दो की हैसियत रखने वाले मुख्यमंत्री परिवार के नेता ने 4 जून, 1991 को एस.एस.पी. हिम्मत सिंह (आई.पी.एस. 1980) पर दबाव डाल कर आखिरकार इंस्पेक्टर नरेंद्र कुमार यादव को सस्पेंड करवा ही दिया। चुनाव के बाद प्रदेश में कल्याण सिंह के नेतृत्व में भारतीय जनता पार्टी की सरकार बनी और इंस्पेक्टर यादव को तुरंत बहाल करके आजमगढ़ में तैनाती दी गई।

समाजवादी पार्टी ने इंस्पेक्टर यादव का यहीं पीछा नहीं छोड़ा। जब पुनः प्रदेश में समाजवादी पार्टी की सरकार बनी तो उन पर नजर रखी जाने लगी। पार्टी के एक कद्दावर नेता लखनऊ के चारबाग रेलवे स्टेशन पर उतरे। इंस्पेक्टर यादव, मंत्रीजी को रिसीव करने गए थे, क्योंकि वे उस समय इंस्पेक्टर जी.आर.पी. लखनऊ तैनात थे। मंत्रीजी की नजर इंस्पेक्टर यादव पर पड़ी और वे बोल पड़े कि तुम यहाँ हो। दूसरे दिन ही उनका तबादला सहकारिता सेल, मुरादाबाद में कर दिया गया। इंस्पेक्टर यादव देवरिया जिले

में सदर कोतवाली के भी इंस्पेक्टर रहे और उसी दौरान एक मामले में मुलायम सिंह यादव वहाँ धरना प्रदर्शन के लिए गए थे। शांतिभंग के दृष्टिगत उन्हें गिरफ्तार करके वाराणसी जेल भेज दिया गया था। मुलायम सिंह यादव ने अपनी पार्टी के सांसद आजमगढ़ के ईश दत्त यादव से संसद में विशेषाधिकार हनन का मामला उठवाया। यह मामला विशेषाधिकार समिति में श्रीमती नजमा हेपतुल्ला के पास भेजा गया, जो विशेषाधिकार समिति की अध्यक्ष थी। इंस्पेक्टर नरेंद्र कुमार यादव समिति के समक्ष क्षमा माँगकर बच गए।

□

मुलायम सिंह यादव के प्रिय पुलिस अधिकारी

मुलायम सिंह यादव इटावा में तैनात होने वाले पुलिस और अन्य विभाग के अधिकारियों से अपेक्षा रखते थे कि वे उनकी इच्छा के अनुसार कार्य करें। जो अधिकारी उनकी इच्छा के अनुसार कार्य करता था, वह उनका हमेशा कृपापात्र रहता था। जलालपुर अंबेडकरनगर निवासी प्रमोटी आई.पी. एस. अधिकारी अहमद हसन, 5 जुलाई, 1976 से 10 जुलाई, 1979 तक इटावा के वरिष्ठ पुलिस अधीक्षक रहे और मुलायम सिंह यादव के बहुत नजदीक थे। आपातकाल के बाद मुलायम सिंह यादव पहली बार मुख्यमंत्री रामनरेश यादव की कैबिनेट में मंत्री बने। अहमद हसन की नजदीकियाँ उनसे लगातार बढ़ती गईं और गोरखपुर में रेंज डी.आई.जी. के पद से सेवानिवृत्त होकर वे मुलायम सिंह यादव की पार्टी में शामिल हो गए। मुलायम सिंह यादव और उनके पुत्र अखिलेश ने उन्हें हमेशा अपनी कैबिनेट में मंत्री बनाया और वे हमेशा उनकी पार्टी के पहली कतार के नेता बने रहे।

इटावा में पहले तैनात रहे अधिकारियों जे.एस. घुंगेश, ए. पलनीवेल, ओ.पी. त्रिपाठी, वी.के. अग्रवाल, जी.एल. मीणा, रामेंद्र विक्रम सिंह, अखिलेश मेहरोत्रा, जी.के.गोस्वामी, आशुतोष पांडेय आदि को समाजवादी सरकार में हमेशा महत्त्वपूर्ण पद मिलते रहे। ए. पलनीवेल (आई.पी.एस.-1974) तो इतने नजदीक थे कि उनका राजनीतिक कार्यक्रमों में भी प्रयोग किया जाता था। मुलायम सिंह यादव ने तमिलनाडु में कई जनसभाएँ कीं। उनकी सभाओं में ए. पलनीवेल उनके भाषणों को तमिल भाषा में रूपांतर करके बोलते थे। सरकारी सेवा में कार्यरत कोई भी अधिकारी राजनीतिक

सभाओं में ऐसा नहीं कर सकता, क्योंकि यह सेवा नियमावली के विरुद्ध है। ऐसा कार्य करने वाले अधिकारियों के विरुद्ध विभागीय कारवाई की जाती है, परंतु नेताजी के लिए अधिकारी की सेवा नियमावली से कोई मतलब नहीं था। ए. पलनीवेल भी खुशी-खुशी उनके लिए द्विभाषिए का काम करते थे। जिस अधिकारी ने उनकी मर्जी के विरुद्ध निष्पक्ष तरीके से काम किया, उन्हें टारगेट बनाकर महत्त्वहीन पदों पर तैनात किया गया और उनके विरुद्ध जाँच कराकर प्रताड़ित भी किया गया। मुझसे और एस.एन. सिंह (आई.पी.एस.-1979) से वे सबसे अधिक नाराज रहे और फर्जी तथ्यों पर आधारित मुकदमों में सी.आई.डी. जाँच कराकर जेल भेजने तक का प्रयास किया। मैं, पूरे सेवाकाल में उनके, उनके पुत्र अखिलेश यादव और भाई शिवपाल सिंह यादव के भी निशाने पर रहा।

एस.एन. सिंह (आई.पी.एस. 1979) भारतीय जनता पार्टी सरकार में 8 जुलाई, 1991 से लेकर 2 जुलाई, 1992 तक इटावा के एस.एस.पी. रहे। एस.एन. सिंह के कार्यकाल में थाना औरैया में पुलिस कस्टडी में एक व्यक्ति की मृत्यु हो गई थी, जिस पर एस.एन. सिंह ने त्वरित कारवाई करते हुए पुलिसकर्मियों के विरुद्ध मुकदमा पंजीकृत करके उन्हें निलंबित कर दिया था। 1993 में मुलायम सिंह के नेतृत्व में उत्तर प्रदेश में जनता दल की सरकार बनी। सरकार बनते ही बी.जे.पी. की सरकार में तैनात रहे एस.एन. सिंह को भी दंडित करने का ताना-बाना बुना जाने लगा। पुलिस कस्टडी में हुई मृत्यु की जाँच, फर्रुखाबाद में तैनात अपर पुलिस अधीक्षक, रामेंद्र विक्रम सिंह को सौंपी गई, जो पहले इटावा में अपर पुलिस अधीक्षक तैनात रह चुके थे। उन्होंने अपनी जाँच में लिख दिया कि पुलिस कस्टडी में मरने वाले व्यक्ति को एस.एस.पी., एस.एन. सिंह ने भी पीटा था, जिसके आधार पर वे भी अन्य पुलिसकर्मियों के साथ हत्या के आरोपी बना दिए गए। काफी दिनों तक सी.आई.डी. जाँच चलती रही और परिस्थितियाँ अनुकूल होने पर डिप्टी एस.पी., ए.के. उपाध्याय ने निष्पक्षता से जाँच करके उन्हें क्लीन चिट दी। रामेंद्र विक्रम सिंह का सर्विस रिकॉर्ड बहुत खराब था। पुरस्कारस्वरूप उनके सभी एडवर्स रिमार्क उत्तर प्रदेश शासन द्वारा खत्म कर दिए गए और आई.पी.

एस. में प्रोन्नत होकर वे एक जिले के पुलिस अधीक्षक बना दिए गए। वर्ष 2004 में समाजवादी पार्टी की सरकार आने पर उन्हें एस.एस.पी. कानपुर का महत्त्वपूर्ण पद दिया गया और प्रोन्नत होने पर वे कई महत्त्वपूर्ण पदों पर तैनात रहे। रामेंद्र विक्रम कहा करते थे कि वे मुलायम सिंह यादव की कृपा से आई.पी.एस. में प्रोन्नत हुए और महत्त्वपूर्ण पदों पर तैनात रहकर डी.आई.जी. पद से सेवानिवृत्त हुए, अन्यथा वे एडिशनल एस.पी. के पद से ही सेवानिवृत्त हो जाते।

□

सी.आई.डी. जाँच के आधार पर विभागीय कारवाई

जैसी कि आशंका थी कि एस.के.ए. रिजवी एस.पी., सी.आई.डी. के नेतृत्व में गठित टीम ने दो हफ्ते में जाँच करके अपनी रिपोर्ट शासन को प्रेषित कर दी और मुख्यमंत्री के भाई शिवपाल सिंह यादव तथा उनके सभी सहयोगियों को क्लीन चिट दे दी गई, जो जबरन जमीन पर कब्जा कर रहे थे और थानाध्यक्ष शाह आलम खान के साथ मारपीट की थी। थानाध्यक्ष शाह आलम खान के विरुद्ध विभिन्न धाराओं में मुकदमा चलाने की अनुमति उत्तर प्रदेश शासन ने सी.आई.डी. की रिपोर्ट के आधार पर दे दी। मेरे विरुद्ध सी.आई. डी. द्वारा विभागीय कारवाई की संस्तुति की गई, जिसके आधार पर गृह सचिव, उ.प्र. शासन आदित्य कुमार रस्तोगी ने 23 मई, 1991 को मेरे विरुद्ध विभागीय कारवाई करने का निर्णय लिया। विभागीय कारवाई के लिए सी.एल. वासन, पुलिस महानिरीक्षक, उत्तर प्रदेश राज्य विद्युत परिषद्, लखनऊ को 'जाँच अधिकारी' नियुक्त किया गया तथा आरोपों के संबंध में तथ्य प्रस्तुत करने हेतु ए.के. मित्रा, (आई.पी.एस.–1970) पुलिस उपमहानिरीक्षक, पी.टी.सी. तृतीय, सीतापुर को 'प्रस्तुतकर्ता अधिकारी' नियुक्त किया गया। जाँच अधिकारी को मेरे विरुद्ध आरोप-पत्र तैयार करके शासन का अनुमोदन प्राप्त करने के उपरांत उसे मुझे उपलब्ध कराने का निर्देश दिया गया। जाँच की कारवाई दो महीने में निस्तारित करने का भी आदेश दिया गया था।

विभागीय कारवाई का आरोप पत्र

उत्तर प्रदेश सरकार गृह (पुलिस सेवाएँ) अनुभाग-2 संख्या 4003/छह-पु.से.-2-26/(18)81, 11 जून, 1991 द्वारा जारी किए गए कार्यालय ज्ञापन

द्वारा मुझे विभागीय कारवाई का आरोप-पत्र दिया गया, जो निम्न प्रकार है—

"यह कि आप श्री बृजलाल अप्रैल 1990 में जब वरिष्ठ पुलिस अधीक्षक, इटावा के पद पर तैनात थे तो उस समय दिनांक 9-4-90 को अपराह्न 3:00 बजे के लगभग आप थाना सिविल लाइंस, इटावा गए थे। उस समय अभियोग अपराध सं.-102/90 से संबंधित 22 व्यक्ति थाने में उपस्थित थे, जिनमें से अधिकांश गरीब मजदूर थे तथा 5 व्यक्ति लगभग 15 वर्ष की आयु के थे, जिनमें 2-3 छात्र भी थे। इन व्यक्तियों द्वारा यह बताने पर कि भूखंड विवाद से उनका कोई संबंध नहीं है और वे मात्र मजदूरी करने आए थे। आपके द्वारा उनकी बात नहीं सुनी गई और न ही उनके संबंध में आपके द्वारा समुचित कारवाई की गई। श्री शिवपाल सिंह, अध्यक्ष जिला सहकारी बैंक इटावा द्वारा टेलीफोन करके बुलाने पर, स्थिति की गंभीरता से अवगत होते हुए भी आप तत्काल थाने में नहीं पहुँचे। फलस्वरूप थाना सिविल लाइंस, इटावा पर गंभीर घटना घटित हुई और गरीब मजदूरों व कम आयु के छात्रों के साथ ज्यादती हुई, जिसके कारण पुलिस की छवि धूमिल हुई। यदि आपके द्वारा स्थिति को गंभीरता से लिया जाता तथा श्री शिवपाल सिंह से सूचना मिलने पर आप तत्काल थाने पर पहुँचकर समुचित कारवाई सुनिश्चित कर लेते तो संभवतः उक्त अप्रिय घटना न घटित होती।

भारतीय पुलिस सेवा के एक उत्तरदायी एवं अनुशासनबद्ध अधिकारी होते हुए भी आपने ज्येष्ठ पुलिस अधीक्षक के रूप में अपने दायित्व के प्रति उदासीनता एवं लापरवाही बरती तथा अपने अधीनस्थ कर्मचारीगण पर आपका नियंत्रण शिथिल पाया गया। अतः आप अपने कर्तव्यों के निर्वहन में अनुत्तरदायित्वपूर्ण आचरण करने एवं कर्तव्यपालन से विमुख रहते हुए ऑल इंडिया सर्विसेज (कंडक्ट) रूल्स, 1968 के रूल-3(1) के उल्लंघन के दोषी हैं।

राज्यपाल की आज्ञा से,

हस्ताक्षर

(आदित्य कुमार रस्तोगी)

गृह सचिव

उत्तर प्रदेश शासन।

आरोप–पत्र में लिखा गया था कि मैं सिविल लाइंस, इटावा अपराह्न 3.00 बजे गया था, जहाँ उस समय अभियोग अपराध सं.–102/90 से संबंधित 22 व्यक्ति थाने में उपस्थित थे, जिनमें से अधिकांश गरीब मजदूर थे तथा 5 व्यक्ति लगभग 15 वर्ष की आयु के थे, जिनमें 2–3 छात्र भी थे। इन व्यक्तियों द्वारा यह बताने पर कि इस विवाद से उनका कोई संबंध नहीं है। आपके द्वारा उनकी बात नहीं सुनी गई और न ही उनके संबंध में आपके द्वारा समुचित काररवाई की गई।

यह आरोप ही सरासर झूठा था, क्योंकि थाने पर शिवपाल सिंह यादव द्वारा मुलजिमों को छुड़ाने और थानाध्यक्ष पर हमले की सूचना पाकर मैं थाने गया था। जिलाधिकारी के.के. सिन्हा (आई.ए.एस.–1978) भी मेरे साथ थाना सिविल लाइंस पहुँचे थे। उस समय घायल थानाध्यक्ष के अलावा थाने में कोई भी मौजूद नहीं था, सभी पुलिसकर्मी डर के कारण थाना छोड़कर भाग चुके थे। शिवपाल सिंह यादव ने न तो घटना से पहले और न ही बाद में मुझसे कोई बात की थी। मुख्यमंत्री के दबाव में एस.पी. सी.आई.डी., एस.के.ए. रिजवी ने मेरे ऊपर सरासर गलत आरोप लगाकर विभागीय काररवाई करने की संस्तुति की थी। डी.आई.जी. घुंगेश तो मुझे निलंबित करवाना चाहते थे, परंतु मेरी ख्याति एवं छवि के कारण मुझे निलंबित करने का जोखिम नहीं ले सके। उन्हें डर था कि मीडिया पहले से ही इस घटना को तूल दे रहा था और राष्ट्रीय स्तर के अखबार भी मुख्यमंत्री के सगे भाई शिवपाल सिंह यादव द्वारा जमीन पर अवैध कब्जा करने वालों को छुड़ाने के लिए थाने पर हमला करने तथा थानाध्यक्ष शाह आलम खान की बेदर्दी से पिटाई के मामले की खबर प्रमुखता से छाप रहे थे। मेरे निलंबन के बाद यह मामला और तूल पकड़ सकता था, जिसके कारण मुख्यमंत्री चाहते हुए भी मेरे निलंबन का जोखिम नहीं उठा सके।

आरोप–पत्र में लिखा गया था कि थाने में मौजूद अधिकांश गरीब मजदूर और कुछ छात्र थे और उनका भूमि विवाद से कोई लेना–देना नहीं था। असलियत में इनमें से अधिकतर मुख्यमंत्री के गाँव सैफई के रहने वाले थे, जिन्हें थानाध्यक्ष द्वारा जमीन पर कब्जा करते हुए पकड़ा गया था। सैफई के प्रधान दर्शन सिंह यादव, विश्राम सिंह यादव और बाबू सिंह यादव के साथ थाना सिविल लाइन गए थे और सभी को छोड़ने के लिए थानाध्यक्ष पर दबाव बनाया था। थानाध्यक्ष शाह आलम खान के मना करने पर दर्शन सिंह यादव ने

उन्हें थप्पड़ जड़ दिया था। उस समय जमीनों पर कब्जा करने की लूट मची थी और कब्रिस्तान तक की जमीनों पर कब्जे कर लिये गए थे। किसी की हैसियत नहीं थी कि वे सत्तारूढ़ दल के लोगों के खिलाफ आवाज उठा सकें।

जमीन के इस कब्जे की सूचना मुझे मुख्यमंत्री के चचेरे भाई रामगोपाल यादव ने दी थी। उन्होंने बताया था कि एक गरीब यादव अध्यापक की जमीन पर शिवपाल सिंह यादव द्वारा कब्जा कराया जा रहा है। यदि तुरंत हस्तक्षेप नहीं किया गया तो उसकी पूरी जमीन कब्जा ली जाएगी। 8 अप्रैल, 1990 को उन्होंने उस गरीब अध्यापक को मेरे पास भेजा था, जिसके प्रार्थना-पत्र पर मैंने मुकदमा कायम करने का आदेश थानाध्यक्ष सिविल लाइन शाह आलम खान को दिया था। सी.आई.डी. जाँच में प्रो. राम गोपाल यादव ने सही बात की। उन्होंने सी.आई.डी. के एस.पी. एस.के.ए. रिजवी से कहा कि उन्होंने एस.एस.पी. बृजलाल को फोन करके गरीब अध्यापक मुनीम यादव को उनके पास भेजा था और मदद करने के लिए कहा था। अधिकारियों ने उन्हें ऐसा बयान न देने के लिए कहा, क्योंकि वह उनके परिवार के विरुद्ध जाता, परंतु उन्होंने बिल्कुल सत्य बयान दिया।

आरोप-पत्र मिलने के बाद मैं पुलिस महानिदेशक कार्यालय में आई.जी. कार्मिक आर.पी. सरोज (आई.पी.एस.-1964) से मिला। उन्होंने बड़े व्यंग्यात्मक अंदाज में मुझसे कहा कि आप ईश्वर से मनाएँ कि यह सरकार चली जाए, क्योंकि मुख्यमंत्री स्तर से आपके विरुद्ध शीघ्र कारवाई करने का निर्देश प्राप्त हुआ है। आपकी फाइल अभी आई नहीं है, परंतु मुख्यमंत्रीजी का फोन मेरे पास पहले ही आ चुका है। मैंने उनसे कहा कि मैं सच्चाई के रास्ते पर हूँ। मुझे विभागीय कारवाई का कोई डर नहीं है। न आप खुदा हैं और न ही मुख्यमंत्री।

मैं उच्च न्यायालय, इलाहाबाद में तैनात अपने मित्र गिरीश वर्मा, रजिस्ट्रार प्रोटोकॉल से मिला तो उन्होंने लंच ब्रेक के दौरान कुछ जजों से मेरी मुलाकात करवाई। परिचय के दौरान वहाँ उपस्थित जजों द्वारा मेरे कार्य तथा संघर्षों की सराहना की गई और आश्वस्त किया गया कि यदि आवश्यकता पड़ी तो मैं उच्च न्यायालय में अपने पक्ष को रख सकता हूँ और मुझे सरकार की प्रताड़ना से बचाया जा सकता है।

□

तेरह साल की सेवा के बाद मैं अछूत हो गया

इटावा से हटने के बाद यदि मैं किसी अधिकारी के पास जाता था तो अधिकांश का रुख बड़ा बदला-बदला सा नजर आता था। मैंने महसूस किया कि उन्हें मेरा आना पसंद नहीं है और कोई-न-कोई बहाना बनाकर वे ऐसा प्रयास करते थे कि मैं उनके पास से जल्दी चला जाऊँ। अधिकारियों को डर लगता था कि उनके पास मेरे जाने की सूचना कहीं मुख्यमंत्री तक न पहुँच जाए और उन्हें नुकसान उठाना पड़े। लोगों में यह भावना घर कर गई थी कि अब मेरा कॅरियर समाप्त हो गया है। कई अधिकारी तो मुलायम सिंह से मेरी शिकायत करके उनकी नजर में अच्छा बनने की कोशिश कर रहे थे।

रामस्वरूप पुष्कर (आई.पी.एस.-1966) इटावा के रहने वाले थे और मुख्यमंत्री से उनकी काफी नजदीकियाँ थीं। वे अपने को मुख्यमंत्री मुलायम सिंह का सहपाठी बताते थे। वे वर्ष 1990 में वाराणसी के डी.आई.जी. रेंज बनाए गए थे। मैं उस समय एस.पी. ई.ओ.डब्ल्यू. वाराणसी के पद पर तैनात था और मेरी सुरक्षा को आतंकवादियों से खतरा था। मैंने उनसे अनुरोध किया था कि वे मेरी नियुक्ति मेरी सुरक्षा के खतरे को देखते हुए प्रदेश में किसी ट्रेनिंग सेंटर में करवा दें, परंतु उन्होंने अपनी असमर्थता जाहिर कर दी।

वहीं से प्रमोशन पाकर वे आई.जी. ई.ओ.डब्ल्यू. सी.आई.डी. लखनऊ बन गए और मैं उनके सीधे नियंत्रण में आ गया। उस समय एस.वी.एम. त्रिपाठी आई.जी. ई.ओ.डब्ल्यू. और हनुमत प्रसाद मिश्रा वहीं डी.आई. जी. के पद पर तैनात थे। मेरा परिवार आजमगढ़ पी.ए.सी. बटालियन में रहता था और मैं अवकाश के दौरान अपने बच्चों के पास आजमगढ़ चला

जाता था। आजमगढ़ सहित प्रदेश के 13 जिले मेरे कार्यक्षेत्र में थे और मैं सरकारी कार्यों के दौरान वापस आते समय अपने बच्चों के साथ कुछ समय आजमगढ़ में बिता लेता था। आई.जी. त्रिपाठी एवं डी.आई.जी. हनुमत प्रसाद मिश्रा मुझे अकसर कहा करते थे कि मैं जब चाहूँ, अवकाश के दिनों में अपने परिवार के पास जा सकता हूँ। जब भी मैं अपना भ्रमण कार्यक्रम भेजता था तो वे हमेशा उसे अनुमोदित कर देते थे। पुष्कर के आते ही परिस्थितियाँ बदल गईं। मैंने देवरिया जिले का सरकारी कार्यक्रम बनाया और लौटते समय रात में आजमगढ़ रुककर मुझे वाराणसी आना था, पुष्कर साहब ने मेरे भ्रमण कार्यक्रम को रोक दिया। उन्होंने मुझसे स्पष्ट कहा कि मुलायम सिंह को जानकारी होने पर उन्हें भी नुकसान हो सकता है। उसी दौरान आई.जी. पुष्कर स्वयं अपना भ्रमण कार्यक्रम बनाकर वाराणसी आ गए। वे वाराणसी अपने पुत्र को एक स्कूल में प्रवेश दिलाने के लिए आए थे। मैं उनके भ्रमण कार्यक्रम के दौरान उनके साथ रहा। गनीमत रही कि एक महीने बाद ही मुलायम सिंह यादव की सरकार चली गई और मुझे मुख्यमंत्री कल्याण सिंह द्वारा एस.एस.पी. मेरठ बनाया गया।

जंगी सिंह (आई.पी.एस.–1969) कुछ समय के लिए वर्ष 1988 में डी.आई.जी. बरेली बनाए गए थे। मैं उस समय एस.पी. पीलीभीत के पद पर तैनात था। उन्होंने पूरनपुर पीलीभीत के कांग्रेसी विधायक विनोद तिवारी से मेरे विरुद्ध प्रार्थना-पत्र दिलवाया और खुद जाँच करके मेरे विरुद्ध पुलिस महानिदेशक को लिखा। पुलिस महानिदेशक राजनाथ गुप्ता (आई.पी.एस.–1954) ने जंगी सिंह की जाँच रिपोर्ट को खारिज कर दिया। पीलीभीत सहित पूरे तराई क्षेत्र में उस समय पंजाब के आतंकवादियों द्वारा घटनाएँ की जा रही थीं। मेरे द्वारा स्वयं पंजाब जाकर आतंकवादियों की गिरफ्तारियाँ की गई थीं और पीलीभीत में मैंने पनाह देने वालों के विरुद्ध काररवाई की थी, जिसमें जनरल ए.एस. वैद्य के कातिल हरजिंदर 'जिंदा' का फूफा रमनगरा माधौ टांडा निवासी सरदार रघुवीर सिंह भी था। रघुवीर सिंह की गिरफ्तारी मैंने स्वयं एस.एल.आर. के साथ की थी। पीलीभीत में आतंकवादियों के समर्थकों से सैकड़ों हथियार भी पकड़े थे।

जंगी सिंह ने अपनी जाँच में लिखा था कि वैसे तो मेरी छवि ठीक है, परंतु मेरे कार्यकाल में कुछ लोगों को बेवजह आतंकवादियों को शरण देने के आरोप में परेशान किया गया। उनके अनुसार मेरा अपने मातहतों पर नियंत्रण कमजोर रहा। मैं उनके साथ केवल तीन महीने रहा और दो साल से अधिक का कार्यकाल पूरा करने के बाद बाराबंकी का एस.पी. बना दिया गया था। उन्होंने मेरे तीन महीने के कार्यकाल का गोपनीय रिमार्क औसत श्रेणी का लिखा, परंतु आई.जी. जोन बरेली, त्रिपुरेश त्रिपाठी एवं कमिशनर बरेली डिवीजन एन.आर. बनर्जी ने मुझे उत्कृष्ट रिमार्क दिए।

वर्ष 1993 में मुलायम सिंह यादव पुनः मुख्यमंत्री बने। मुझे आगरा डी.आई.जी./एस.एस.पी. के पद से हटाकर इलाहाबाद चतुर्थ वाहिनी पी.ए.सी. में डी.आई.जी./सेनानायक के पद पर तैनात कर दिया गया था। मुझे जनवरी 1994 के प्रथम सप्ताह में डी.जी.पी. कार्यालय बुलाया गया और डी.जी.पी. के सहायक श्रीराम अरुण (आई.पी.एस. 1963) ने मुझे बताया कि मुख्यमंत्री मुझसे नाखुश हैं और मेरे विरुद्ध कोई बड़ी काररवाई की जा सकती है, जो निलंबन तक हो सकती है। मुझे बाद में जानकारी हुई कि मुख्यमंत्री को जंगी सिंह ने जाकर बताया था कि उन्होंने मेरे विरुद्ध वर्ष 1988 में डी.जी.पी. को रिपोर्ट भेजी थी, परंतु उस पर कोई काररवाई नहीं हुई। मुख्यमंत्री ने तुरंत डी.जी.पी. कार्यालय से जंगी सिंह द्वारा प्रेषित रिपोर्ट निकलवाई और मेरे विरुद्ध सी.आई.डी. जाँच का आदेश दे दिया। जंगी सिंह 18-11-1984 से 21-6-1985 तक इटावा के एस.पी. रहे थे और उनके मुलायम सिंह यादव से अच्छे संबंध बन गए थे। मेरी शिकायत करके सी.आई.डी. जाँच करवाने के लिए जंगी सिंह को पुरस्कार भी मिला और वे 1 जनवरी, 1994 को आई.जी. जोन इलाहाबाद बना दिए गए, जहाँ पर वे 9 अगस्त, 1994 तक रहे। उस सी.आई.डी. जाँच में मेरे विरुद्ध कोई काररवाई नहीं हुई, क्योंकि यह जाँच झूठे तथ्यों पर आधारित थी।

आर.पी. सरोज, आई.पी.एस.-1964, जैकब जैक्सन के हटने के बाद आई.जी. कार्मिक बनाए गए थे। उसी समय सी.बी.सी.आई.डी. की जाँच पर मेरे विरुद्ध विभागीय काररवाई शुरू की गई थी। मैं डी.जी.पी. कार्यालय में

उनसे मिलने गया। मैं कुरसी पर बैठ भी नहीं पाया था कि वे बोल उठे "आइए कप्तान साहब, आपकी विभागीय काररवाई की फाइल अभी आई नहीं है, परंतु मुख्यमंत्रीजी का फोन मेरे पास आ चुका है। आप ईश्वर से प्रार्थना करिए कि यह सरकार चली जाए अन्यथा आपको दंड मिलना तय है।" मैं कुरसी पर नहीं बैठा और उन्हें सैल्यूट करके बाहर आते समय यह अवश्य कहा था कि मैं सच्चाई के रास्ते पर हूँ, मेरा कोई कुछ बिगाड़ नहीं सकता है। न आप खुदा है और न मुख्यमंत्री।

केवल रामस्वरूप पुष्कर, आर.पी. सरोज और जंगी सिंह ही नहीं, बल्कि ऐसे तमाम और अधिकारी थे, जो मेरे विरुद्ध मुख्यमंत्री के कान भरा करते थे। उस समय डी.जी.पी. वी.के. जैन, वरिष्ठ आई.पी.एस. अधिकारी एस.वी.एम. त्रिपाठी, त्रिपुरेश त्रिपाठी, विजय शंकर, पी.एस.वी. प्रसाद ऐसे अधिकारी थे, जो मेरी मदद करते थे और मेरी सहायता के लिए हमेशा तत्पर रहते थे। डी.जी.पी. वी.के. जैन उसी दौरान वाराणसी में इंस्पेक्टर प्रमोशन बोर्ड के अध्यक्ष के तौर पर तीन दिन रहे। वे मुझे दो दिन तक लंच और डिनर में अपने साथ ले जाते थे। उन्होंने आई.जी. पी.ए.सी. को मेरे सामने निर्देशित किया कि मेरे परिवार, जो 20वीं वाहिनी आजमगढ़ में रह रहा है, की अच्छी तरह देखभाल की जाए।

एक दिन मैंने टेलीफोन करके उनसे मिलने का समय माँगा। उन्होंने कहा कि लखनऊ आने की जरूरत नहीं है, वे दो दिन बाद इलाहाबाद आ रहे हैं, मैं वहीं उनसे सुबह 9 बजे मिल लूँ। मैं सुबह 8.30 बजे सर्किट हाउस इलाहाबाद पहुँच गया। डी.जी.पी. 8.45 बजे ही सर्किट हाउस से निकल आए। उन्होंने आई.जी. इलाहाबाद जोन और एस.एस.पी. से कहा कि आज दिन के लंच में उनके साथ केवल मैं रहूँगा। जैन साहब ने सर्किट हाउस में पिता की तरह मुझे अपने साथ लंच करवाया और मुझे आश्वस्त किया कि मैं चिंता न करूँ, वह मेरा अहित नहीं होने देंगे। उस समय मेरे विरुद्ध सी.आई.डी. की रिपोर्ट पर विभागीय काररवाई चल रही थी, जो कल्याण सिंह के वर्ष 1991 में मुख्यमंत्री बनने के बाद समाप्त हुई।

जहाँ डी.जी.पी. और कुछ गिने-चुने वरिष्ठ अधिकारी मुझे बुलाकर

प्रोत्साहित करते थे। वहीं कई अधिकारियों, जिसमें मेरे कई बैचमेट भी शामिल थे, ने मुझसे दूरी बना ली थी। मैं अकसर कहा करता था कि मैं 'अछूत' पैदा हुआ था, परंतु अपने विद्यार्थी जीवन में मेरे अध्यापकों और मित्रों ने कभी भेदभाव नहीं किया। मैं पढ़ने में बहुत अच्छा था और यू.पी. बोर्ड के साथ-साथ इलाहाबाद विश्वविद्यालय में भी पोजीशन होल्डर रहा था। अब लग रहा है कि आई.पी.एस. में 13 साल की सेवा के बाद मैं 'अछूत' हो गया हूँ।

□

अरुण शंकर शुक्ला उर्फ अन्ना की शिकायत पर सी.आई.डी. जाँच

अरुण शंकर शुक्ला उर्फ अन्ना लखनऊ का शातिर अपराधी था। चार दर्जन से अधिक मुकदमे दर्ज थे। मैं 17 जुलाई, 1984 से 30 जून, 1986 तक लखनऊ का एस.पी. सिटी था। मैंने लखनऊ के माफिया गिरोह के गुरबख्श सिंह बक्शी, सुभाष भंडारी, राम गोपाल मिश्रा सहित अरुण शंकर शुक्ला अन्ना पर भी काररवाई की थी। लखनऊ के सभी माफिया मेरे कार्यकाल में या तो जेल में रहे या लखनऊ छोड़कर भाग गए थे।

मैंने 12 मई, 1985 को अरुण शंकर शुक्ला अन्ना को गिरफ्तार कराया था। मुझे सूचना मिली थी कि अन्ना सीतापुर रोड स्थित एक बिस्कुट फैक्टरी के वातानुकूलित गेस्ट हाऊस में रुका है। वह कई अपराधों में फरार चल रहा था और उसके घर की कुर्की भी की जा चुकी थी। उस दिन मैं लखनऊ विश्वविद्यालय में कानून व्यवस्था की समस्या को

किस्सा माफिया सरगनों की लड़ाई का -2

लखनऊ से भाग खड़े हुए थे माफिया ब्रजलाल के आतंक से

(आनन्द शुक्ल)

सुलझाने में लगा हुआ था। मैंने अपने कार्यालय के हेड कॉन्स्टेबल हरपाल और कॉन्स्टेबल एम.एच. सिद्दीकी को मुखबिर के साथ फैक्टरी गेस्ट हाउस भेजकर रेकी कराई। कानून-व्यवस्था की समस्या के निस्तारण के बाद मैं अपने कार्यालय कैसरबाग आया।

मई के उस महीने में बहुत गरमी पड़ रही थी। मेरा अनुमान था कि अन्ना वातानुकूलित गेस्ट हाउस में आराम से रुका हुआ है और अपने को सुरक्षित भी महसूस कर रहा है। मेरा अपना अनुमान था कि वह देर शाम ही बाहर निकलेगा। लखनऊ के डालीगंज और सीतापुर रोड पर अन्ना की गुंडई चलती थी। वह वहाँ के कारखानों, गल्लामंडी और व्यापारियों से रंगदारी वसूलता था। उसके आतंक के कारण कोई उसके विरुद्ध शिकायत नहीं करता था।

मैंने अपने तीन डिप्टी एस.पी. और कुछ थानाध्यक्ष को अपने कार्यालय बुलाया। मेरे अधिकारियों ने मुझसे पूछा कि कहाँ चलना है ? मैंने उन्हें बताया कि मेरे कार्यालय के एक-एक पुलिसकर्मी उनके साथ रहेंगे और उन्हें उन स्थानों पर पहुँचा देंगे, जहाँ बदमाशों की गिरफ्तारी करनी है। उस समय यदि मैं गोमती नदी के पार डालीगंज सीधे निकलता तो लोगों को अनुमान हो जाता कि मैं अरुण शंकर शुक्ला को गिरफ्तार करने जा रहा हूँ और उसे तुरंत सूचना मिल सकती थी। मैंने अपनी रणनीति के अनुसार चारबाग और आलमबाग की तरफ जाने का निर्णय लिया, जिससे लोग समझें कि मैं गुरबख्श सिंह बक्शी और उसके गुर्गों की तलाश में जा रहा हूँ। मैंने अपनी गाड़ी आगे लगाई और पूरा काफिला मेरे पीछे चल दिया। मीडिया भी पीछे लग गया था। मैंने उन्हें बताया कि आलमबाग सिख बाहुल्य क्षेत्र है। पंजाब में कुछ गुटों द्वारा 'घल्लू-घारा' के संबंध में विरोध प्रदर्शन का आह्वान किया गया है, जिसका असर वहाँ पड़ सकता है। मेरी बात मीडिया के लोगों की समझ में आ गई और उन्होंने मेरा पीछा छोड़ दिया।

मैंने आलमबाग की टेढ़ी पुलिया से अपने काफिले को कैंट की तरफ मोड़ दिया। कैंट, हजरतगंज और पक्का पुल से होता हुआ मैं सीतापुर रोड स्थित अन्नपूर्णा बिस्कुट फैक्टरी के गेट पर जा पहुँचा। बंद गेट को खुलवाकर सीधे फैक्टरी गेस्ट हाउस पहुँचा। फैक्टरी का जनरल मैनेजर गेस्ट हाउस

से निकल रहा था। मैंने उससे अन्ना की जानकारी चाही, परंतु उसने मना कर दिया। मैंने देखा कि वी.आई.पी. सुइट पर ताला लगा है, जिसको मैंने खुलवाया। कमरे में अँधेरा था, परंतु कमरा काफी ठंडा था। ऐसा लग रहा था कि मेरे आने से पहले वहाँ ए.सी. चल रहा था। कमरे में कोई दिखाई नहीं पड़ा। डबल बेड से तकिया हटाया गया, तो उसके नीचे .38 बोर स्मिथ एंड वेसन लोडेड रिवॉल्वर, 12 कारतूस और कुछ रुपए मिले। तलाशी लेने पर अन्ना डबल बेड के नीचे छिपा हुआ दिखा।

मैंने फोर्स को बाहर कर दिया और कमरे का दरवाजा बंद कर दिया। मैंने उसकी लोडेड रिवॉल्वर उसके सामने फेंकी और कहा कि उठा ले। अन्ना इतना डर गया कि उसने अपना सिर कमरे में रखे फ्रिज के कोने पर मार-मारकर लहूलुहान कर लिया। उसे आशंका थी कि कहीं उसे पुलिस मुठभेड़ दिखाकर मार न दिया जाए। मैंने फाटक खोला और अन्ना की गिरफ्तारी कराई। उसके ऊपर गैंगस्टर एक्ट के अतिरिक्त राष्ट्रीय सुरक्षा कानून के तहत भी काररवाई की गई।

16 मार्च, 1986 को अंतरराष्ट्रीय अपराधी चार्ल्स शोभराज तिहाड़ जेल से छह अन्य कुख्यात अपराधियों के साथ भाग निकला था। उसने अपना जन्मदिन मनाया और केक तथा मिठाइयाँ बाँटीं। जेल स्टाफ को उसने जो मिठाई दी, उसमें नींद की गोलियाँ मिला दीं। जेल स्टाफ बेहोश हो गया और चार्ल्स शोभराज भाग निकला। चार्ल्स शोभराज के तिहाड़ जेल से भागने की घटना पर देश की सभी जेलों में सतर्कता के आदेश दिए गए। लखनऊ का डिप्टी जेलर भी सतर्क था। मार्च 1986 में अन्ना लखनऊ जेल में बंद था और उसके गैंग के सदस्य उससे बे-रोकटोक मिलना चाहते थे। डिप्टी जेलर के मना करने पर अन्ना ने जेल के अंदर अपने साथियों के साथ लाठियों से जेलर और जेलकर्मियों पर हमला बोल दिया। इस संबंध में उसके और उसके साथियों पर मुकदमा कायम करके गैंगस्टर एक्ट की काररवाई की गई। हाईकोर्ट से उसे जमानत मिल गई, जिसमें जस्टिस लुंबा ने अपने आदेश में लिखा कि जमानत देते समय गैंगस्टर एक्ट के प्रावधानों को न देखा जाए। हाईकोर्ट के इस निर्णय के आधार पर प्रदेश के अन्य अपराधी, जो गैंगस्टर

एक्ट में बंद थे, जमानत पर रिहा होने लगे। उत्तर प्रदेश सरकार द्वारा इस निर्णय के विरुद्ध सुप्रीम कोर्ट में अपील की गई और शासन के पक्ष में सुप्रीम कोर्ट ने अपना निर्णय दिया। इस निर्णय के आने के बाद प्रदेश में गैंगस्टर एक्ट में बंद किए गए अपराधियों को आसानी से जमानत मिलनी बंद हो गई। जेल में की गई मारपीट के संबंध में अन्ना और उसके गुर्गों पर मुकदमे कायम हुए और वह जेल से बाहर नहीं निकल पाया।

वर्ष 1990 में जब मैं वाराणसी में ई.ओ.डब्ल्यू. सी.आई.डी. में तैनात था, उस समय अन्ना ने मुख्यमंत्री मुलायम सिंह यादव से शिकायत करके मेरे विरुद्ध सी.आई.डी. जाँच भी करवाई थी कि मैंने उसे टेलीफोन पर धमकी दी है। वाराणसी में तैनाती के दौरान मैं 36वीं वाहिनी पी.ए.सी., रामनगर, वाराणसी के एक कमरे में रह रहा था। पी.सी. सिंह, बटालियन के सेनानायक थे। वे पीलीभीत में मेरे पूर्वाधिकारी भी रहे थे। वे अकसर मुझसे मिलने आ आते थे। उन्होंने मुझे बताया कि वे मुख्यमंत्री मुलायम सिंह से मिलने लखनऊ गए थे, जहाँ उन्हें अन्ना मिल गया। अन्ना ने मुझे गालियाँ दीं और कहा कि उसने ही मुलायम सिंह से कहकर मुझे ई.ओ.डब्ल्यू. सी.आई.डी., वाराणसी में तैनात कराया है और उसे मकान भी नहीं दिया गया। वह पी.ए.सी. बटालियन के एक सीलन भरे कमरे में सड़ रहा है। मैं अन्ना द्वारा दी गई गालियों को बरदाश्त नहीं कर पाया। उस रात मुझे नींद नहीं आई। सुबह 10 बजे अपने कार्यालय आकर मैंने लखनऊ के ए.डी.एम. सिटी अरविंद नारायण मिश्रा को टेलीफोन मिला दिया। मुझे मालूम था कि अन्ना रोजाना उनके पास बैठता है। अरविंद नारायण मिश्रा मेरे साथ लखनऊ में तैनात रह चुके थे और उस समय वे एडिशनल सिटी मजिस्ट्रेट थे। मैंने उनसे पूछा कि क्या आपके कार्यालय में अन्ना है? उन्होंने कहा कि 'महाराजजी' मौजूद हैं। मैंने कहा कि टेलीफोन अन्ना को दे दें। अन्ना ने फोन उठाया, परंतु उसकी आवाज नहीं निकल रही थी। मैंने उससे कहा कि तू शातिर अपराधी है, अपनी औकात में रहना। मैं कभी-न-कभी लखनऊ में अवश्य तैनात होऊँगा और तब तुझे अपनी औकात दुबारा मालूम हो जाएगी। तुम्हें अन्नपूर्णा बिस्कुट फैक्टरी की घटना याद है, जहाँ तुम अपने प्राणों की भीख माँग रहे थे। तुमने

अपना सिर फ्रिज के कोने में मार-मारकर घायल कर लिया था, क्योंकि तुम्हें आशंका थी कि कहीं मुठभेड़ दिखाकर तुम्हें मार न दिया जाए। मैंने उस समय वही किया था, जो न्यायसंगत था। मुख्यमंत्री का खास आदमी बनकर अपना दिमाग ठिकाने रखना, अन्यथा उसका अंजाम भुगतना होगा। अन्ना अरविंद मिश्रा ए.डी.एम. सिटी के कार्यालय से तुरंत मुख्यमंत्री मुलायम सिंह के पास पहुँचा और मेरे खिलाफ प्रार्थना-पत्र दिया। मुख्यमंत्री मुलायम सिंह ने तुरंत मेरे विरुद्ध सी.आई.डी. जाँच का आदेश कर दिया। मुलायम सिंह यादव की सरकार जाने के बाद मेरे विरुद्ध इस सी.आई.डी. जाँच को समाप्त कर दिया गया।

अन्ना को मुलायम सिंह यादव ने एम.एल.सी. बनाया था और वह इतना प्रभावशाली था कि लोग उसे उत्तर प्रदेश का डिप्टी चीफ मिनिस्टर कहा करते थे। अन्ना के पास ट्रांसफर पोस्टिंग के लिए अधिकारियों की लाइन लगी रहती थी। वह सरकारी ठेका-पट्टों में भी दखल देता था और तय करता था कि किसे ठेका मिलना है। व्यापारिक प्रतिष्ठानों से उसकी वसूली भी जारी थी। मुलायम सिंह यादव से अन्ना की नजदीकियों का अंदाजा इसी बात से लगाया जा सकता है कि इटावा में अन्ना को मुलायम सिंह यादव के विरोधियों की अक्ल ठिकाने लगाने के लिए बुलाया जाता था। 26 अप्रैल, 1990 को वरिष्ठ पत्रकार गोविंद राजू ने 'नवभारत टाइम्स' में लेख लिखा था, जिसका शीर्षक था—'व्यवस्था परिवर्तन हो गया इटावा में, अन्ना को बुलाया गया।' गोविंद राजू का यह लेख इस पुस्तक के अध्याय 'व्यवस्था परिवर्तन' में दिया गया है।

अन्ना ने पार्टी बदलकर वर्ष 2009 में उन्नाव संसदीय क्षेत्र से बहुजन समाज पार्टी के टिकट पर चुनाव लड़ा, परंतु कांग्रेस पार्टी की अनु टंडन से हार गया। बाद में वह समाजवादी पार्टी में पुनः शामिल हो गया। समाजवादी पार्टी ने उसे वर्ष 2014 और 2019 में उन्नाव संसदीय क्षेत्र से चुनाव लड़ाया। दोनों बार भारतीय जनता पार्टी के साक्षी महाराज ने उसे पटकनी दे दी।

□

मुख्यमंत्री के निर्देश पर मेरी प्रताड़ना

देश के सबसे बड़े राज्य के मुख्यमंत्री मुलायम सिंह यादव ने मुझे परेशान करने में कोई कोर-कसर नहीं छोड़ी, परंतु वे मेरा कुछ बिगाड़ नहीं पाए। उनके पुत्र अखिलेश यादव, मुख्यमंत्री उत्तर प्रदेश ने भी मेरे विरुद्ध 19 मई, 2013 को बाराबंकी कोतवाली में हत्या का मुकदमा कायम करवाया था, जिसमें मेरे साथ-साथ डी.जी.पी. रहे विक्रम सिंह, पुलिस अधीक्षक एस. आनंद, मनोज कुमार झा तथा कुल 42 पुलिसकर्मी मुलजिम बनाए गए थे। यह मुकदमा एस.पी. बाराबंकी वसीम अहमद ने मुख्यमंत्री के निर्देश पर कायम करवाया था। मेरा और मेरी टीम का दोष केवल इतना था कि हम लोगों ने 23 नवंबर, 2007 को लखनऊ, फैजाबाद व वाराणसी की कचहरियों में ब्लास्ट करके एक दर्जन से अधिक वकीलों और अन्य की हत्या करने वाले आतंकवादियों हकीम तारिक कासमी, आजमगढ़ और उसके साथी मुफ्ती खालिद मुजाहिद मड़ियाहू, जौनपुर को गिरफ्तार किया था। आतंकवादी खालिद मुजाहिद की पुलिस स्कोर्ट में फैजाबाद कचहरी से लखनऊ वापस आते समय लू लगने से 18 मई, 2013 को मृत्यु हो गई थी।

मैं उस समय निदेशक, नागरिक सुरक्षा के पद पर तैनात था, जिसका पुलिस के कार्य से दूर-दूर का संबंध नहीं था, परंतु फिर भी एक आतंकवादी की स्वाभाविक मृत्यु को हत्या का रूप देने का प्रयास किया गया और हम लोगों को उसका साजिशकर्ता बनाया गया। इस मुकदमे की जाँच सी.बी.आई. को दी गई, परंतु सी.बी.आई. ने झूठा होने के कारण जाँच करने से मना कर दिया। इस पर इसकी जाँच उत्तर प्रदेश की क्राइम ब्रांच सी.आई.डी. को दी गई, जो फर्जी साक्ष्य गढ़ने का प्रयास करती रही, परंतु कुछ कर नहीं पाई।

अखिलेश यादव की सरकार जाने के बाद जुलाई 2017 में हम लोगों के विरुद्ध कायम किए गए हत्या के मुकदमे को समाप्त कर दिया गया।

मेरे गुरु राजदेव सिंह के साथ भी कुछ ऐसा ही हुआ था। आपातकाल के दौरान इंदिरा गांधी सरकार द्वारा किए गए उत्पीड़न की काररवाई की जाँच के लिए 'शाह कमीशन' बनाया गया था। राजदेव सिंह पुलिस अकादमी के निदेशक के साथ-साथ सी.बी.आई. के अतिरिक्त निदेशक और बाद में निदेशक बनाए गए थे, जिन्हें शाह कमीशन की रिपोर्ट पर काररवाई करने की जिम्मेदारी दी गई थी।

वर्ष 1980 में कांग्रेस पार्टी पुनः केंद्र सरकार की सत्ता में आ गई और राजदेव सिंह को निदेशक सी.बी.आई. के पद से छुट्टी पर भेजकर अपमानित करने का प्रयास किया गया। गांधीवादी, स्वाभिमानी और अपने सिद्धांतों पर अडिग रहने वाले राजदेव सिंह ने अपनी सेवा से त्याग-पत्र दे दिया और दिल्ली छोड़कर तुरंत अपने घर मुंगेर, बिहार चले गए और एक संन्यासी के रूप में अपना शेष जीवन मानवता के कल्याण में व्यतीत किया।

वाराणसी में आवास न दिया जाना

मैं पंजाब के आतंकवादियों की हिट लिस्ट में था और मेरी सुरक्षा के लिए राज्य सरकार ने एक प्लाटून पी.ए.सी., एस.एल.आर. राइफल के साथ लगा रखी थी और एक जीप स्कोर्ट के लिए भी लगाई गई थी। वाराणसी में जिलाधिकारी पूल में ऐसा कोई आवास नहीं था, जहाँ मैं रहने के साथ अपने साथ लगाए गए सुरक्षाकर्मियों को रख सकूँ। मैंने अपनी समस्या से पुलिस महानिदेशक डॉ. आर.पी. माथुर को पत्र लिखा कि मेरी सुरक्षा को देखते हुए प्रदेश में कहीं भी मेरी नियुक्ति पी.ए.सी. वाहिनी या ट्रेनिंग सेंटर में कर दी जाए, जहाँ सुरक्षाकर्मियों को रखने के लिए पर्याप्त स्थान उपलब्ध हो सके।

एक दर्जन से अधिक पी.ए.सी. वाहिनियों में सेनानायकों की जगह रिक्त होने के बावजूद मेरी नियुक्ति नहीं की गई और न ही किसी प्रशिक्षण संस्थान में। सरकार के रुख को देखते हुए पेशबंदी में पुलिस महानिदेशक ने मुझे रामनगर, वाराणसी स्थित 36वीं वाहिनी पी.ए.सी. के अतिथि गृह में रहने का आदेश दिया।

मैंने ई.ओ.डब्ल्यू. वाराणसी का पूरा कार्यकाल, जो लगभग एक वर्ष का था, 160 वर्ग फीट आकार के एक सीलन भरे कमरे में बिताया। इस कमरे के सामने खुला मैदान था। मुझसे कहा गया कि मेरी सुरक्षा में लगी पी.ए.सी. इसी जगह पर टेंट लगाकर रहे। वहाँ पर नया गेस्टहाउस भी था, परंतु मुझे आवंटित नहीं किया गया। सत्तारूढ़ जनता दल के शीर्ष नेतृत्व के इशारे पर मुझे लगातार प्रताड़ित किया जाता रहा। इस प्रताड़ना को क्रियान्वित कराने में डी.आई.जी. कानपुर जे.एस. घुंगेश की मुख्य भूमिका रही, जो मुझे परेशान हालत में रखकर अपने राजनीतिक आकाओं के कृपापात्र बने रहना चाहते थे। मेरी सुरक्षा हेतु आई.जी. सुरक्षा द्वारा वरिष्ठ पुलिस अधीक्षक वाराणसी ओ.पी. एस. मलिक को आर्म्ड गार्ड व एक गनर देने के लिए निर्देशित किया गया था, जो उन्होंने सुरक्षा मुख्यालय के स्पष्ट आदेशों के बावजूद मुझे नहीं दिया।

प्रभारी डी.आई.जी. जे.एस. घुंगेश द्वारा मुझे एडवर्स रिमार्क दिया गया

मैं लगभग साढ़े सैंतीस वर्ष भारतीय पुलिस सेवा में कार्यरत रहा। मुझे शुरू से ही उत्कृष्ट रिमार्क मिलते रहे और वर्ष 1991 से मेरी सेवानिवृत्ति (30.11.2014) तक मुझे हमेशा उत्कृष्ट रिमार्क ही मिले। भारत सरकार में उत्तर प्रदेश के अपने बैच (आई.पी.एस. 1977) से केवल मैं ही डी.जी. पद के लिए इम्पैन्लड था।

मुझे पूरे सेवाकाल में केवल जे.एस. घुंगेश ने ही एडवर्स रिमार्क दिया। 20.12.1989 से 31.3.1990 की अवधि का रिमार्क उन्होंने बहुत खराब लिखा। उन्होंने 9 अप्रैल, 1990 को थाना सिविल लाइंस प्रकरण का भी समावेश किया, जो रिमार्क की अवधि में आता ही नहीं था। वित्तीय वर्ष 31 मार्च, 1990 को ही समाप्त हो गया था और थाना सिविल लाइंस प्रकरण 9 अप्रैल का था। मैं वहाँ केवल मई 1990 तक तैनात रहा। नियमतः घुंगेश तीन महीने से कम होने के कारण एक महीना 10 दिन का रिमार्क नहीं लिख सकते थे। उन्होंने 9 अप्रैल, 1990 की सिविल लाइंस की घटना को भी वित्तीय वर्ष 1989-90 के रिमार्क में लिख दिया।

आई.जी. जोन बलबीर सिंह बेदी ने अपने रिमार्क में लिखा कि वे डी.आई. जी. घुंगेश के रिमार्क से सहमत नहीं हैं। उन्होंने यह भी लिखा कि डी.आई. जी. ने मुझे अपने रिमार्क में 'अंडर रेट' किया है। उन्होंने डी.आई.जी. के रिमार्क से असहमति जताते हुए मुझे अच्छा रिमार्क दिया। तत्कालीन कमिश्नर कानपुर डिवीजन बी.बी. सिन्हा आई.ए.एस. ने अपने रिमार्क में लिखा कि बृजलाल ने कड़ी मेहनत की और कुख्यात डकैतों का सफाया किया। उन्होंने यह भी लिखा कि मैंने समाज-विरोधी तत्त्वों पर भी कड़ी काररवाई की। उन्होंने मुझे बहुत अच्छा अधिकारी बताया। मेरी ए.सी.आर. फाइल पर डॉ. आर.पी. माथुर के हस्ताक्षर तो नहीं हैं, परंतु 30.12.1989 से 31.3.1990 के रिमार्क के बारे में टाइप किया गया मसौदा उपलब्ध है। वे रिपोर्टिंग अधिकारी (जे.एस. घुंगेश) और रिव्यू करने वाले अधिकारी (आई.जी. जोन बी.एस. बेदी) दोनों के मूल्यांकन से सहमत हैं। सौभाग्यवश उन्होंने टाइपशुदा रिमार्क पर हस्ताक्षर नहीं किए, अन्यथा मुझे उसका खामियाजा भुगतना पड़ सकता था। प्रदेश के सबसे बड़े पुलिस अधिकारी डी.जी.पी. डॉ. आर.पी. माथुर के टाइपशुदा मसौदे से अनुमान लगाया जा सकता है कि उनमें निर्णय लेने की क्षमता कैसी थी। एक तरफ वे डी.आई.जी. घुंगेश के एडवर्स रिमार्क से भी सहमत थे और दूसरी तरफ आई.जी. बी.एस. बेदी द्वारा दिए गए अच्छे रिमार्क से भी।

घुंगेश ने मेरा रिमार्क खराब लिखते समय अपनी कलम तोड़ दी। उन्होंने मेरा कॅरियर बरबाद करने में कोई कोर-कसर नहीं छोड़ी। आखिर वे मुख्यमंत्री मुलायम सिंह यादव को हर हालत में प्रसन्न रखना चाहते थे। 30 नवंबर, 2014 को मैं सेवानिवृत्त हुआ और छह वर्ष बाद मैंने प्रमुख सचिव गृह से मेरी मूल ए.सी.आर. फाइल देने का अनुरोध किया। नियमतः मुझे फाइल मिल गई, जिसमें जे.एस. घुंगेश ने एडवर्स रिमार्क देने में कोई कोर-कसर नहीं छोड़ी थी। उन्होंने यहाँ तक लिखा कि मेरे डी.एम. इटावा के.के. सिन्हा (आई.ए.एस.-1978) से अच्छे संबंध नहीं थे, जो असत्य था।

थाना जसवंत नगर में तैनात रहे अधिकारियों की प्रताड़ना

समाजवादी पार्टी के कार्यकाल में जनपद इटावा, विशेषकर जसवंत

नगर, में लगातार अत्याचार होते रहे, जिसमें मुख्यमंत्री परिवार के गलत आदेशों को न मानने वाले पुलिसकर्मी भी निशाने पर रहे। वर्ष 2012-2013 में नियुक्त रहे इंस्पेक्टर हरपाल सिंह यादव के साथ भी कुछ ऐसा ही बरताव हुआ था। हरपाल ने जसवंत नगर में दो ट्रक शराब के पकड़ लिये, जो हरियाणा से जसवंत नगर में बिकने के लिए लाए गए थे। समाजवादी पार्टी की अखिलेश यादव सरकार में नंबर दो की हैसियत रखने वाले मंत्री शिवपाल सिंह यादव ने इंस्पेक्टर पर दबाव डाला कि उनके आदमियों को छोड़ दिया जाए। हरपाल ने मना कर दिया और अवैध शराब का धंधा करने वाले मंत्रीजी के चारों समर्थकों को गंभीर धाराओं में जेल भेज दिया, जिनकी जमानत भी जिला जज के यहाँ से खारिज हो गई। मंत्रीजी का पारा सातवें आसमान पर चढ़ गया और इंस्पेक्टर हरपाल सिंह यादव चार महीने के कार्यकाल में ही हटा दिए गए और उनकी तैनाती गोरखपुर जोन में कर दी गई। मैंने उन्हें अपने गृह जनपद सिद्धार्थ नगर में तैनात करवा दिया, परंतु मंत्रीजी के आदेश से उन्हें पुलिस कार्यालय में ही रखा गया और फील्ड पोस्टिंग नहीं दी गई। यादव होकर भी शिवपाल के आदेश को न मानने की जुर्रत करना उन्हें महँगा पड़ा।

वर्ष 2003 में हरपाल सिंह यादव, जनपद एटा के थाना जैथरा में थानाध्यक्ष थे। रामेश्वर यादव, अलीगंज से समाजवादी पार्टी के विधायक थे और उनके छोटे भाई जोगेंद्र सिंह यादव जिला परिषद् एटा के अध्यक्ष थे। रामेश्वर यादव की पूर्व मंत्री अवध पाल सिंह यादव से राजनीतिक दुश्मनी थी। समाजवादी पार्टी के इन नेताओं ने हरपाल सिंह पर दबाव डाला कि अवध पाल सिंह की गाड़ी में नाजायज दुनाली बंदूक दिखाकर गाड़ी सहित जेल भेज दिया जाए, जिससे उनकी जमानत न हो पाए। उस समय अधिकांश सत्ताधारी शीर्ष नेताओं की यही कार्य संस्कृति थी कि थाने पर दबाव डालकर राजनीतिक विरोधियों को जेल में रखा जाए। जब हरपाल सिंह नहीं माने तो एस.एस.पी., एटा आनंद स्वरूप पर दबाव डालकर उन्हें सस्पेंड करा दिया गया। वहाँ की जनता ने थानाध्यक्ष हरपाल के पक्ष में तीन किमी. लंबा जाम लगा दिया। उनकी माँग थी कि ईमानदार और निष्पक्ष थानाध्यक्ष को थाना जैथरा में ही रखा जाए और उनका निलंबन निरस्त किया जाए। जनता के

दबाव को देखते हुए हरपाल को तीन दिन में ही बहाल करना पड़ा, परंतु उन्हें हटाकर पुलिस कार्यालय की विशेष जाँच सेल में तैनात कर दिया गया। समाजवादी सरकार में जिला इटावा, मैनपुरी, औरैया, फिरोजाबाद, कन्नौज, फर्रुखाबाद, कासगंज, आजमगढ़ और बदायूँ में वही अधिकारी नियुक्त रह पाते थे, जो समाजवादी पार्टी के नेताओं के आदेशों को अक्षरशः मानते थे, चाहे वह गैरकानूनी ही क्यों न हो।

वर्ष 1991 के चुनाव में भारतीय जनता पार्टी की सरकार

वर्ष 1991 के विधानसभा चुनाव में मुलायम सिंह यादव की जनता दल सरकार चुनाव हार गई और प्रदेश में कल्याण सिंह के नेतृत्व में भारतीय जनता पार्टी की सरकार बनी। सरकार बनते ही मेरी कार्य क्षमताओं को देखते हुए 3 जुलाई, 1991 को मुझे मेरठ का वरिष्ठ पुलिस अधीक्षक नियुक्त किया गया, जहाँ मैं दो वर्ष से अधिक समय तक नियुक्त रहा। नई सरकार को विभागीय काररवाई समाप्त करने के लिए मैंने प्रत्यावेदन दिया और सरकार ने मेरे प्रत्यावेदन पर विचार करते हुए तत्परता से विभागीय काररवाई समाप्त कर दी। मेरठ में अपने दो वर्ष से अधिक सफल कार्यकाल के बाद मैं जनपद आगरा का वरिष्ठ पुलिस अधीक्षक, राष्ट्रपति शासन के दौरान 9 जुलाई, 1993 को बनाया गया, जहाँ 6 महीने तक रहा और वहीं से पुलिस उपमहानिरीक्षक के पद पर प्रोन्नत हुआ।

सिविल लाइंस प्रकरण पर गृह सचिव द्वारा मेरी प्रोन्नति रोकने का प्रयास

अक्तूबर 1993 में न्यायालय के आदेश पर 1976-1977 बैच के 34 आई.पी.एस. अधिकारी डी.आई.जी. पद पर एक साथ प्रोन्नत हुए, जिसमें मैं भी था। यहाँ मैं सौभाग्यशाली रहा कि नवंबर 1993 में पुनः जनता दल सरकार आने से पहले मैं प्रोन्नत हो गया था, नहीं तो मेरी प्रोन्नति में बाधा अवश्य होती। उस समय सुरेंद्र मोहन गृह सचिव थे और वे मुझे प्रमोशन नहीं देना चाहते थे।

मेरठ में मेरी तैनाती के दौरान सुरेंद्र मोहन के साले ले. कर्नल गोस्वामी की हत्या उन्हीं के नौकर और नौकरानी द्वारा की गई थी, जिनको तत्परता से गिरफ्तार किया गया था। सुरेंद्र मोहन उस समय परिवहन आयुक्त थे और वो चाहते थे कि उस हत्या के केस में, मैं उनके साले की पत्नी नीरज बाला को फँसा दूँ, जिससे वह अपने साले की गैस एजेंसी तथा अन्य संपत्ति को हड़प सके। मैंने सही विवेचना करवाई, नौकर और नौकरानी के विरुद्ध चार्जशीट न्यायालय में भेजी गई। सुरेंद्र मोहन गृह सचिव बन गए और उन्होंने गोस्वामी हत्या केस की विवेचना सी.आई.डी. को दे दी और डी.आई.जी. क्राइम ब्रांच कंचन चौधरी भट्टाचार्य (आई.पी.एस.-1973) व पुलिस उपाधीक्षक नवनीत राणा पर अपनी मनमाफिक विवेचना के लिए दबाव डाला, परंतु सी.आई.डी. ने भी निष्पक्ष विवेचना की और मेरे द्वारा कराई गई विवेचना को सही पाया। उनके द्वारा अपने साले की विधवा नीरज बाला को प्रताड़ित करने तथा उनकी संपत्ति हड़पने का प्रयास किया गया। नीरज बाला द्वारा उच्चतम न्यायालय में प्रत्यावेदन दिया गया, जिस पर उच्चतम न्यायालय द्वारा सुरेंद्र मोहन के विरुद्ध मुकदमा कायम करने के आदेश के साथ-साथ उनके विरुद्ध प्रतिकूल टिप्पणी भी की गई थी।

अपने वरिष्ठ अधिकारियों के लिखित आदेश पर पुलिस उपाधीक्षक ए.के. गुप्ता ने गृह सचिव सुरेंद्र मोहन के विरुद्ध मुकदमा लिखने का आदेश दिया था। सुरेंद्र मोहन ने पुलिस उपाधीक्षक गुप्ता को इस आधार पर निलंबित किया कि उन्होंने भाषा नीति का उल्लंघन किया तथा अविवेकपूर्ण ढंग से उनके विरुद्ध एफ.आई.आर. पंजीकृत कराई। गुप्ता ने अपने आदेश में केवल दो शब्द अंग्रेजी में लिखे थे, जो उनके निलंबन का आधार बने। उच्चतम न्यायालय के आदेश पर गुप्ता निलंबन से बहाल हो सके, परंतु उन्हें परिनिंदा प्रविष्टि दे दी गई, जो सुरेंद्र मोहन, गृह सचिव के गृह विभाग से हटने के बाद समाप्त हो सकी।

थाना सिविल लाइंस इटावा प्रकरण में मुख्यमंत्री मुलायम सिंह यादव के छोटे भाई शिवपाल सिंह यादव के विरुद्ध थानाध्यक्ष शाह आलम खान के साथ मारपीट करने व पच्चीस बंदियों को छुड़ा ले जाने का मुकदमा कायम

हुआ था, जिसमें सी.आई.डी. जाँच के बाद मुझे और थानाध्यक्ष को दंडित करने का निर्णय लिया गया था, परंतु वर्ष 1991 में भारतीय जनता पार्टी की सरकार आने पर इस प्रकरण को समाप्त कर दिया गया था।

मेरी प्रोन्नति के समय सुरेंद्र मोहन, गृह सचिव ने मेरा प्रमोशन रोकने का भरसक प्रयास किया। उन्होंने उपरोक्त तथ्य प्रोन्नति समिति के समक्ष प्रस्तुत किया और यह कहा कि चूँकि मेरे खिलाफ विभागीय काररवाई प्रचलित नहीं है, परंतु सिविल लाइंस थाना प्रकरण मामले में पुनर्विवेचना का आदेश शासन द्वारा हुआ था, अतः इसे बृजलाल के खिलाफ सी.आई.डी. द्वारा लंबित जाँच मानी जाए। मैं बड़ा सौभाग्यशाली रहा कि उस समय टी.एस.आर. सुब्रमण्यम जैसे ईमानदार व निष्पक्ष आई.ए.एस. अधिकारी मुख्य सचिव थे, जिनके कारण मेरा प्रमोशन संभव हो पाया। मुझे बताया गया कि उस समय सुब्रमण्यम ने मेरी कार्यशैली तथा बहादुरी की तारीफ की और मुझे 'बुल ऑफ दि पुलिस डिपार्टमेंट' कहा था। उन्होंने सुरेंद्र मोहन के तर्कों को नहीं माना और यह कहा कि इनके विरुद्ध कोई विभागीय काररवाई लंबित नहीं है तो सी.आई.डी. जाँच की अवधारणा के आधार पर पदोन्नति कैसे रोकी जा सकती है?

डी.आई.जी./सेनानायक पी.ए.सी. चतुर्थ वाहिनी इलाहाबाद

नवंबर 1993 में मुलायम सिंह यादव मुख्यमंत्री बने और मुझे आगरा से हटाकर डी.आई.जी./सेनानायक पी.ए.सी. इलाहाबाद तैनात किया गया। एस.पी. रैंक के पद को उच्चीकृत करके मुझे डी.आई.जी. रैंक में सेनानायक बनाया गया, जबकि मेरे नियंत्रक अधिकारी प्रांतीय पुलिस सेवा से प्रोन्नत एच.पी. मिश्र (आई.पी.एस.-1978) मुझसे कनिष्ठ थे। कुछ आई.पी.एस. अधिकारी मुख्यमंत्री के नजदीक पहुँचने के लिए पुनः मेरी शिकायत करने लगे। जनवरी 1994 में मुझे पुलिस महानिदेशक कार्यालय बुलाया गया और बताया गया कि शासन मेरे और एस.एन. सिंह (आई.पी.एस.-1979) के विरुद्ध कठोर काररवाई करने का मन बना चुका है। एस.एन. सिंह भी मेरी तरह इटावा के वरिष्ठ पुलिस अधीक्षक रह चुके थे। मुझे जानकारी हुई कि सिविल लाइंस का प्रकरण पुनः जीवित करके मेरे विरुद्ध विभागीय काररवाई करने की योजना

बनाई गई थी। मेरे 'इंडिया टुडे' के पत्रकार मित्र स्व. दिलीप अवस्थी मुख्यमंत्री से मिले और उन्हें सलाह दी कि ऐसा करना उचित नहीं होगा। यदि यह प्रकरण पुनः खोला गया तो तूल पकड़ेगा, जो सरकार के हित में नहीं होगा। दिलीप अवस्थी ने मुझे बताया था कि मुख्यमंत्री ने उनसे कहा कि आपके कहने पर मैं इटावा प्रकरण में पुनः काररवाई नहीं करूँगा, परंतु इस अधिकारी ने मेरा बहुत नुकसान किया है। इस प्रकार मैं पुनः विभागीय काररवाई से बच सका।

जंगी सिंह द्वारा मेरे विरुद्ध सी.आई.डी. जाँच की सलाह

इसी दौरान मुझे जानकारी हुई कि मेरे विरुद्ध पीलीभीत के किसी प्रकरण में सी.आई.डी. जाँच का आदेश हुआ है। मैं जुलाई 1986 से अगस्त 1988 तक पुलिस अधीक्षक पीलीभीत के पद पर तैनात था। उस दौरान मैंने सिख आतंकवादियों और उन्हें पनाह देने वालों के विरुद्ध काररवाई की थी। स्वयं पंजाब जाकर उस समय के खूँखार आतंकवादियों के घरों पर दबिश दी थी, जिसके फलस्वरूप दो आतंकवादी गिरफ्तार किए गए थे, जिनसे पीलीभीत, नैनीताल, लखीमपुर खीरी की कई आतंकवादी घटनाओं का परदाफाश हुआ था। खालिस्तान कमांडो फोर्स, भिंडराँवाला टाइगर्स फोर्स तथा खालिस्तान लिबरेशन फोर्स के आतंकवादियों ने बैठक करके मुझे जान से मारने के लिए अपनी हिट लिस्ट पर रख लिया था।

पीलीभीत में मेरे कार्यकाल के अंतिम तीन महीने में जंगी सिंह, डी.आई. जी. बरेली नियुक्त हुए। उनकी नियुक्ति शाहजहाँपुर के रहने वाले एक दिग्गज कांग्रेसी नेता की कृपा से हुई थी। वे कांग्रेसी नेताओं को हमेशा खुश रखने का प्रयास करते रहते थे। जंगी सिंह की छवि अच्छी नहीं थी, परंतु वे पीलीभीत में अपनी स्वार्थपूर्ति के लिए दखलंदाजी नहीं कर पाते थे। पीलीभीत के कांग्रेसी विधायक विनोद तिवारी मुझसे नाराज थे। जंगी सिंह ने उन्हें बुलाकर मेरे विरुद्ध प्रार्थना-पत्र डलवाए और उसकी जाँच स्वयं करने लगे। उन्होंने यह भी कहना शुरू कर दिया कि उत्तर प्रदेश में आतंकवाद है ही नहीं।

अपना कार्यकाल पूरा करके 11 अगस्त, 1988 को मैं पीलीभीत से स्थानांतरित होकर 16 अगस्त, 1988 को बाराबंकी आ चुका था। जंगी सिंह ने

मेरे द्वारा बनाए गए आतंकवादी सेल को भंग करवा दिया और थानाध्यक्षों की मीटिंग में मेरे उत्तराधिकारी स्व. एच.एस. बलवारिया (आई.पी.एस.-1976) से कहा कि यहाँ आतंकवाद है ही नहीं। मीटिंग में मेरे आतंक-विरोधी सेल को 'बृजलाल ब्रिगेड' कहा और निर्देश दिया कि इस ब्रिगेड को तुरंत समाप्त किया जाए, क्योंकि इसने सिखों का उत्पीड़न किया है। मेरे जाते ही पीलीभीत में दबे हुए आतंकवाद ने उग्र रूप ले लिया और पुलिस के दो सिपाहियों को मारकर उनकी राइफलें लूट ली गईं, पड़ोसी जिले शाहजहाँपुर में भी आतंकवादी घटनाएँ हुईं।

जंगी सिंह पीलीभीत के वैरिफिकेशन वन विभाग के गेस्ट हाउस में परिवार सहित रुकते थे और उनके बच्चे दिल्ली से अपने दो दर्जन मित्रों के साथ आए, जिनकी आवभगत की जिम्मेदारी थानाध्यक्ष माधौटांडा की होती थी। आवभगत में कोई कमी न हो, इसके लिए विशेष बावर्ची लगाए गए थे। इस डाक बँगले में रुककर जंगी सिंह मेरे विरुद्ध जाँच में लोगों के बयान दर्ज करते थे और वहीं पर टाइप कराकर एक प्रति संबंधित व्यक्ति को दे देते थे। अधिकतर गवाह पुलिस पक्ष में गवाही देते थे, जिसको जंगी सिंह यह कहकर दूसरे दिन बुलवाते थे कि पुलिस द्वारा इसे प्रभावित कर लिया गया है। जो व्यक्ति पुलिस के विरुद्ध बयान देता था, उसे तुरंत लिख लिया जाता था। वन विभाग के डाक बँगले में कई-कई दिन रुकने का यह अच्छा बहाना था। आतंकवाद चरम सीमा पर था, जिसके कारण वन विभाग के गेस्ट हाउस पर एक प्लाटून (लगभग 24 जवान) पी.ए.सी. की ड्यूटी आधुनिक शस्त्रों के साथ लगाई जाती थी। 'अमर उजाला' के पत्रकार विश्वमित्र टंडन ने यह खबर अखबार में प्रकाशित कर दी, जिससे डी.आई.जी. साहब की बड़ी किरकिरी हुई। उन्होंने इसका गुस्सा भी एस.पी. पीलीभीत एच.एस. बलवारिया पर उतारा कि यह समाचार कैसे प्रकाशित हो गया। पीलीभीत और तराई के अन्य जिलों में आतंकवाद पूरी तरह से फैल गया और जब घटनाएँ नियंत्रित नहीं हुईं तो जंगी सिंह ने एच.एस. बलवारिया का भी पीलीभीत से तबादला यह लिखकर करवा दिया कि वे आतंकवाद को नियंत्रित करने में सक्षम नहीं हैं।

मेरे विरुद्ध जाँच में जब कुछ नहीं मिला तो उन्होंने पुलिस महानिदेशक को भेजी गई रिपोर्ट में मेरे पर्यवेक्षण को शिथिल बताया और लिखा कि आतंकवादी घटनाओं को रोकने में लगी पुलिस फोर्स ने कुछ लोगों को परेशान किया, जिसको पुलिस अधीक्षक रोक नहीं पाए। राजनाथ गुप्ता (आई. पी.एस. 1954) उस समय पुलिस महानिदेशक थे, जो मेरी कार्यप्रणाली व निष्ठा से पूर्णतः परिचित थे। वे एक ईमानदार व निष्पक्ष पुलिस अधिकारी थे। वे जंगी सिंह की कार्यप्रणाली तथा खराब छवि से भी अवगत थे। जंगी सिंह के सेवाकाल में उनके विरुद्ध कई विभागीय काररवाई हुई थीं। उन्होंने जंगी सिंह द्वारा भेजी गई रिपोर्ट पर कोई काररवाई न करके प्रकरण को समाप्त कर दिया।

वर्ष 1993 में मुलायम सिंह यादव की सरकार बनते ही जंगी सिंह अच्छी पोस्टिंग पाने हेतु उनके पास पहुँच गए और उन्हें बताया कि बृजलाल के खिलाफ वर्ष 1988 में उनके द्वारा भेजी गई रिपोर्ट पर सी.आई.डी. जाँच कराकर काररवाई की जा सकती है। जंगी सिंह 11 नवंबर, 1984 से 21 जून, 1985 तक इटावा के एस.एस.पी. रह चुके थे और उन्हीं नजदीकियों का फायदा उठाकर उन्होंने मुख्यमंत्री को सलाह दी कि उनके द्वारा भेजी गई रिपोर्ट पर बृजलाल के खिलाफ सी.आई.डी. जाँच करके सबक सिखाया जा सकता है। मुख्यमंत्री तो मुझसे नाखुश थे ही, उन्होंने तत्काल जंगी सिंह द्वारा भेजी गई रिपोर्ट को डी.जी.पी. से मँगवाया और मेरे विरुद्ध सी.आई.डी. जाँच का आदेश कर दिया।

मुझे अपने एक बैचमेट से जानकारी मिली कि मेरे विरुद्ध सी.आई.डी. जाँच का आदेश दिया गया है। मुझे यह नहीं मालूम था कि यह जाँच किस प्रकरण में है। मैं अपने सहपाठी विजय शंकर पांडेय (आई.ए.एस.-1979) के साथ गृह विभाग के अधिकारियों से मिला। मुझे सलाह दी गई कि मैं प्रतिनियुक्ति पर भारत सरकार चला जाऊँ, अन्यथा मुलायम सिंह यादव सरकार मुझे परेशान करती रहेगी। उसी के बाद मैंने भारत सरकार में जाने के लिए प्रयास शुरू कर दिए और डी.आई.जी. आगरा रेंज (1995-96) में नियुक्ति के बाद मई 1996 में मुख्य सुरक्षा आयुक्त पूर्वोत्तर रेलवे के पद पर

प्रतिनियुक्ति पर चला गया। मुलायम सिंह यादव की सरकार जाने के बाद सी.आई.डी. ने मेरा बयान लिये बिना इस प्रकरण को समाप्त कर दिया। जंगी सिंह को पुरस्कार अवश्य मिला और वे आई.जी. जोन इलाहाबाद बना दिए गए।

पी.टी.एस. उन्नाव में तैनाती

इलाहाबाद में सेनानायक/डी.आई.जी. पी.ए.सी. के पद पर मुझे मात्र दस महीने ही बीते थे कि मेरा वहाँ से भी स्थानांतरण करके डी.आई.जी., पी.टी.एस., उन्नाव के पद पर कर दिया गया। मेरी यह पोस्टिंग भी दंडस्वरूप की गई थी। मुख्यमंत्री के चहेते किसी अधिकारी ने उन्हें बताया कि बृजलाल इलाहाबाद में बहुत प्रसन्न हैं। वे इलाहाबाद विश्वविद्यालय के छात्र होने के साथ-साथ वहाँ असिस्टेंट एस.पी., पुलिस अधीक्षक ग्रामीण क्षेत्र रह चुके हैं। शीर्ष राजनीतिक नेतृत्व के लिए तो इतना काफी था और मुझे पी.टी. एस. उन्नाव भेजने का तुरंत निर्णय ले लिया गया, जो उन्नाव के देहात क्षेत्र में स्थित था और उस समय प्रदेश में सबसे खराब जगह मानी जाती थी। मैं, अपने मित्रों से हलके-फुलके मजाक में कहा करता था कि अब मुझे पांडवों की तरह अज्ञातवास दे दिया गया है। पी.टी.एस. उन्नाव में कोई अधिकारी आता-जाता नहीं था, बच्चों की शिक्षा-दीक्षा की कोई व्यवस्था नहीं थी और वहाँ से टेलीफोन भी नहीं मिलता था, जिससे बातचीत करके ही मन बहला लिया जाए।

स्थानांतरण आदेश प्राप्त होने के बाद मैंने तुरंत सरकारी आवास खाली करके अपने परिवार को एक डिप्टी एस.पी. स्तर के मकान में शिफ्ट किया और अकेले पी.टी.एस. उन्नाव चला गया। दूसरे दिन मैं अपर पुलिस महानिदेशक, ट्रेनिंग आर.सी. दीक्षित (आई.पी.एस.-1964) से औपचारिक मुलाकात करने के लिए लखनऊ आया।

उस समय सत्रह वर्ष की सेवा में मैंने कैजुअल लीव के अलावा कोई छुट्टी नहीं ली थी। मैं एक महीने की छुट्टी का प्रार्थना-पत्र लेकर गया था, परंतु दीक्षित के कक्ष में घुसने के पहले मैंने अपना छुट्टी का आवेदन फाड़कर

फेंक दिया। मैंने सोचा कि कहीं मेरे अधिकारी यह न समझें कि मैं वहाँ सेवा करने से कतरा रहा हूँ, जिससे मेरे बारे में एक गलत संदेश जाएगा। मैं किसी भी कीमत पर गलत संदेश नहीं देना चाहता था, भले ही मुझे व्यक्तिगत रूप से कितनी भी कठिनाइयों का सामना क्यों न करना पड़े।

पी.टी.एस. उन्नाव शहर से करीब 38 किलोमीटर दूर देहात क्षेत्र में स्थित है, जहाँ से नजदीक की तहसील सफीपुर 9 किलोमीटर और थाना फतेहपुर चौरासी 4 किलोमीटर की दूरी पर है। उस समय वहाँ 299 सिपाही प्रशिक्षण में थे। मेरे अलावा वहाँ एक आर.आई., कुछ हेड कॉन्स्टेबल, कॉन्स्टेबल ट्रेनर ही तैनात थे। कुछ दिनों बाद एक पुलिस उपाधीक्षक राजवंश सिंह तैनात हुए। वहाँ राजपत्रित अधिकारियों के तीन मकान बने थे, जिसमें एक में मैं रहता था तथा एक में डिप्टी एस.पी. राजबंश सिंह। एक मकान में दफ्तर चलता था। सिपाहियों की कुछ बैरकें थीं और ट्रेनर स्टाफ के लिए कुछ क्वाटर्स बने थे। आसपास जंगल था और गाँव भी काफी दूर था। मुझसे पहले वहाँ नियुक्त डी.आई.जी., लखनऊ के अपने घरों में रहते थे और महीने में दो-तीन बार आते-जाते थे। देहात क्षेत्र होने के कारण वहाँ चौबीस घंटे में चार-पाँच घंटे ही बिजली आती थी। मेरा परिवार इलाहाबाद में रहता था, परंतु मैं पूरे समय पी.टी.एस. उन्नाव में ही रहता था। हिट लिस्ट में होने के कारण मेरे सुरक्षाकर्मी पी.ए.सी. के जवान मेरे साथ में थे। मैं अक्तूबर 1994 में वहाँ नियुक्त हुआ था। जब तक ठंडक का मौसम था, तब तक बिजली न होने पर भी कोई परेशानी महसूस नहीं हुई, परंतु जब गरमी का मौसम आया तो बिजली न आने के कारण मैं आवास के बाहर खुले आसमान के नीचे सोता था, क्योंकि उसके अलावा कोई विकल्प ही नहीं था। मैं अपनी सुरक्षा के लिए स्वचालित ए.के.-47 राइफल हमेशा अपने पास रखता था। उसी दौरान मैंने प्रतिनियुक्ति पर भारत सरकार जाने का निर्णय लिया।

2 जून, 1995 को लखनऊ में चर्चित गेस्ट हाउस कांड हुआ, जिसमें बहुजन समाज पार्टी की नेता कु. मायावती को समाजवादी पार्टी के लोगों द्वारा जान से मारने का प्रयास किया गया। असल में मायावती ने मुलायम सिंह सरकार से अपना समर्थन वापस ले लिया था। मुलायम सिंह के बाहुबली

विधायकों और तमाम शातिर बदमाशों ने स्टेट गेस्ट हाउस को घेर लिया, जहाँ मायावती अपने विधायकों के साथ मीटिंग कर रही थीं। कई विधायकों को मीटिंग रूम से खींच-खींचकर उठा लिया गया। मायावती ने अपनी जान बचाने के लिए स्वयं को एक कमरे में बंद कर लिया। कमरे के दरवाजे को तोड़ने का प्रयास किया गया। जब दरवाजा नहीं टूटा, तब गैस सिलेंडर से आग लगाने का भी प्रयास हुआ। फर्रुखाबाद के बी.जे.पी. विधायक ब्रह्मदत्त द्विवेदी वहाँ कई लोगों को लेकर पहुँच गए, तब जाकर मायावती की जान बची। मुलायम सिंह यादव की सरकार चली गई और मायावती बी.जे.पी. के समर्थन से मुख्यमंत्री बन गईं। मुझे पी.टी.एस. उन्नाव से 7 जून, 1995 को डी.आई.जी. आगरा रेंज तैनात कर दिया गया। बहुजन समाज पार्टी की सरकार जाने के बाद राष्ट्रपति शासन में भी मैं वहाँ तैनात रहा और एक वर्ष बाद 16 मई, 1996 को प्रतिनियुक्ति पर भारत सरकार चला गया। मैं भारत सरकार में वर्ष 1996 से वर्ष 2003 तक सात वर्षों तक मुख्य सुरक्षा आयुक्त पूर्वोत्तर रेलवे के पद पर तैनात रहा और अपना कार्यकाल पूरा करने के बाद 17 मई, 2003 को उत्तर प्रदेश सरकार की सेवा में वापस आया।

आई.जी. कानून व्यवस्था उत्तर प्रदेश

मुझे 21 मई, 2003 को पुलिस महानिदेशक कार्यालय में प्रदेश का आई.जी. कानून व्यवस्था बनाया गया, जहाँ मैं 9 जुलाई, 2004 तक रहा। मेरी नियुक्ति के समय मायावती उत्तर प्रदेश की मुख्यमंत्री थीं, परंतु दो महीने बाद ही उन्होंने अपने पद से इस्तीफा दे दिया और मुलायम सिंह यादव प्रदेश के मुख्यमंत्री बने। आई.जी. कानून-व्यवस्था के पद पर आई.पी.एस. अधिकारी नियुक्त रहना पसंद नहीं करते थे, परंतु मेरे लिए यह इसलिए ठीक था कि मैं लखनऊ में तैनात रहना चाहता था। लोकसभा चुनाव 2004 करवाने के बाद मेरी शिकायत फिर मुलायम सिंह यादव से की गई और मुझे हटाकर निदेशक यातायात बना दिया गया। आई.जी., लॉ एंड ऑर्डर के पद पर कोई अधिकारी आना नहीं चाहते थे, जिसके कारण बाद में मुझे कानून व्यवस्था का अतिरिक्त प्रभार, पुलिस महानिदेशक बुआ सिंह (आई.पी.एस.-1973) द्वारा दिया

गया। मैं दो वर्ष तक आई.जी. कानून व्यवस्था, उ.प्र. के पद पर बना रहा।

डी.जी.पी. कार्यालय में तैनात एक ए.डी.जी. स्तर के अधिकारी की मनमानी डी.जी.पी. बुआ सिंह ने बंद कर दी थी। वह अधिकारी मुख्यमंत्री के सजातीय और बहुत नजदीक थे। उन्होंने डी.जी.पी. बुआ सिंह की शिकायत की और यह कहा कि आपके विरोधी बृजलाल को डी.जी.पी. ऑफिस से तबादला होने के बाद भी अतिरिक्त चार्ज देकर आई.जी. कानून व्यवस्था बनाया गया है। मुख्यमंत्री ने तुरंत डी.जी.पी. को तलब किया, वहाँ मुख्यमंत्री के पूछने पर उन्होंने बताया कि बृजलाल रात के 11 बजे से पहले कभी भी कार्यालय से नहीं उठते हैं और इस कर्तव्यनिष्ठ अधिकारी के कारण प्रदेश की कानून व्यवस्था बहुत अच्छी चल रही है। उन्होंने स्थानांतरण पर उन्हें कार्यमुक्त कर दिया था, परंतु के.के. सक्सेना, रेडियो मुख्यालय से आई.जी. कानून व्यवस्था के पद पर नहीं आ रहे हैं और राजनीतिक रसूखों के कारण वहाँ बने हुए हैं। के.के. सक्सेना वहीं अधिकारी थे, जो इटावा में मेरे साथ एडिशनल एस.पी. तैनात थे और मेरे हटने के बाद लगभग दो महीने एस.एस.पी. इटावा का कार्यभार देखते रहे। मुख्यमंत्री परिवार से अपनी नजदीकियों के कारण वे डी.जी.पी. कार्यालय नहीं आना चाहते थे, जिसमें वे सफल रहे।

डी.जी.पी. बुआ सिंह ने उन्हें बताया कि जब कोई अधिकारी इस पद पर नहीं आ रहा है तो उन्हें मजबूर होकर बृजलाल, निदेशक यातायात से कानून व्यवस्था का भी कार्य लेना पड़ रहा है। मैंने सोचा था कि मैं एक हफ्ते में अपने अतिरिक्त कार्यभार से मुक्त हो जाऊँगा, परंतु यह आठ–नौ महीनों तक चलता रहा और 16 नवंबर, 2006 को अपर पुलिस महानिदेशक पद पर पदोन्नति होने के बाद ही मैं कानून व्यवस्था के अतिरिक्त प्रभार से मुक्त हो सका।

मार्च 2012 में सत्ता परिवर्तन

बहुजन समाज पार्टी की सरकार वर्ष 2007 में सत्ता में आई और 13 मई, 2007 को मुझे अपर पुलिस महानिदेशक, कानून व्यवस्था/अपराध/एस.टी.एफ. उत्तर प्रदेश बनाया गया। यह पद प्रदेश के पुलिस विभाग में

पुलिस महानिदेशक के बाद सबसे महत्त्वपूर्ण पद माना जाता है। मैं इसी पद पर रहते हुए 14 जनवरी, 2011 को विशेष पुलिस महानिदेशक के पद पर प्रोन्नत हुआ और कुल साढ़े चार वर्ष तक इस पद पर रहने के बाद 1 अक्तूबर, 2011 को प्रदेश का पुलिस महानिदेशक बना। मुझे 8 जनवरी, 2012 को पुलिस महानिदेशक पद से हटाकर महानिदेशक, पी.ए.सी. बनाया गया। यह तबादला समाजवादी पार्टी की शिकायत पर चुनाव आयोग की सलाह पर किया गया था।

12 मार्च, 2012 को उत्तर प्रदेश में समाजवादी पार्टी की सरकार बनी और आई.पी.एस. अधिकारियों की पहली ट्रांसफर सूची में 19 मार्च, 2012 को मुझे पुलिस महानिदेशक/निदेशक, डॉ. भीमराव आंबेडकर पुलिस अकादमी, मुरादाबाद भेजा गया। यह पद पुलिस महानिदेशक के स्तर का नहीं था, परंतु मुझे दंडस्वरूप इस पद को उच्चीकृत करके वहाँ नियुक्त किया गया। मैं प्रदेश में लंबे समय तक कानून व्यवस्था, एस.टी.एफ., ए.टी.एस. का प्रभारी रहा और उस दौरान प्रदेश में दुर्दांत डकैतों, माफिया सरगनाओं तथा आतंकवादियों को सफाया हुआ। चार पाकिस्तानी आतंकवादी भी मारे गए थे और दो दर्जन से अधिक आतंकवादियों की गिरफ्तारी हुई थी। मेरे कार्यकाल में ही इंडियन मुजाहिदीन के आजमगढ़ मॉड्यूल का परदाफाश हुआ और इनामी आतंकवादियों की गिरफ्तारियाँ हुईं, जिसमें कई को फाँसी की सजा हुईं। प्रदेश की कुख्यात चंबल घाटी तथा पाठा क्षेत्र के नाम से मशहूर चित्रकूट और बाँदा को डकैतों से मुक्त करा लिया गया था। इसी दौरान कुख्यात ददुआ, ठोकिया, घनश्याम केवट आदि पुलिस मुठभेड़ों में मारे गए। 19 जून, 2009 को चित्रकूट जनपद के थाना राजापुर के अंतर्गत ग्राम जमौली में 50 हजार के इनामी डकैत घनश्याम केवट को मैंने मुठभेड़ में मार गिराया था। यह मुठभेड़ इसलिए भी महत्त्वपूर्ण रही, क्योंकि मेरे नेतृत्व करने से पहले एक इंस्पेक्टर और पुलिस के तीन सिपाही डकैतों द्वारा मारे जा चुके थे और सात पुलिस अधिकारी व कर्मचारी गंभीर रूप से गोली लगने से घायल हो गए थे, जिसमें आई.जी. वी.के. गुप्ता (आई.पी.एस.-1982) तथा डी.आई.जी. सुशील कुमार सिंह भी सम्मिलित थे।

व्यक्तिगत सुरक्षा प्रकरण

सरकार बदलते ही कुछ आपराधिक गिरोह मेरे पीछे पड़ गए। मेरठ के माफिया सरगना बदन सिंह बद्दो ने 12 अप्रैल, 2012 को पवित्र महात्रे, मैनेजर गैलेक्सी केबल नेटवर्क मेरठ की दिन-दहाड़े हत्या कर दी। इस अपराधी पर उत्तर प्रदेश शासन द्वारा एक लाख रुपए का पुरस्कार घोषित था। इस अपराधी को मैंने गिरफ्तार करने का लगातार प्रयास किया था, परंतु वह मेरे कार्यकाल के दौरान प्रदेश छोड़कर भाग गया था। मेरठ के रहने वाले एक कैबिनेट मंत्री इस शातिर अपराधी को पनाह देने लगे। इस अपराधी का मनोबल इतना बढ़ गया कि इसने मेरे ऊपर हमला करने की योजना बनाई, जिसकी जानकारी भारत सरकार की खुफिया एजेंसी को हो गई। भारत सरकार की खुफिया एजेंसी ने 21 अप्रैल, 2012 को पुलिस महानिदेशक, अपर पुलिस महानिदेशक अभिसूचना तथा अपर पुलिस महानिदेशक सुरक्षा, उत्तर प्रदेश को मेरी सुरक्षा के लिए लिखा। मुरादाबाद पुलिस अकादमी में सुरक्षा के लिए पुलिसकर्मी उपलब्ध नहीं थे। जो पुलिसकर्मी थे, वे केवल प्रशिक्षण हेतु थे। मैंने पुलिस महानिदेशक तथा अन्य अधिकारियों को अपनी सुरक्षा हेतु पत्र लिखा, लेकिन मुझे सुरक्षा हेतु पुलिसकर्मी उपलब्ध नहीं कराए गए, जबकि आई.जी. कानून व्यवस्था, उत्तर प्रदेश, बद्री प्रसाद सिंह ने मुझे मौखिक रूप से सुरक्षा के प्रति सचेत रहने के लिए कहा था। राज्य सरकार के प्रतिकूल दृष्टिकोण को देखते हुए मुरादाबाद के वरिष्ठ पुलिस अधीक्षक सुनील गुप्ता द्वारा मुझे एक गनर तक उपलब्ध नहीं कराया गया।

साढ़े चार साल तक ए.टी.एस. उत्तर प्रदेश का भी प्रमुख रहने के कारण मुझे पाकिस्तान समर्थित लश्कर-ए-तैयबा, इंडियन मुजाहिदीन तथा अन्य आतंकवादी संगठनों से अपनी जान का गंभीर खतरा था। 24 जुलाई, 2012 को भारत सरकार की मुख्य खुफिया एजेंसी ने पुनः पुलिस महानिदेशक, उत्तर प्रदेश व अन्य संबंधित अधिकारियों को मेरी सुरक्षा हेतु सचेत किया। गृह मंत्रालय, भारत सरकार ने भी 27 जुलाई, 2012 को उत्तर प्रदेश के मुख्य सचिव, पुलिस महानिदेशक को मुझे 'वाई श्रेणी' की सुरक्षा उपलब्ध कराने हेतु पत्र भेजा। मैंने भी मुख्य सचिव जावेद उस्मानी (आई.ए.एस.-1978)

एवं प्रमुख सचिव गृह आर.एम. श्रीवास्तव (आई.ए.एस.-1982) से मिलकर अपनी सुरक्षा के संबंध में अवगत कराया और उन्हें पत्र भी लिखा, लेकिन इसके बावजूद भी मुझे सुरक्षा नहीं दी गई।

आई.बी.एन.-7 के पत्रकार मित्र शलभ मणि त्रिपाठी ने मुझसे कहा कि क्या वे मेरी सुरक्षा के संबंध में मुलायम सिंह यादव राष्ट्रीय अध्यक्ष समाजवादी पार्टी से बात कर लें? इस पर एक दिन वे उनके पास पहुँचे और मेरी सुरक्षा के संबंध में जैसे ही बात करनी शुरू की कि नेताजी बोल पड़े—"किसकी बात कर रहे हो, बृजलाल मेरे इटावा जिले का एस.एस.पी. रहा है, वह पुलिस का गुंडा है"।

शलभ मणि ने जब उन्हें भारत सरकार द्वारा प्रेषित पत्र दिखाया, तब वे स्थिति की गंभीरता समझ पाए। उन्होंने मुझे तुरंत फोन मिलाया और मेरी सुरक्षा के संबंध में जानकारी प्राप्त की। 8 जुलाई, 2011 को मुझे लखनऊ बुलाया और अकेले में बात की। मैंने उन्हें बताया कि मुझे सुरक्षा के दृष्टिकोण से लखनऊ में किसी भी पद पर नियुक्त कर दिया जाए। मैंने उन्हें यह भी बताया कि आतंकवादियों द्वारा मेरे जीवन भय के दृष्टिकोण से मुरादाबाद में मेरी तैनाती ठीक नहीं है। मेरा परिवार लखनऊ में है, अतः उनकी भी सुरक्षा के दृष्टिकोण से लखनऊ में मेरी नियुक्ति उचित होगी। मुलायम सिंह यादव के निर्देश पर 31 जुलाई, 2012 को लखनऊ में निदेशक, नागरिक सुरक्षा, उत्तर प्रदेश के पद पर मेरी नियुक्ति कर दी गई। मैं मुरादाबाद में मात्र चार महीने रहा, परंतु 37, राजभवन कॉलोनी का मेरा मकान तुरंत एक आई.ए.एस. अधिकारी को आवंटित कर दिया गया। उस अधिकारी का एक चपरासी मेरे घर आकर तुरंत मकान खाली करने के लिए कहकर चला गया। तीन दिन बाद राज्य संपत्ति विभाग का एक कर्मचारी पुनः मेरे घर पर आया और धमकी दी कि तीन दिन के अंदर मकान खाली नहीं किया गया तो मेरा घरेलू सामान मकान से निकालकर बाहर फेंक दिया जाएगा।

लखनऊ में नियुक्त होने के बाद मैं पुनः मुख्य सचिव और प्रमुख सचिव गृह से अपनी सुरक्षा के संबंध में मिला तथा पत्र लिखा, परंतु मेरी सुरक्षा के संबंध में उत्तर प्रदेश शासन ने कोई काररवाई नहीं की। मुझे यह आभास

हुआ कि अधिकारी मुख्यमंत्री को मेरे जीवन भय के संबंध में अवगत ही नहीं करा रहे हैं। लखनऊ पुलिस द्वारा मेरे जीवन भय का आकलन करके उत्तर प्रदेश शासन को रिपोर्ट भेजी गई, लेकिन उस पर भी कोई काररवाई नहीं की गई। मेरे बैचमेट ए.सी. शर्मा पुलिस महानिदेशक थे, उन्होंने भी मेरी सुरक्षा के संबंध में गंभीरता नहीं दिखाई, जबकि इस संबंध में भारत सरकार की खुफिया एजेंसी तथा गृह मंत्रालय भारत सरकार उन्हें कई बार अवगत करा चुकी थी। मैं 22 मई, 2013 को कार्यवाहक मुख्य सचिव आलोक रंजन (आई.ए.एस.-1978) से मिला और उनके अतिरिक्त प्रमुख सचिव मुख्यमंत्री, प्रमुख सचिव गृह तथा पुलिस महानिदेशक को पत्र लिखा। इसके बाद अपर पुलिस महानिदेशक, कानून व्यवस्था अरुण कुमार ने मेरी सुरक्षा के संबंध में गंभीरता दिखाई और मुझे एक सशस्त्र आर्म गार्ड और दो गनर 22 मई, 2013 को उपलब्ध कराए गए, परंतु शासन स्तर से कोई आदेश निर्गत नहीं हुए, जबकि लखनऊ पुलिस द्वारा मेरी सुरक्षा की आकलन आख्या शासन को उसी समय भेज दी गई थी।

शातिर अपराधी के प्रार्थना-पत्र पर मेरे विरुद्ध जाँच

सरकार में बैठे कुछ अधिकारी तथा राजनेता मुझे नुकसान पहुँचाने का कोई मौका छोड़ना नहीं चाहते थे और उसके लिए हमेशा मौके की तलाश में रहते थे।

गोरखपुर के शातिर अपराधी सुभाष दुबे ने मेरे विरुद्ध एक प्रार्थना-पत्र दिया, जिस पर शासन द्वारा जाँच का आदेश दे दिया गया। मेरे सहपाठी रहे गृह सचिव जे.पी. गुप्ता ने प्रमुख सचिव आर.एम. श्रीवास्तव से कहा कि सुभाष दुबे राजन तिवारी गैंग का सक्रिय सदस्य है, जिसके प्रार्थना-पत्र पर एक डी.जी. रैंक के अधिकारी के विरुद्ध जाँच का आदेश देना उचित नहीं होगा। आर.एम. श्रीवास्तव ने उनसे कहा कि मुख्यमंत्री का यही आदेश है। सुभाष दुबे गोरखपुर के रेलवे विभाग में कनिष्ठ क्लर्क था और इसका एक संगठित गिरोह था। वह बिहार के कुख्यात माफिया राजन तिवारी गैंग का सदस्य था। मैं गोरखपुर में वर्ष 1996 से वर्ष 2003 तक मुख्य सुरक्षा आयुक्त,

आर.पी.एफ. के पद पर नियुक्त रहा और उस दौरान उसकी आपराधिक गतिविधियों के दृष्टिगत मेरी रिपोर्ट पर एस.एन. पांडेय, जनरल मैनेजर पूर्वोत्तर रेलवे ने उसका स्थानांतरण समस्तीपुर कर दिया था। सुभाष दुबे के ऊपर करीब 50 मुकदमे पंजीकृत थे। उसने रेलवे के एक बड़े बँगले पर कब्जा जमा रखा था, जहाँ अपराधियों का जमावड़ा लगता था। उसकी आपराधिक गतिविधियों को जानते हुए भी रेलवे के अधिकारी उसके विरुद्ध कोई काररवाई नहीं करते थे। मैंने बँगला खाली करा लिया और उस पर आर.पी.एफ. अराजपत्रित अधिकारी मेस बना दिया। रेलवे की जमीन पर उसके द्वारा बनाई गई कई दुकानों को तोड़ दिया गया। मैं जब तक मुख्य सुरक्षा आयुक्त के पद पर तैनात रहा, सुभाष दुबे गोरखपुर से भागा रहा। 17 मई, 2003 को मैं अपना सात साल का कार्यकाल पूरा करके वहाँ से आई.जी. कानून व्यवस्था के पद पर लखनऊ में तैनात हो गया। मेरे वापस आते ही उस शातिर अपराधी ने अपना स्थानांतरण गोरखपुर करवा लिया।

जब मैं अपर पुलिस महानिदेशक, कानून व्यवस्था के पद पर तैनात था, उस समय भी सुभाष दुबे कई आपराधिक घटनाओं में जेल भेजा गया। हत्या के प्रयास के एक मामले में उच्च न्यायालय तक ने उसको जमानत नहीं दी। काफी दिन जेल में रहने के बाद उच्चतम न्यायालय से उसे जमानत मिली थी।

सरकार बदलते ही इस अपराधी ने भी मेरे विरुद्ध मनगढ़ंत आरोप लगाकर प्रार्थना-पत्र देना शुरू कर दिया और मुख्यमंत्री से जनता दरबार में मिला। उसने अपने कुरते पर कई जगह 'बृजलाल से बचाओ' लिख रखा था। रेलगाड़ियों में भी इस प्रकार के परचे चिपकाए गए थे। गोरखपुर के इस शातिर अपराधी पर पुलिस द्वारा कोई काररवाई तो नहीं की गई, बल्कि एक गनर अवश्य उपलब्ध करा दिया गया। मेरे विरुद्ध लगाए गए आरोपों की जाँच देवराज नागर (आई.पी.एस.-1976), तत्कालीन पुलिस महानिदेशक, पी.ए.सी. ने की और उसे झूठा पाया। एक शातिर अपराधी के प्रार्थना-पत्र पर जाँच कराने का आशय यह भी था कि प्रदेश सरकार को मुझे भारत सरकार की सेवा में कार्यमुक्त न करने का बहाना मिल जाए।

बाराबंकी में मेरे विरुद्ध हत्या का मुकदमा पंजीकृत किया जाना

23 नवंबर, 2007 को लखनऊ, फैजाबाद, वाराणसी के न्यायालय परिसरों में आतंकवादियों द्वारा बम विस्फोट कराए गए थे, जिसमें कई लोग मारे गए थे तथा दर्जनों लोग घायल हुए थे। इस घटना के बाद उत्तर प्रदेश शासन द्वारा ए.टी.एस. का गठन किया गया था और मुझे उसका पहला प्रभारी बनाया गया था। एस.टी.एफ., ए.टी.एस. ने इस घटना में इंडियन मुजाहिदीन के आतंकवादियों को गिरफ्तार करके जेल भेजा। उसी समय खालिद मुजाहिद, निवासी मड़ियाहू, जौनपुर भी इन घटनाओं में संलिप्त पाया गया था और लखनऊ जेल में बंद था। खालिद मुजाहिद ने कश्मीर में आतंकवाद की ट्रेनिंग ली थी, जहाँ उसका असम राज्य निवासी मित्र रकीब मुठभेड़ में मारा गया था।

18 मई, 2013 को यह व्यक्ति फैजाबाद कचहरी ब्लास्ट की घटना के संबंध में लखनऊ से पेशी के लिए फैजाबाद (अब अयोध्या) भेजा गया था। वहाँ से आते समय उसकी तबीयत खराब हुई और पुलिस स्कोर्ट उसे जिला अस्पताल बाराबंकी लाई, जहाँ उसे मृत घोषित कर दिया गया। खालिद मुजाहिद की मृत्यु लू लगने से हुई थी। उसकी स्वाभाविक मृत्यु को उसके परिवारजनों ने हत्या बताया और इस मामले में मेरे अतिरिक्त तत्कालीन पुलिस महानिदेशक विक्रम सिंह, अपर पुलिस अधीक्षक एस.टी.एफ. मनोज झा, एस. आनंद, पुलिस उपाधीक्षक चिरंजीवी नाथ सिन्हा सहित 42 पुलिसकर्मियों को आरोपी बनाया गया। इस एफ.आई.आर. में भारतीय खुफिया एजेंसी आई.बी. को भी नहीं बख्शा गया। यह मुकदमा खालिद मुजाहिद के चाचा जहीर आलम फलाही पुत्र अब्दुल रज्जाक निवासी मड़ियाहू, जिला जौनपुर द्वारा लिखाया गया था। उस समय प्रांतीय पुलिस सेवा से आई.पी.एस. में प्रोन्नत वसीम अहमद पुलिस अधीक्षक बाराबंकी थे।

खालिद मुजाहिद अपने आतंकी साथी हकीम तारिक कासमी के साथ एस.टी.एफ. द्वारा बाराबंकी में विस्फोटक के साथ 22 दिसंबर, 2007 को गिरफ्तार हुआ था, जिसका मुकदमा बाराबंकी न्यायालय में चल रहा था। समाजवादी पार्टी की सरकार ने इस मुकदमे को वापस ले लिया था, परंतु

न्यायालय ने मुकदमा वापस नहीं होने दिया और यह बाराबंकी न्यायालय में चला। न्यायालय ने हकीम तारिक कासमी निवासी आजमगढ़ को वर्ष 2015 में आजन्म कारावास की सजा दी। उसे लखनऊ-कचहरी ब्लास्ट केस में भी 27 अगस्त, 2018 को आजन्म कारावास की सजा दी गई। अयोध्या-कचहरी ब्लास्ट में भी वर्ष 2019 में इस आतंकवादी को आजन्म कारावास की सजा मिली। 23 मई, 2007 को गोलघर, गोरखपुर में इंडियन मुजाहिदीन द्वारा तीन सिलसिलेवार बम धमाके कराए गए थे, जिसमें कई लोग घायल हुए थे। इस मुकदमे में 21 दिसंबर, 2020 को आतंकी तारिक कासमी को आजन्म कारावास की सजा मिली। खालिद मुजाहिद और हकीम तारिक कासमी की गिरफ्तारी पर आजमगढ़ व जौनपुर में उनके समर्थकों द्वारा धरना-प्रदर्शन किया गया था। खालिद मुजाहिद की 18 मई, 2013 को लू लगने से हुई मृत्यु पर लखनऊ में 'रिहाई मंच' बनाया गया, जिसका मुख्य कर्ता-धर्ता वकील शोएब अहमद था। राजीव यादव, मैग्सेसे विजेता संदीप पांडेय और सेवानिवृत्त आई.जी. एस.आर. दारापुरी (आई.पी.एस.-1972) भी आतंकवादियों के समर्थन में खुलेआम खड़े थे और धरना-प्रदर्शन में शामिल होते थे।

बाराबंकी कोतवाली में कायम एफ.आई.आर. में लिखा गया था कि खालिद मुजाहिद को सोची-समझी रणनीति के तहत फैजाबाद-लखनऊ के बीच 18 मई, 2013 को हत्या कर दी गई। यह मामला उस समय मीडिया की सुर्खियों में रहा। यह मुकदमा उत्तर प्रदेश सरकार के कुछ मुस्लिम मंत्रियों के दबाव पर कायम कराया गया था। यह गुजरात में हुए आतंकवादी इशरतजहाँ व उसके आतंकवादी साथियों की मुठभेड़ की तरह ही राजनीतिक लाभ लेने के लिए किया गया था। कई मुस्लिम मंत्रियों ने मुख्यमंत्री को सलाह दी थी कि यदि बृजलाल को जेल भेज दिया जाए तो वर्ष 2014 के संसदीय चुनाव में मुसलमान खुश होकर समाजवादी पार्टी को वोट देंगे। मैं उस समय 37 राजभवन कॉलोनी, लखनऊ में रह रहा था, जहाँ रात में मेरे एक विश्वस्त अधिकारी छिपकर मुझसे मिलने आए और बताया कि मुस्लिम मंत्रियों का सरकार पर इतना दबाव है कि मुझे एक-दो दिन में गिरफ्तार कर लिया जाएगा। उन्होंने मुझे अपना मोबाइल बंद करके लखनऊ छोड़कर अन्यत्र चले

जाने का सुझाव दिया। मैंने उस अधिकारी से कहा कि राष्ट्रहित में काम करने पर यदि मुझे जेल भी भेजा जाता है तो उसके लिए मैं तैयार हूँ।

मृतक खालिद मुजाहिद के पंचायतनामे, पोस्टमार्टम रिपोर्ट में कोई चोट नहीं थी और वह कड़ी गरमी में लू लगने से मरा था। वह फैजाबाद से वज्र वाहन द्वारा लाया जा रहा था, जिसमें आठ-दस सुरक्षाकर्मी तैनात किए गए थे। उन्होंने उसकी तबीयत खराब होने पर बाराबंकी जिला अस्पताल में उसे भरती कराया, जहाँ उसकी मौत हो गई। उस समय हम लोगों के खिलाफ पंजीकृत हत्या का यह मामला अखबारों की सुर्खियाँ बना। प्रदेश में पहली बार एक सेवानिवृत्त तथा एक सेवारत डी.जी.पी. के विरुद्ध हत्या की साजिश का मुकदमा लिखा गया था, जो अखिलेश यादव की समाजवादी पार्टी की वोट बैंक की तुष्टिकरण के राजनीतिक लाभ के दृष्टिकोण से लिखाया गया था।

लखनऊ में रिहाई मंच बनाकर मुझे, विक्रम सिंह और मेरे सहयोगी अधिकारियों को जेल भेजने के लिए आंदोलन चलाया जा रहा था, जिसका नेतृत्व वकील मोहम्मद शोएब कर रहा था, जो विधानसभा रोड पर कई महीनों तक चला। मोहम्मद शोएब, लखनऊ में नागरिकता संशोधन कानून के विरोध में 19 जनवरी, 2020 में हुई आगजनी, तोड़फोड़ की घटनाओं में जेल भेजा गया। रिहाई मंच के धरना-प्रदर्शन में एस.आर. दारापुरी (आई.पी.एस.-1972) सेवानिवृत्त, आई.जी., मैग्सेसे पुरस्कार विजेता संदीप पांडेय, राजीव यादव तथा अन्य तथाकथित बुद्धिजीवी भाग लेते रहे। इस बीच इस मुकदमे की विवेचना वोट बैंक की राजनीति के तहत उत्तर प्रदेश शासन ने सी.बी. आई. को सौंप दी, परंतु सी.बी.आई. ने जाँच करने से मना कर दिया। बाद में मुख्यमंत्री अखिलेश यादव के निर्देश पर यह मामला उत्तर प्रदेश क्राइम ब्रांच सी.आई.डी. को सौंपा गया और उस पर दबाव डालकर साक्ष्य बनाने और मुझे जेल भिजवाने का षड्यंत्र रचा गया।

सी.आई.डी. के इंस्पेक्टर और डिप्टी एस.पी. को वहाँ तैनात एक आई.जी. बार-बार बुलाकर मेरे विरुद्ध फर्जी साक्ष्य बनाने का दबाव डालता था। मैं डी.जी.पी. कार्यालय में वर्ष 2003 से 2012 तक तैनात रहा, जिसके कारण मुझे काफी जानकारियाँ मिल जाती थीं। डी.जी.पी. ऑफिस में विशेष

पुलिस महानिदेशक तैनात रहने के दौरान यह अधिकारी प्रमुख सचिव गृह का बड़ा कृपापात्र था और उसे डी.जी.पी. कार्यालय में आई.जी. स्थापना के पद पर तैनात किया गया था, जिससे उसके माध्यम से अराजपत्रित अधिकारियों के मनचाहे तबादले कराए जा सकें। इस अधिकारी से पहले 1981 बैच के एक आई.पी.एस. अधिकारी को मुख्यमंत्री कार्यालय में सचिव बनाया गया था और उसी अधिकारी के बैचमेट प्रमुख सचिव गृह ने अपने प्रयासों से उसे आई.जी. स्थापना भी बनवा दिया था। असलियत में मुख्यमंत्री के सचिव को आई.जी. स्थापना बनाकर डी.जी.पी. कार्यालय में अराजपत्रित अधिकारियों की ट्रांसफर पोस्टिंग, पुलिस महानिदेशक के हाथ से परोक्ष रूप से अपने हाथ में ले लिया था। जब भ्रष्टाचार की तमाम शिकायतें आने लगीं तो मैंने पुलिस महानिदेशक से कहा कि डी.जी.पी. कार्यालय में अराजपत्रित अधिकारियों की ट्रांसफर पोस्टिंग में भ्रष्टाचार का बोलबाला है, परंतु वे इस मामले को प्रमुख सचिव गृह की मुख्यमंत्री से नजदीकियों के कारण उनके संज्ञान में लाने की हिम्मत नहीं जुटा सके। मैं अकेले कैबिनेट सचिव शशांक शेखर सिंह से मिला और उन्हें बताया कि गृह विभाग का अधिकारी तथा मुख्यमंत्री कार्यालय में तैनात सचिव ट्रांसफर पोस्टिंग में भ्रष्टाचार कर रहे हैं। अराजपत्रित कर्मियों के ट्रांसफर पोस्टिंग पुलिस महानिदेशक के कार्यालय से होते रहे हैं, जिसे जानबूझकर शासन द्वारा परोक्ष रूप से अपने हाथ में ले लिया गया है। कैबिनेट सचिव ने मेरी बात मुख्यमंत्री तक पहुँचाई, जिसके बाद मुख्यमंत्री कार्यालय में तैनात सचिव विजय सिंह से आई.जी. स्थापना का कार्यभार हटा लिया गया था।

इस ट्रांसफर से प्रमुख सचिव गृह कुँवर फतेह बहादुर और सचिव मुख्यमंत्री विजय सिंह का मुझसे नाराज होना स्वाभाविक था और वे दोनों अधिकारी मिलकर मुझे विशेष पुलिस महानिदेशक के पद से हटाने के षड्यंत्र में जुट गए, परंतु सफल नहीं हो पाए। ये दोनों अधिकारी 1990 बैच के एक बदनाम आई.पी.एस. अधिकारी को आई.जी. स्थापना के पद पर ले आए, जिसके बारे में पुलिस विभाग में कहा जाता था 'वन लाख पर डे'। बड़ी मुश्किल से जून 2011 में मैं इस बदनाम अधिकारी को आई.जी. स्थापना के पद से हटवाने में सफल रहा और उसे महत्त्वहीन पद दिया गया।

यही अधिकारी क्राइम ब्रांच सी.आई.डी. में मेरे विरुद्ध पंजीकृत किए गए हत्या के मुकदमे की विवेचना का प्रभारी था और वह अपनी व्यक्तिगत वैमनस्यता के कारण फर्जी साक्ष्य बनवाकर मुझे जेल भेजना चाहता था, जिसमें वह सफल नहीं हो पाया। कोई साक्ष्य न होने के बाद भी इस मुकदमे की विवेचना लंबित रखी गई और वर्ष 2017 में उत्तर प्रदेश में भारतीय जनता पार्टी की सरकार आने के बाद जुलाई 2017 में इस मुकदमे को अंतिम रिपोर्ट से समाप्त किया गया।

इस प्रकार इटावा में वर्ष 1989-1990 की 84 दिन की नियुक्ति का खामियाजा मुझे अपने पूरे सेवाकाल में भुगतना पड़ा। मैंने इटावा में वरिष्ठ पुलिस अधीक्षक के रूप में अपनी जिम्मेदारियों का निष्ठा व निष्पक्षता से निर्वहन किया था। यदि मैं तत्कालीन मुख्यमंत्री मुलायम सिंह यादव के भाई शिवपाल सिंह यादव, उनके सहयोगियों के विरुद्ध मुकदमा न लिखाता, बल्कि उलटा थानाध्यक्ष शाह आलम खान को जेल भेज देता तो मुझे पुरस्कारस्वरूप अच्छी नियुक्तियाँ मिलती रहतीं। मैंने अपने साढ़े सैंतीस वर्ष के सेवाकाल में अपने सिद्धांतों से कभी समझौता नहीं किया और वही काम किया जो न्यायसंगत रहा, जिसके कारण मुझे कई बार राजनीतिक व्यक्तियों का कोपभाजन बनना पड़ा।

□

विरोधियों को फँसाने के लिए फर्जी मुकदमे

इटावा में विरोधियों को फँसाने के लिए फर्जी मुकदमे लिखाए जाने की पुरानी परंपरा रही है। मुलायम सिंह यादव और बलराम सिंह यादव में ऐसी राजनीतिक प्रतिद्वंद्विता हुई कि वे एक–दूसरे के दुश्मन बन बैठे। आपातकाल के बाद मुलायम सिंह यादव पहली बार जनता पार्टी की उत्तर प्रदेश सरकार में सहकारिता, पशुपालन व कृषि मंत्री बने थे। बलराम सिंह यादव भी इटावा के खड़गपुर सरैया के रहने वाले थे और कांग्रेस के कद्दावर नेता थे। वे पहली बार वर्ष 1969–74 तक उत्तर प्रदेश विधानसभा के सदस्य रहे। वर्ष 1969–70 तक उपमंत्री, वर्ष 1971–73 तक कैबिनेट मंत्री उत्तर प्रदेश, वर्ष 1980–84 तक उत्तर प्रदेश सरकार में पुनः कैबिनेट मंत्री, वर्ष 1984 में लोकसभा सदस्य, वर्ष 1988–90 तक अध्यक्ष उत्तर प्रदेश कांग्रेस पार्टी, वर्ष 1990–96 तक सदस्य राज्यसभा और वर्ष 1991–95 तक केंद्रीय राज्यमंत्री खान स्वतंत्र प्रभार रहे। कांग्रेस के कमजोर होने के बाद वे समाजवादी पार्टी में शामिल हो गए और पार्टी के राष्ट्रीय महासचिव बने। वे वर्ष 1998 में भी लोकसभा सदस्य बने थे। वे समाजवादी पार्टी को छोड़कर कुछ दिन के लिए पुनः कांग्रेस में आए। वे कुछ दिन बीजेपी में भी रहे। 4 जुलाई, 2005 को बलराम सिंह यादव की उनके इटावा आवास पर गोली लगने से मृत्यु हो गई। गोली उनकी कनपटी पर लगी थी, परंतु यह नहीं मालूम हुआ कि उन्हें गोली कैसे लगी, जिस समय उन्हें गोली लगी, उस समय उनका बेटा, बहू और नौकर घर पर मौजूद थे।

आपातकाल के बाद वर्ष 1980 में उत्तर प्रदेश विधानसभा चुनाव हुए। मुलायम सिंह यादव अपनी चिर–परिचित विधानसभा सीट जसवंत नगर से

प्रत्याशी बने। कांग्रेस पार्टी ने बलराम सिंह यादव को जसवंत नगर से अपनी पार्टी का प्रत्याशी बनाया। उनके चुनाव में श्रीमती इंदिरा गांधी खुद चुनाव प्रचार करने आईं। वे जसवंत नगर ब्लॉक के बगल में हेलीकॉप्टर से उतरीं। उस समय इटावा के लोगों ने पहली बार हेलीकॉप्टर देखा था। इतनी भीड़ हो गई कि हेलीपैड के आसपास किसानों की काफी फसल नष्ट हो गई। मतगणना के समय संजय गांधी भी वहाँ आए। इटावा में मतगणना के दौरान डी.एम. पर दबाव डालने की परिपाटी रही है। इटावा में चुनावी हिंसा आम बात थी। मतगणना के दौरान भी हंगामा किया जाता था। डी.एम. इटावा ने मतगणना में मजबूत व्यवस्था कराई और कोई गड़बड़ी नहीं हो पाई। मुलायम सिंह यादव को हराकर बलराम सिंह यादव चुनाव जीत गए और उत्तर प्रदेश सरकार में कैबिनेट मंत्री बनाए गए। जसवंत नगर विधानसभा से चुनाव हारना मुलायम सिंह यादव के लिए बहुत बड़ा झटका साबित हुआ। उस दौर में इन दोनों कद्दावर यादव नेताओं की राजनीतिक दुश्मनी में दोनों पक्षों के लोग मारे जाते थे।

दर्शन सिंह यादव इटावा के बहुत धनाढ्य व्यक्ति थे। वे 'भट्ठा किंग' कहलाते थे। उनके पास करीब तीन दर्जन भट्ठे और छह राइस मिलें थीं। मुलायम सिंह यादव उन्हें अपना बड़ा भाई मानते थे। दर्शन सिंह यादव शुरू से ही मुलायम सिंह यादव की आर्थिक मदद करते थे। उन्होंने मुलायम सिंह को चुनाव प्रचार के लिए 'क्रांति रथ' बनवाकर दिया था। उनके आपसी रिश्ते वर्ष 1989 में उस समय खराब हुए जब मुलायम सिंह यादव ने उन्हें अध्यक्ष जिला परिषद् इटावा का प्रत्याशी न बनाकर अपने चचेरे भाई प्रोफेसर राम गोपाल यादव को इटावा का जिला परिषद् अध्यक्ष बनवा दिया। यहीं से दोनों की पुरानी दोस्ती एकाएक दुश्मनी में बदल गई। दर्शन सिंह यादव 1989 और 1991 के विधानसभा चुनाव मुलायम सिंह यादव के खिलाफ जसवंत नगर से लड़े। दोनों चुनावों में आपस में खूब गोलियाँ चलीं। लखनऊ का माफिया अरुण शंकर शुक्ला 'अन्ना' जनता दल के पक्ष में अपने गिरोह के सदस्यों के साथ पूरे चुनाव के दौरान मौजूद रहा। दोनों पक्षों द्वारा एक-दूसरे के विरुद्ध मुकदमे कायम कराए गए।

वर्ष 1989 में जब मैं इटावा में एस.एस.पी. बना, तो 31 दिसंबर, 1989 को मुझे आई.जी. जोन कार्यालय कानपुर बुलाया गया। एस.पी./प्रभारी डी.आई.जी. जे.एस. घुंगेश ने मेरे ऊपर दबाव डाला कि दर्शन सिंह यादव, उनके भाइयों और समर्थकों को मुकदमों में जेल भेज दिया जाए और मुलायम सिंह यादव और उनके परिवारजनों के विरुद्ध दर्शन सिंह यादव द्वारा लिखाए गए मुकदमों में क्लीन चिट दी जाए। मैंने उनकी बात नहीं मानी और दोनों पक्षों के लगभग डेढ़ दर्जन मुकदमों में अंतिम रिपोर्ट लगवा दी।

इटावा, मैनपुरी में पहले से ही फर्जी मुकदमे करवाकर विरोधियों को फँसाया जाता रहा है। कुछ का विवरण दिया जा रहा है—

1. ग्राम मई खेड़ा थाना कुर्रा, मैनपुरी की घटना

बलराम सिंह यादव

4 मार्च, 1984 को ग्राम मई खेड़ा में एक यादव परिवार में शादी का कार्यक्रम था। इस शादी में बलराम सिंह यादव कैबिनेट मंत्री और नेता प्रतिपक्ष मुलायम सिंह यादव भी आमंत्रित थे। बलराम सिंह यादव शाम को पहले शादी में आए और थोड़ी देर रुककर चले गए। उनके जाने के बाद मुलायम सिंह यादव अपने साथियों के साथ बारात में शामिल हुए। वे एक एंबेसडर कार में थे और उनके समर्थक मोटर साइकिलों और जीप नं. यू.टी.ई. 2516 से आए थे। पुलिस स्कोर्ट की जीप संख्या यू.टी. एम. 689 भी साथ में थी। बारात से लौटते समय गाँव मई खेड़ा से तीन-चार फर्लांग दूर जब मुलायम सिंह का काफिला सौज माइनर से गुजर रहा था तो खेतों में छिपे कुछ लोगों ने गोलियाँ चलाईं। इस घटना में छोटे लाल पुत्र शिवदयाल निवासी परसौआ थाना जसवंत नगर की मृत्यु हो गई और नेमपाल

सिंह पुत्र रामेश्वर दयाल यादव निवासी कस्बा करहल को गोली लगी। इस घटना के संबंध में थाना कुर्रा मैनपुरी में मुकदमा अपराध संख्या 28/84 धारा 147/148/149/302/307 आई.पी.सी. अज्ञात बदमाशों के विरुद्ध पंजीकृत किया गया।

मुलायम सिंह यादव ने कहा कि उनकी हत्या करने के उद्देश्य से उन पर गोली चलाई गई थी, वे अपनी कार में सीट के नीचे झुककर अपनी जान बचा पाए। कहा गया कि बलराम सिंह यादव खेतों में छिपकर गोलियाँ चलवा रहे थे। घटना में मारे गए छोटे लाला, अध्यापक थे। मुलायम सिंह यादव ने घायल नेमपाल सिंह को ब्लॉक प्रमुख बनवाने का वादा किया था। उन्हें ब्लॉक प्रमुख तो नहीं बनाया गया, परंतु मुलायम सिंह यादव उनकी आर्थिक मदद करते रहे।

सरस्वती शिशु शिक्षा स्थल, हैंवरा की घटना

मुख्यमंत्री बनने के बाद मुलायम सिंह यादव पहली बार अपने गृह जनपद के दौरे पर आए। उन्होंने तीन-चार दिन हेलीकॉप्टर से इटावा के कस्बों और ग्रामीण क्षेत्रों का भ्रमण किया। उसी दिन शिवपाल सिंह यादव के नजदीकी व्यक्ति अभिलाख सिंह यादव पुत्र देवी दयाल यादव निवासी नवलपुरा चौकी हैंवरा तत्कालीन थाना बसरेहर (अब थाना सैफई) इटावा ने मु.अ.सं. 197/89 धारा 395/397/436 आई.पी.सी. पंजीकृत कराया। इस मुकदमे में कहा गया कि 18 दिसंबर, 1989 को सुबह 8 बजे सशस्त्र बदमाशों द्वारा सरस्वती शिशु शिक्षा स्थल, हैंवरा स्कूल में घुसकर लूटपाट की गई और आग लगा दी गई।

इस मुकदमे में हरगोविंद सिंह यादव पुत्र कामता, शिवराम सिंह यादव पुत्र कामता, नरेश चंद्र पुत्र अच्छेलाल, विशंभर सिंह यादव पुत्र जुल्मी सिंह, जितेंद्र प्रताप पुत्र हरगोविंद यादव सभी निवासीगण बहादुरपुर हैंवरा, जगदीश यादव निवासी लटुपुरा, कृपाल सिंह पुत्र डिप्टी सिंह, मोहब्बत पुत्र चंद्रपाल निवासीगण नवलपुरा को नामजद किया गया।

नामजद व्यक्तियों में हरगोविंद सिंह यादव, शिवराम सिंह यादव, दर्शन

सिंह यादव के सगे भाई थे और जितेंद्र प्रताप यादव भतीजा था और शेष लोग उनके समर्थक थे। जब मैं एस.एस.पी. इटावा बनने के बाद पहली बार 20 दिसंबर, 1989 को मुलायम सिंह यादव से मिला था तो उन्होंने मुझसे कहा कि वे इटावा में कैंप कर रहे है और दर्शन सिंह यादव के लोगों ने एक स्कूल में डकैती डाली और आग लगा दी। एक ऐसा व्यक्ति, जिसके परिवार में तीन दर्जन भट्ठे और आधा दर्जन राइस मिलें हों, क्या उसका परिवार ऐसा कर सकता है ? मैंने भी घटनास्थल देखा था और घटना को झूठा पाया था। यह भी राजनीतिक प्रतिद्वंद्विता का एक भोंड़ा उदाहरण है।

सदर तहसील इटावा की घटना

सहकारिता विभाग मुलायम सिंह यादव परिवार का पसंदीदा विभाग रहा। आपातकाल के बाद उत्तर प्रदेश की जनता पार्टी सरकार में मुलायम सिंह यादव सहकारिता मंत्री बनाए गए थे। उन्होंने अपने भाई शिवपाल सिंह यादव को जिला सहकारी बैंक, इटावा का अध्यक्ष बनाने का निर्णय लिया। शिवपाल सिंह यादव आश्वस्त थे कि वे निर्विरोध चुनाव जीतेंगे। उन्होंने 8 जनवरी, 1990 को चुनाव हेतु नामांकन किया। उनके ही गाँव के हाकिम सिंह यादव ने भी अपना नामांकन दाखिल कर दिया। हाकिम सिंह यादव पूर्व में कई बार जिला सहकारी बैंक, इटावा के अध्यक्ष रह चुके थे। एक समय इटावा से हाकिम सिंह यादव और फर्रुखाबाद से छोटे सिंह यादव जिला सहकारी बैंक के अध्यक्ष हुआ करते थे।

शिवपाल यादव को आश्चर्य हुआ कि उनके भाई मुलायम सिंह के मुख्यमंत्री रहते हुए भी उनके विरुद्ध हाकिम सिंह यादव चुनाव लड़ने की हिम्मत कर बैठे। सदर तहसील इटावा में नामांकन की प्रक्रिया चल रही थी। तहसीलदार राम भरोसे लाल को निर्वाचन अधिकारी बनाया गया था। शिवपाल और उनके सैकड़ों लोग तहसीलदार के कमरे में आ गए और दबाव डालकर अपने को निर्विरोध निर्वाचित करवा लिया। इतना ही नहीं, शिवपाल सिंह यादव ने तहसीलदार की फाइल फाड़कर हाकिम सिंह यादव के लोगों पर फर्जी मुकदमा तहसीलदार द्वारा कायम करवा दिया।

तहसीलदार राम भरोसे लाल ने थाना कोतवाली इटावा पर 8 जनवरी, 1990 को 17:45 बजे मु.अ.सं. 31/1990 धारा 332/353/506 आई.पी.सी. व धारा 135(1) निर्वाचन अधिनियम में मुकदमा कायम कराया। इस मुकदमे में शिवपाल सिंह यादव के दबाव में तहसीलदार द्वारा हाकिम सिंह पक्ष के सत्यवीर शास्त्री पुत्र लटूरी निवासी झिंगूपुरा थाना बसरेहर इटावा और सूरज सिंह पुत्र मुलायम सिंह निवासी नगला हरी इटावा के विरुद्ध फर्जी मुकदमा लिखवाया गया था।

डी.एम. इटावा के.के. सिन्हा ने मुझे फोन किया कि मुख्यमंत्रीजी ने जानकारी चाही है कि इस मुकदमे में गिरफ्तारी क्यों नहीं की गई? मैंने डी.एम. को साफ बता दिया कि यह मुकदमा झूठा है, आप अपने तहसीलदार से भी जानकारी कर सकते हैं। मुख्यमंत्रीजी इटावा आए। उन्होंने मुझसे कहा कि उन्हें मालूम है कि यह मुकदमा झूठा है, परंतु हाकिम सिंह यादव की हिम्मत कैसे हो गई कि वह मेरे भाई के विरुद्ध चुनाव लड़ गया और आप नामजद लोगों की गिरफ्तारी नहीं कर रहे हैं। मैंने उनसे कहा कि इन फर्जी मुकदमों में मैं गिरफ्तारी नहीं करा सकता हूँ। एडिशनल एस.पी. के.के. सक्सेना ने मुझसे छिपाकर 18 फरवरी, 1990 को आरोप-पत्र संख्या 73/90 न्यायालय को भिजवा दिया।

इटावा कलेक्ट्रेट में उपनिरीक्षक आर. पी. सिंह की हत्या

वर्ष 1996 में विधानसभा आम चुनाव होने वाले थे। शिवपाल सिंह यादव, अपने बहुत से समर्थकों के साथ जसवंत नगर विधानसभा सीट से नामांकन करने के लिए 12 सितंबर, 1996 को कलेक्ट्रेट इटावा पहुँचे। वे मजिस्ट्रेट के चैंबर में अपने सैकड़ों समर्थकों के साथ घुस गए। उनके साथ उनका गनर कॉन्स्टेबल राजेश सिंह भी था। शांति व्यवस्था के लिए थाना कोतवाली के उपनिरीक्षक आर.पी. सिंह और सपा नेता प्रदीप यादव के शैडो हेड कॉन्स्टेबल सुरेंद्र सिंह भी चैंबर में थे।

इसी बीच खचाखच भरे मजिस्ट्रेट के चैंबर के अंदर ही गोली चलती है। गोली से उपनिरीक्षक आर.पी. सिंह और हेड कॉन्स्टेबल सुरेंद्र सिंह गंभीर रूप से घायल हो गए। दोनों को अस्पताल भेजा गया, जहाँ आर.पी. सिंह की मृत्यु

हो गई। थाना सिविल लाइंस इटावा पर निरीक्षक सत्यपाल सिंह द्वारा मु.अ.सं. 329/96 धारा 307 आई.पी.सी. 12 सितंबर, 1996 को दिन के एक बजकर पाँच मिनट पर लिखाया गया। आर.पी. सिंह की मृत्यु के बाद मुकदमे में धारा 302 आई.पी.सी. की बढ़ोतरी की गई।

इसी बीच शिवपाल सिंह यादव ने अपने गनर राजेश सिंह की कार्बाइन, 3 मैगजीन और 192 कारतूस पुलिस लाइन इटावा की आरमरी में जमा करवा दिए। आश्चर्य का विषय है कि राजेश सिंह उनकी सुरक्षा में तैनात था, ऐसे में उसकी कार्बाइन क्यों जमा कराई गई? असलियत में गोली शिवपाल सिंह के गनर राजेश सिंह की उसी कार्बाइन से चली थी। उसका खोखा कारतूस भी मौके पर मिला था और बैलेस्टिक जाँच में गोली कार्बाइन नंबर डब्ल्यू-डब्ल्यू-1120 से चलाया जाना भी सिद्ध हुआ। हत्या और हत्या के प्रयास के इस मुकदमे में गनर राजेश सिंह के विरुद्ध चार्जशीट लगाई गई।

शिवपाल सिंह यादव द्वारा जानबूझकर गनर की कार्बाइन डब्ल्यू-डब्ल्यू-1120 और पूरे 192 कारतूस जमा करा दिए गए थे। चले हुए कारतूस की जगह एक जिंदा कारतूस मिलाकर पूरे 192 कारतूस जमा कराए गए थे। यह एक सोची-समझी योजना के तहत किया गया था, ताकि कहा जा सके कि गनर ने उसे आवंटित सभी 192 कारतूस जमा करा दिए हैं। अतः उसके द्वारा फायर किया ही नहीं गया।

इसी बीच शिवपाल सिंह यादव ने इस घटना में अपने ऊपर गोली चलाने का फर्जी मुकदमा लिखवा दिया। थाना सिविल लाइंस, इटावा में मु.अ.सं. 329ए/1996 धारा 307/120बी आई.पी.सी. में 12 सितंबर, 1996 को पंजीकृत करवाया गया, जिसमें शिवपाल सिंह यादव ने आरोप लगाया कि उनकी हत्या करने के लिए गोली दर्शन सिंह यादव ने चलवाई है। इटावा में जब समाजवादी पार्टी के लोग किसी अपराध में फँसते थे तो फौरन क्रॉस केस लिखवा देते थे। इस घटना में भी शिवपाल सिंह यादव ने स्वयं क्रॉस केस लिखवाया था। इस मुकदमे की विवेचना 4 दिन बाद ही 16 सितंबर, 1996 को क्राइम ब्रांच सी.आई.डी. को ट्रांसफर कर दी गई। सी.बी.सी.आई.डी. ने शिवपाल सिंह के गनर राजेश सिंह को दोषी पाकर चार्जशीट लगा दी।

उत्तर प्रदेश विधि विज्ञान प्रयोगशाला की रिपोर्ट आने के बाद कार्बाइन डब्ल्यू-डब्ल्यू-1120 और खोखा कारतूस राष्ट्रीय अपराध शास्त्र एवं विधि विज्ञान संस्थान, नई दिल्ली को भेजे गए। केंद्रीय विधि विज्ञान संस्थान के सहायक निदेशक जे.के. मोदी ने परीक्षण किए। सहायक निदेशक मोदी ने लिखा कि टेस्टिंग के लिए वही कारतूस फायर किए जाने चाहिए, जो कि घटना के समय शिवपाल के गनर की कार्बाइन संख्या डब्ल्यू-डब्ल्यू-1120 में फँसे थे। कार्बाइन से फायर करने पर एक कारतूस स्वत: कार्बाइन के चैंबर में चला जाता है। इसके लिए प्रयोगशाला द्वारा एस.एस.पी. रामेंद्र विक्रम सिंह को टेलीफोन से भी अनुरोध किया गया और कहा गया कि घटना के समय कार्बाइन तथा मैगजीन में जो कारतूस मौजूद थे, उन्हीं कारतूसों को भेजा जाए, परंतु एस.एस.पी. द्वारा वे कारतूस उपलब्ध नहीं कराए गए। एस.एस. पी. रामेंद्र विक्रम सिंह 13 जुलाई, 1996 से 26 मार्च, 1997 तक इटावा के एस.एस.पी. रहे। वे इटावा में एडिशनल एस.पी. भी रह चुके थे। उन्हें मुलायम सिंह यादव का बहुत प्रिय अधिकारी माना जाता था। उनका सेवा अभिलेख ठीक नहीं था, परंतु मुलायम सिंह यादव ने उनके एडवर्स रिमार्क खत्म करके उन्हें आई.पी.एस. अधिकारी बनाया और कई महत्त्वपूर्ण जिलों में मनचाही तैनाती दी, जिसमें कानपुर नगर भी शामिल था।

शिवपाल के गनर राजेश सिंह ने कार्बाइन, 3 मैगजीन और 192 कारतूस इटावा पुलिस आरमरी में जमा किए थे। जब कार्बाइन इटावा पुलिस आरमरी में दाखिल की जा रही थी तो उसे तुरंत कब्जे में लेकर विवेचक को दे देना चाहिए था और विवेचक को उसे उसी समय सील कर देना चाहिए था, जो नहीं हुआ। ऐसा नहीं है कि गनर राजेश ने स्वविवेक से ऐसा किया, अपितु समाजवादी पार्टी के नेता और एस.एस.पी. की योजना के तहत ऐसा किया गया। यदि गनर की भूमिका उसमें न होती तो वह अपनी कार्बाइन और कारतूस क्यों जमा करता, उसे तो शिवपाल सिंह यादव की सुरक्षा में कार्बाइन सहित मौजूद रहना चाहिए था और विशेषकर उस समय जब उन्हें सुरक्षा की विशेष आवश्यकता थी। शिवपाल सिंह यादव ने खुद ही थाने पर मुकदमा लिखाया था कि दर्शन सिंह यादव ने उनके ऊपर गोली चलवाई है। उन्हें तो

तथाकथित सुरक्षा का गंभीर खतरा उत्पन्न हो गया था, फिर भी उन्होंने अपने ग़नर को अपनी सुरक्षा से वापस भेजकर कार्बाइन, मैगजीन और कारतूस जमा करवा दिए।

केंद्रीय संस्थान द्वारा निम्न रिपोर्ट भेजी गई, जो बिंदुवार इस प्रकार है—

1. विवादग्रस्त कार्बाइन द्वारा एक्सीडेंटल फायर नहीं हो सकता। कार्बाइन का सेफ्टी लीवर ठीक है। जब चेंज लीवर सेफ पोजीशन पर हो तो कार्बाइन फायर नहीं कर सकती। जब चेंज लीवर 'आर' अथवा 'ए' पर सेट भी हो, कार्बाइन ब्रीच ब्लॉक ट्रिगर दबाने से ही आगे जा सकता है। यह झटका देने या गिराने से फायर नहीं कर सकती है।
2. घटनास्थल से प्राप्त 9 एम.एम. का खोखा कार्बाइन संख्या डब्ल्यू-डब्ल्यू-1120 द्वारा फायर किया हुआ है।
3. घायल व्यक्ति के शरीर से निकलने वाली बुलेट का परीक्षण तभी किया जाएगा, जब आप वे कारतूस भेज देंगे, जो घटना के समय कार्बाइन संख्या डब्ल्यू-डब्ल्यू-1120 की मैगजीन में उपलब्ध थे।
4. मृतक सब इंस्पेक्टर श्री रघुपति सिंह के शरीर पर 'प्रवेश घाव' सामने दाएँ निप्पल से 12 सेमी. नीचे पाँच बजे की पोजीशन पर है। इसका साइन एक सेमी. है और इस पर ब्लैकनिंग मौजूद है। 'निकास घाव' का साइज 1.3 सेमी. है और शरीर के पीछे बाएँ कंधे से 9 सेमी. नीचे स्कैपुलर क्षेत्र में है।

घायल हेड कॉन्स्टेबल श्री सुरेंद्र सिंह के शरीर के पीछे दाईं ओर कंधे से 20 सेमी. नीचे एक प्रवेश घाव है। इस घाव पर ब्लैकनिंग मौजूद नहीं है। मृतक व्यक्ति पर पास से फायर हुआ है। घायल व्यक्ति पर या तो दूर से फायर हुआ है या बुलेट मृतक के शरीर में से निकलकर घायल व्यक्ति के शरीर में प्रवेश कर सकती है।

न्यायालय ने पाया कि गवाहों के मौखिक साक्ष्य एवं पत्रावली पर उपलब्ध अभिलेखीय साक्ष्य से साबित है कि घटना के दिन 12 सितंबर, 1996 को विधानसभा चुनाव 1996 के समाजवादी पार्टी के प्रत्याशी श्री

शिवपाल सिंह यादव द्वारा नामांकन करना था, इसी सिलसिले में थाना सिविल लाइंस के निरीक्षक सत्यपाल सिंह, शहर के सभी थानों के थानाध्यक्षों व पुलिस फोर्स की ड्यूटी कलेक्ट्रेट में लगाई गई थी। फोर्स निर्धारित जगहों पर तैनात थी। करीब साढ़े ग्यारह बजे स.पा. प्रत्याशी शिवपाल सिंह और उनके साथ करीब 250-300 आदमी और कुछ लोग करीब 40-50 बरगद के पेड़ के नीचे मौजूद थे और सिटी मजिस्ट्रेट न्यायालय में जसवंत नगर विधानसभा के नामांकन हेतु अंदर घुसे और करीब 11:40 बजे न्यायालय के अंदर से फायर की आवाज सुनाई दी। मुकदमे के वादी इंस्पेक्टर सत्यपाल सिंह व अन्य पुलिस फोर्स अंदर भागी और देखा कि एस.आई. आर.पी. सिंह व श्री प्रदीप यादव के शैडो हेड कॉन्स्टेबल सुरेंद्र सिंह घायल अवस्था में जमीन पर गिरे पड़े थे। घायलों को तुरंत जिला चिकित्सालय इटावा भेजा गया, जहाँ पर एस.आई. श्री आर.पी. सिंह को मृत घोषित कर दिया गया और घटनास्थल पर एक 9 एम.एम. का खोखा कारतूस पड़ा मिला। वादी सत्यपाल सिंह की मौखिक रिपोर्ट पर थाना सिविल लाइंस इटावा में बनाम अज्ञात धारा 307/302 आई.पी.सी. के अंतर्गत मुकदमा कायम किया गया। मुकदमे की विवेचना एस.आई. बी.डी. कश्यप को सुपुर्द की गई, तत्पश्चात् सी.बी.सी.आई.डी. लखनऊ को स्थानांतरित कर दिया गया।

मुकदमे की विवेचना सी.बी.सी.आई.डी. में तैनात निरीक्षक पी.डी. जखमोला ने की। जखमोला ने 9 एम.एम. कारतूस का खोखा और इससे संबंधित कार्बाइन की जाँच हेतु विधि विज्ञान प्रयोगशाला, उत्तर प्रदेश लखनऊ भेजा। विधि विज्ञान प्रयोगशाला की रिपोर्ट के अनुसार मौके से प्राप्त 9 एम.एम. की बुलेट, कार्बाइन नं. डब्ल्यू-डब्ल्यू-1120 द्वारा चलाई गई दरशाया गया है। उक्त कार्बाइन की अभियुक्त कॉन्स्टेबल राजेश सिंह को विभाग द्वारा आपूर्ति की गई थी और इस कार्बाइन के साथ 192 कारतूस भी दिए गए थे। अभियुक्त कॉन्स्टेबल राजेश सिंह की ड्यूटी श्री शिवपाल सिंह के गनर के रूप में थी। विवेचनाधिकारी ने विधि विज्ञान प्रयोगशाला उत्तर प्रदेश की रिपोर्ट आने के बाद पुष्टीकरण के लिए राष्ट्रीय अपराध शास्त्र विधि विज्ञान संस्थान दिल्ली को भेजी, जिसकी रिपोर्ट उपलब्ध है।

राष्ट्रीय अपराध शास्त्र विधि विज्ञान संस्थान दिल्ली के सह निदेशक ने अपनी रिपोर्ट में दुर्घटना के समय के वे कारतूस भेजने का अनुरोध किया था, जो कार्बाइन में उपलब्ध थे। विवेचनाधिकारी ने कोई कारतूस नहीं भेजा और अंततः सहायक निदेशक ने अपनी रिपोर्ट भेज दी। परिणाम में सहायक निदेशक का कथन कि घायल व्यक्ति के शरीर से निकलने वाली बुलेट का परीक्षण तभी किया जा सकता है, जब कार्बाइन डब्ल्यू-डब्ल्यू-1120 की मैगजीन के कारतूस उपलब्ध हों। मौके पर एस.आई. आर.पी. सिंह के अतिरिक्त हेड कॉन्स्टेबल सुरेंद्र सिंह भी घायल हुए थे और दोनों के शरीर में आग्नेयास्त्र की चोटें पाई गई हैं। मौके पर मृतक के शरीर अथवा घाव से या सुरेंद्र सिंह के घाव से कोई गोली बरामद नहीं हुए। मौके पर केवल एक 9 एम.एम. का खोखा कारतूस बरामद हुआ। विधि विज्ञान प्रयोगशाला ने शिवपाल सिंह यादव के गनर राजेश सिंह के विरुद्ध न्यायालय में चार्जशीट भेजी।

तमाम तथ्यों को देखते हुए अपर सत्र न्यायाधीश कोर्ट नंबर-4 डी.एल. श्रीवास्तव ने 31.08.2005 को अपना निर्णय सुना दिया और अभियुक्त कॉन्स्टेबल 55 ए.पी. राजेश सिंह को धारा 302, 307 आई.पी.सी. के अंतर्गत निःसंदेह आरोप साबित न होने के कारण दोषमुक्त कर दिया।

इस पूरे घटनाक्रम के विश्लेषण से पता चलता है कि गोली शिवपाल सिंह के गनर राजेश की कार्बाइन से चली थी, जिसमें एस.आई. आर.पी. सिंह मारे गए और हेड कॉन्स्टेबल सुरेंद्र सिंह घायल हो गए। साक्ष्य को मिटाने के लिए शिवपाल सिंह के गनर द्वारा कार्बाइन और 192 कारतूस इटावा पुलिस लाइन की आरमरी में जमा कर दिए गए। वह शिवपाल सिंह की सुरक्षा ड्यूटी में तैनात था और बिना किसी आदेश के अपनी कार्बाइन और कारतूस क्यों जमा कर दिए। यह एक सोची-समझी योजना के तहत किया गया था, जिससे हत्या के इस गंभीर मामले को कमजोर किया जा सके।

शिवपाल सिंह यादव ने अपने विरोधी दर्शन सिंह के खिलाफ इसी घटना से संबंधित मामले में धारा 307/120बी आई.पी.सी. का मुकदमा कायम करवा दिया और कहा कि दर्शन सिंह यादव ने उनकी हत्या के लिए यह गोली

चलवाई है। इस घटना को अंजाम देने के दो ही कारण हो सकते हैं। एक—सब इंस्पेक्टर आर.पी. सिंह की हत्या के गंभीर केस में दर्शन सिंह यादव को फँसाना, जिससे वे जसवंत नगर के चुनाव में समय न दे पाए और हत्या के मामले में उलझे रहें। दूसरा कारण यह हो सकता है कि शिवपाल सिंह यादव चुनाव के दौरान इस घटना के आधार पर अपनी सुरक्षा बढ़वा लें। कुछ भी हो, परंतु इस आपराधिक खेल में एक निर्दोष उपनिरीक्षक आर.पी. सिंह की हत्या कर दी गई और हेड कॉन्स्टेबल सुरेंद्र सिंह को गंभीर रूप से घायल कर दिया गया। मृतक एस.आई. को बिल्कुल नजदीक से गोली मारी गई थी। भीड़ से भरे सिटी मजिस्ट्रेट के चैंबर में यह एक दुःसाहसिक घटना थी, जिसे इटावा में आज भी याद किया जाता है। इटावा के सभी लोग जानते हैं कि गोली किसके कहने पर चलवाई गई थी और उसके पीछे किसकी साजिश थी।